NF文庫
ノンフィクション

秋月型駆逐艦〈付/夕雲型 島風・丁型〉

戦時に竣工した最新鋭駆逐艦の実力

山本平弥ほか

潮書房光人新社

秋月型駆逐艦――目次

写真提供／各関係者・遺家族・「丸」編集部・米国立公文書館

秋月、夕雲型の主要要目比較表

項目＼艦名		秋月	夕雲
基準排水量（トン）		2,701	2,077
公試　〃（トン）		3,470	2,520
満載　〃（〃）		3,887	2,771
公試時	吃水線長（メートル）	132	117
	幅（〃）	11.6	10.8
	吃水（〃）	4.15	3.76
深さ（メートル）		7.05	
速力（ノット）		33.0	35.0
軸馬力		52,000	52,000
航続力（ノット/カイリ）		18/8,000	18/5,000
満載燃料（トン）		1.095	600
兵装	主砲	長10センチ連装高角砲4基計8門	12.7センチ連装砲3基計6門（水、空兼用）
	機銃	25ミリ3連装2基	25ミリ連装2基
	魚雷発射管	61ミリ4連装1基	同左2基
	魚雷（本）	8	16
	対潜兵装	アリ	アリ
備考		機銃は戦争中に相当数増備された	

秋月型駆逐艦

〈付／夕雲型・島風・丁型〉

――戦時に竣工した最新鋭駆逐艦の実力

峯風型
峯風
沢風
沖風
島風
灘風
矢風
羽風
汐風
秋風
夕風
太刀風
帆風
野風
沼風
波風

神風型
神風
朝風
春風
松風
旗風
追風
疾風
朝凪
夕凪

睦月型
睦月
如月
弥生
卯月
皐月
水無月
文月
長月
菊月
三日月
望月
夕月

吹雪型
吹雪
白雪
初雪
深雪
叢雲
東雲
薄雲
白雲
磯波
浦波
綾波
敷波
朝霧
夕霧
天霧
狭霧
朧
曙
漣
潮
暁
響
雷
電

初春型
初春
子日
若葉
初霜
有明
夕暮

白露型
白露
時雨
村雨
夕立
春雨
五月雨
海風
山風
江風
涼風

朝潮型
朝潮
大潮
満潮
荒潮
朝雲
山雲
夏雲
峯雲
霞
霰

陽炎型
陽炎
不知火
黒潮
親潮
早潮
夏潮

初風
雪風
天津風
時津風
浦風
磯風
浜風
谷風
野分
嵐
萩風
舞風
秋雲
夕雲型
夕雲
巻雲
風雲
長波
巻波
高波
大波
清波
玉波
涼波
藤波
早波
浜波
沖波
岸波
朝霜
早霜
秋霜
清霜
島風
秋月型
秋月
照月
涼月
初月
新月
若月
霜月
冬月
春月
宵月
夏月
花月
松型
松
竹
梅
桃
桑
桐
杉
槇
樅
樫
榧
楢
桜
柳
椿
檜
楓
欅
橘型
橘
蔦
萩
柿
菫
楠
梨
椎
榎
初桜
楡
雄竹
樺
初梅
樅型
栗
栂
蓮
若竹型
若竹
呉竹
朝顔
早苗
芙蓉
刈萱

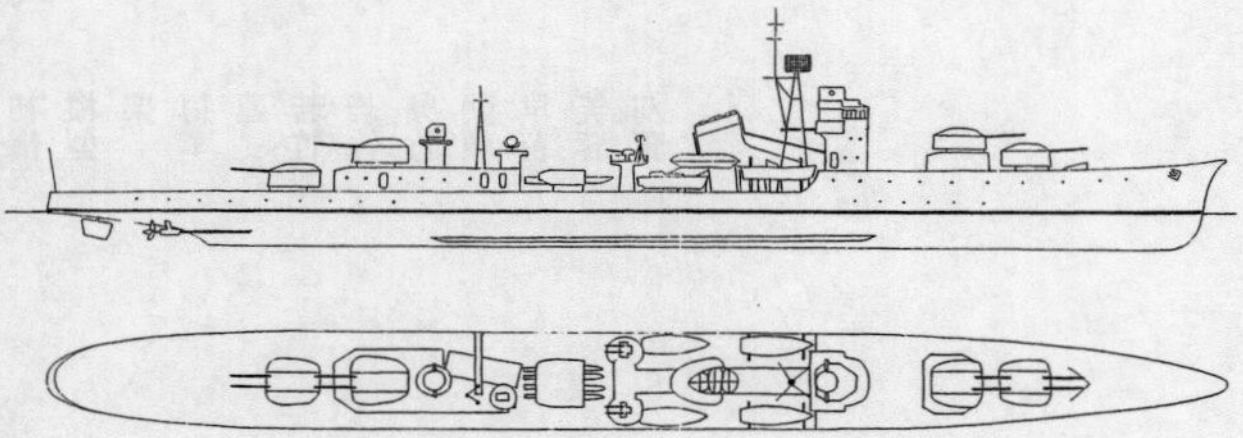

防空直衛駆逐艦「秋月」の鎌倉丸護衛記

竣工ほやほやの最新鋭艦を新品艦長が指揮、敵潜の海を補給なしで三千浬

当時「秋月」初代艦長・海軍中佐　古賀彌周次

駆逐艦秋月《あきづき》は、防空直衛駆逐艦として計画建造された同型艦の第一号であった。舞鶴海軍工廠で艤装され昭和十七年六月十一日竣工、海軍に引き渡され、日本海軍に一威力を加えることとなった。秋月は短命ではあったが、その生涯は華々しく激闘の連続で、幾多の偉功をたてているが、その中であまり世間に知られていない鎌倉丸の護衛について述べてみよう。

本題に入る前に、秋月型の特にすぐれている特徴を用兵上の立場から紹介しておこう。

特徴の第一は最新の一〇センチ高角砲である。六五口径（砲身長が口径の六十五倍）の長い砲身を持ち、二連装の砲塔式になっていて、前甲板に二基、後甲板に二基（計八門）装備されている。その性能がまたすばらしく、この高角砲が秋月の特徴であるといってもいいほどである。

弾丸の初速が非常に大きい。すなわち弾丸のスピードが速いのである（毎秒約千メートル）。飛行機のスピードがおそろしく速くなっているのに、従来の高角砲は旧態依然として一向に

速くなっていないヒョロヒョロ弾丸である。これではとても当たらない。こんなことは誰にでもわかりきったことかも知れないが、さて製造するとなると、そう簡単にはいかない。

初速を増すためには長砲身が必要となってくるわけだが（限度はあるが）、そんな長い砲身を造るには技術がなかなか難しく、また高角砲として使用する場合、九十度、つまり真上に向ける場合の砲架の設計がたいへん厄介である。そのほか幾多の壁に突きあたるのだが、この壁を突きやぶって初速の増大に成功した造兵技術官に敬意をはらいたい。

第二の特徴は、砲身をどんな仰角（たとえば九十度の真上）にでも手軽に、自由自在に指向できる。だから対勢の急激な変化に即応して、飛行機に照準をつけてゆくことができる。しかもどんな仰角においてでも、弾丸装薬が容易に装塡できるのだから、斉射間隔がズーッとちぢまった。毎分二十発程度（練度が向上するともっと数多く射ち出すことが可能）は射ち出すことができる。飛行機と撃ち合う時間は短いものだが、その短時間に連続的に射ち出すので、よく命中する。

第三には、射撃指揮装置が最新式できわめて優秀であったこと。

射撃指揮所にある照準望遠鏡を目標につけてグルグルまわすと、各砲一斉に同様についてまわる（この装置は方位盤装置といって軍艦、駆逐艦を問わずたいてい装備しているので、あながち秋月の特徴とはいえないが）。また全砲塔を同時に指揮するのが建て前ではあるが、情況に応じて前部と後部とを分火して指揮できる。

四方八方から来襲する飛行機に対しては、この分火指揮の必要にせまられることがよくある。

話はそれるが、ガダルカナルの死闘たけなわなる昭和十七年夏、同作戦参加の命をうけ、トラックよりショートランドの集合地に向かう途中、西水道入口付近でB17三機の来襲を受けたときのこと、目標も大きいので一撃のもとに全機を墜としてやろうと、前部砲塔を一番機に、後部砲塔を二番機に照準指向させ、つまり分火指揮をとらして射撃を開始して、運よく初弾みごとに両機に命中し、一斉射でみごとに二機を撃墜した。

三番機はあわてて反転して逃げてしまった。これが秋月の対飛行機の初陣であり、撃墜機の第一号であった。この場合、分火せずに全砲塔をもって一番機を射撃していたら、後の二機は取りにがしたかも知れない。

第四には、航続力の長大なことである。

航空母艦をまもるためには行動を共にせねばならぬので、少なくとも空母に近い航続力を持たねばならないのは当然である。秋月型は十八ノット八千浬《かいり》、空母では飛龍が十六ノット八千浬、翔鶴が十八ノット九七〇〇浬でほぼ近い。陽炎《かげろう》型の十八ノット五千浬、吹雪《ふぶき》型の十四ノット四五〇〇浬にくらべればずいぶん足が長い。

決死の護衛任務

昭和十七年五月二十日、私は駆逐艦山雲《やまぐも》より秋月艦長に補せられ、深緑したたる舞鶴にて着任、引渡式を終えた翌日の六月十二日、所属軍港の横須賀に向け出港し、山陰沖を一路西

艦として機動部隊の対空直衛が主任務。公試排水量3470トン、全長134.2m

昭和17年５月、宮津湾外で33.58ノットで全力公試中の秋月。初めての防空駆逐

進した。

下関海峡にさしかかる直前、大本営特別命令により北方部隊に編入されたので予定を変更して、第二機動部隊に加わって第四航空戦隊（空母龍驤、隼鷹）を護衛し、アリューシャン列島攻略作戦に出陣した。ぶじ作戦海域に着いてみると、アッツ、キスカの占領は第二機動部隊に加わる前日に終わっていたので、乗員一同がっかり。横須賀に帰投せよの電命に接した。

帰港するやいなや、鎮守府より「艦長来たれ」の信号を受け、「それ来た」というわけで急いで出頭したら、長官から大本営特別命令を手交された。

それによると、準備でき次第、鎌倉丸をマカッサル（セレベス島の西南端）まで護衛し、任務終了せば速《すみや》かに帰投せよ、ということであった。

そして補足して次のようにいわれた。

「——鎌倉丸は新鋭の旅客船で、南方占領地域に司政長官、司政官、女子事務員、日赤看護婦など約千名の人たちを輸送するので、これをマカッサルまで護衛する。

さきに龍田丸が同様の任務をおびて佐世保を出港したが、出港後間もなく、五島列島近海で敵潜水艦の襲撃をうけ沈没し、あたら有為の人たちを犠牲にしてしまった。今回は海軍の面目にかけても、どうしても成功せねばならない。

マカッサルまでは約三千浬ある。十八ノットで往復六千浬を、途中補給することなく突っ走りうる駆逐艦は、秋月よりほかにない。鎌倉丸はいま横浜にいて出動準備を急いでいる。

この命令受領と同時に、鎌倉丸は貴官の指揮下に入る。準備が完成すればすぐ横須賀に回航して来るはずである。

なお細部にわたっては主務参謀とよく協議し、打合わせを綿密にして手抜かりのないように。当鎮守府も全力をあげて本任務に協力する。早く帰艦して護衛計画を研究してほしい。このことは部外には絶対極秘だから、慎重に行動するように」と。

当時の敵情はどうかといえば、潜水艦は東京湾口はおろか、本土近海のいたるところに出没している。佐世保近くのある島では、夜間、近寄ってくる敵潜水艦と同島居住人とが発光でつねに連絡さえとっているありさま。内地でありながら、占領地も同然で、油断も隙もあったものではない。

眼を南方に転ずると、ガ島はすでに敵の手中におちいり、飛行場の完成と同時に制空権は完全に敵ににぎられ、飛行機の跳梁は眼にあまるものがある。

これに対して味方はどうであろうか。

竣工後、時日も短く訓練も充分にできていない。せっかくの優秀な高角砲も敵機とまだ手合わせをやっていない。機関にもなじんでいない。高速力の連続では、いつどんな故障を起こすかもしれぬ。もちろん見張員にしろ潮っ気が抜けかかっており、潜水艦攻撃には自信があるけれども、全体として訓練不足である。急速に練度を揚げるよりほかに手はない。

以後、上陸も禁じて、夜に日をついで訓練をかさねた。一方、その合間には出撃準備もしなければならない。燃料、弾薬、糧食消耗品は晩から搭載して深夜にほぼ完成した。

翌日には鎌倉丸も入港してきた。直ちに船長と同道して鎮守府を訪れ、護衛計画を説明し、詳細な打合わせをおこない、ようやく私にも自信がわいてきた。ようしやるぞ。南方海面は山雲（朝潮型駆逐艦）で縦横無尽に走りまわった海面じゃないか。敵機ござんなれ、敵潜来たれ、秋月の力を示してやろう、と思わず全身に力が入った。

帰艦すべく波止場に立てば、もう宵闇がせまってあたりは暗く、灯火管制中の港に碇泊した各艦の英姿は、怪物のように見える。

内火艇に乗って帰艦の途、鎌倉丸に灯火管制をやらして周囲をグルグル見てまわり、漏光の数ヵ所を指摘して注意し、これで良しと帰艦した。

深夜の出港

この任務遂行にあたって一番頭を痛めたのは、いつ、いかなる方法で出撃するかであった。前回の龍田丸のさいは、出港の日時や任務行動がスパイのために敵潜にすっかりわかっていたことなどを思い合わせると、いまは敵よりも味方を警戒する必要がある。

一日も早く出撃（月齢の関係もあり）するに限ると、深く期するところがあって、翌日の六月二十五日午前十時、堂々とそろって出港し、房総半島の浦賀水道に面した鋸山の真下に投錨した。予定の行動である。そしてその後は陸上との交通通信を一切禁止し、信号も厳重に監視した。

当時は前述のとおり、東京湾頭剣崎、野島岬沖合から相模灘一帯にかけて敵潜が出没している。情報はすでに入っている。この海面をいかにして突破するか。

——まず敵潜の動静を探知する必要があるので、探知に全力を挙げた。私も聴音機室において自ら聴音機を耳に当てた。いるわいるわ、少なくとも三隻はいる。しかも活発に動きまわっている。

ズーッと記録をとっていると、隻数に増減がある。ある日は五、六隻もいるかと思えば、ある日は一、二隻しかいないこともある。

私はこの敵潜伏在海面を、敵潜の注意力が衰えているであろう深夜に突破する計画を立てて、船長にも説明してある。したがって出港時刻を正子（午前零時）と打合わせしてあった。ただ何日の正子かは決まっていない。敵潜の動静いかんによって決めるのである。

二十六日、二十七日までは鎌倉丸の乗員も船客もいたって朗《ほが》らかそうな顔をしていたが（双眼鏡で見た結果）、二十八日になると、多少あせりのふうが見える。

それが夕方ごろになると、不平らしい顔つきに変わった。缶詰にされて出港を待つ間の気持はよくわかる。しかし、ここで急いでは事を仕損んずる。秋月単独ならわざわざ敵潜をもとめて攻撃に出るだろう。しかし大事な鎌倉丸を連れている。無理はできない。必ず突破の間隙はある。

敵潜といえども、幾日間も潜ってばかりはいられない。浮上して二次電池に充電もしなければならない。あるいは補給、休養、哨区交代などのこともあろう。そんな手薄な間隙に乗じて一挙に突破するなら何事かあらん。

もうそろそろ弱りかける頃だがと、自重していた折りも折り、六月二十九日未明ごろからどうも敵潜の数が一、二隻しかいない。しかも行動が低調である。いよいよ出撃の時機が近づいたと看破した。夕方も夜も変わりなく低調である。よし、この時ぞとばかり正子に出港、鎌倉丸は全速力（十八・五ノットくらい）で、秋月はこれを先導しながら出撃した。

浦賀水道は事もなく通過し、剣崎を正横に見て、神子元島に向けて針路を変えた。さあ、いよいよ敵潜の伏在海面だ。

秋月は潜水艦攻撃準備をととのえて総員配置についている。見張員は眼に、聴音員は耳に全神経を集中し、秋月は速力を二十四ノットに増速して鎌倉丸の前路を大角度のジグザグ運動をはじめたが、距離を開かないように注意し、時には反転して鎌倉丸を一周したりした。

煙をはく三原山が真横にきた。海面には何の異状もおこらない。鎌倉丸は黒い怪物のように黙々としてついてくる。乗客はもう安心して眠りについたであろうか、それとも未明までは心配で起きているだろうか。

神子元島はグングン近づいてくる。これを真横に見て、針路を潮岬の南方十浬に向けた。これで第一段階の危険海面は突破し、少しは心の緊張もほぐれた。しかしまだ油断は禁物、総員配置をやめて三直哨戒とする。鎌倉丸もよくついてくる。乗員一同、一生懸命なのだろう。なんとか声をかけてやりたい。

遠州灘も熊野灘も、夢のように過ぎて潮岬にとりついた。速力が速いので風潮の影響も少なく、予定地点に達して針路を南方に変えた。一瞬ごとに遠ざかりゆく故国紀州の山々を望んでは、ふたたび相見えんことを祈りつつ一路南下する。

ここまでくればもう安心だ。敵機よ、敵潜よ、ござんなれと鼻唄でも出したくなる。鎌倉丸はと見れば、前甲板に婦人部隊がいっぱい並んで、さかんにハンカチを振っている。ぶじに突破して嬉しいのか、みんな笑顔だ。船は滑らかな海面を音もなく、白い航跡をのこして驀進する。

大東島に接近して位置を確かめたかったが、陸上の人たちに見られるのを警戒して視界外に去り、南下をつづける。フィリピンのミンダナオ島東方海面に達し、ここから西進してセレベス海に入る。もう日没近い。これからは陸地も近いし、島もある。目前には敵潜がよく出没したマカッサル海峡がある。敵潜ばかりじゃない。魚雷艇もいる。警戒厳重が必要だ。

天運のスコール

マカッサル海峡はちょうどあつらえ向きに夜間通過になる。危険なマカッサル海峡の通過をやめて、セレベス島の東側のモルッカ海峡を通ろうかとも考えたが、東側には無数の島がある。島かげから魚雷艇の襲撃するのを避けるためと、夜間の高速力では島に気をとられて見張りが留守になるのをおそれて、マカッサル海峡を通ることに決めた。

マカッサル海峡に突っ込むころはあたりが真っ暗で、おまけに急に暗雲がひろがり、時折り猛烈なスコールがやってきて、一寸先も見えない。突破するにはもってこいだ。東側でも通っていたら大変だった。敵潜ならぬ島にぶっつかったかも知れない。

視界は悪いし、真夜中ときている。悠々と南進し、未明時に通り抜けた。見ると前方にセレベス島の南端が見える。「あの鼻がマカッサルだ」思わず万歳を叫んだ。マカッサルが見えたぞ、との拡声器の声に、艦内も喜びの色があふれ、乗員たちも上甲板に姿を現わす。まず鎌倉丸を先に入港させ、その間、入口海面を走りまわって警戒し、ついで鎌倉丸の船尾に岸壁繋留した。このとき無電を打って、横須賀出港いらいはじめて電波を出した。それまでは送信機には鍵をかけて一切送信を禁止し、一語も発せさせなかった。

ぶじに着くまでは一切電波を出さない。また鎮守府も一切、秋月を呼ばない。もし秋月宛ての緊急信があれば、単に既定の電波で放送する。秋月も既定の電波は常時配員して待ち受けている約束だった。成功の一因だったと思う。

繋留を終わって陸上を見ると、善良そうな原住民が見物にたかってきている。なかにはバナナやパパイアなど、うまそうな果物を売っている。

私は服装をあらためて鎌倉丸をたずね、船長に喜びの挨拶を述べた。船長はもちろん司政長官、司政官連中もみな大喜びで、鋸山の四日間が一番つらかったと述懐していた。船長は、当地で船客の大半は下船するが残りはアンボン（セレベス島東方セラム島の南方）に行くので、ぜひアンボンまで護衛をとの依頼に、私の受けた命令はマカッサルまでとなっているので、どんなものかと思ったが、帰途少しのまわり道にすぎないので快く護衛することを確答した。

明くる日には、船客もそれぞれ下船し、任地に向かったので、その翌日出港、夕刻にアンボンに到着、残りの船客をおろして一泊。翌日ふたたび相携えて出港、鎌倉丸は佐世保へ向かうので、途中まで護衛することに決し、北上した。北大東島で東西にわかれ、秋月は七月十八日、ぶじ任務を終えて横須賀に帰投した。鎌倉丸は一日早く佐世保に帰投していた。

二代目艦長が綴る駆逐艦「秋月」の奮戦

被雷損傷修理をおえ新艦長を迎えて前線復帰した後の精鋭艦の航跡

当時「秋月」二代目艦長・海軍中佐　緒方友兄

緒方友兄中佐

昭和十八年十月中旬、巡洋艦木曽《きそ》の副長として千島方面の作戦に従事していた私は、現在、長崎で修理中の駆逐艦秋月《あきづき》にいそぎ赴任すべし、との電命をうけた。秋月は昭和十七年六月に完成、就役いらい南太平洋の戦場で戦い、数多くの武勲をあげていたが、最近の戦闘で艦首切断という大損傷をうけたため、三菱長崎造船所において復元修理がおこなわれていたのだ。

命令をうけた私は、おっとり刀で北の千島から南の長崎へ飛んだ。長崎についてみると秋月の修理はほとんど終わっており、前任の古賀彌周次艦長もすでに退艦されて転任していた。造船所側の話によれば、軍から命じられた工事修了期日が短いため、当時、同造船所で建造中だった同型艦の艦橋から前方を切り取って継ぎ合わせたという。

鎌倉丸を護衛後、ソロモン方面へ進出した秋月。17年９月29日の撮影

ともかく、残りの工事をいそぎ、完了とともに佐世保へ回航された秋月は、あらたに対空機銃六基を増備して戦力をさらに強化していた。

こうして修理と改造をおえた防空駆逐艦の秋月は、軍需品を満載したのち昭和十八年十一月、私の指揮のもと南太平洋のトラック島に進出、同地に在泊する連合艦隊司令長官の指揮下にはいった。

修理工事をうけていた間の戦闘訓練の空白と、乗員の交代により戦闘術力は低下していた。これを元にもどし、さらに向上させることは、現在、至上の課題であった。そのため、トラック在泊中は他艦よりも毎朝三十分、総員起床をはやめて訓練に励んだのである。

このころ、南東太平洋に反攻の火の手をあげた連合軍の動きは、しだいに活発化し、トラック島の東南、約一五〇〇浬にあるギルバート諸島のマキン、タラワ両島守備隊の危急が伝えられた。

このマキン島の北西五〇〇浬のところに、世界最大の環礁クェゼリンがあるが、ここにも日本軍の守備隊が配置されていた。面目を一新した秋月にあたえられた最初の任務は、クェゼリン守備隊への軍需品の急速輸送であった。

秋月型は他の駆逐艦とくらべて燃料の搭載量が多く、したがって行動力が大であり、とくに敵機の跳梁する海面をゆくため、その強力な対空兵装を買われたのである。

敵潜水艦のひそむ魔の海域を突破して秋月は、二日後、無事クェゼリンに着いた。

秋月型の最大の特徴である長10cm連装高角砲。仰角90度、射程1万9500m

おそるべき対空兵装の威力

一方、赤道を南にこえたソロモンの最前線、ラバウル方面の戦局も緊迫していた。これに対処するため、わが軍はラバウルに近いニューアイルランド島のカビエンに、当時トラックにあった陸軍の二個大隊を派遣することになった。

この輸送作戦には、第二水雷戦隊の旗艦、軽巡洋艦の能代と麾下の駆逐艦二隻、それにわが秋月の計四隻が参加した。陸軍の将兵は各艦に分乗し、第二水雷戦隊司令官の早川幹夫少将が陣頭指揮して昭和十八年十二月三十日、薄暮に身を隠すようにトラック島の南水道より出撃した。

予示された敵情は、機動部隊がマーシャル、ギルバートの線内に行動している算が大である、ということであった。

トラックからカビエンまで全航程六百余浬、海底ふかくもぐる敵潜水艦を警戒しつつ翌々日の昭和十九年一月一日未明、艦隊は無事カビエンに錨をおろして揚陸作業中は、駆逐艦が交代で泊地の外側を移動しながら、警戒につとめた。

秋月は正午前に揚陸作業を完了し、それまで警戒にあたっていた駆逐艦と交代して哨戒の任務についた。そして、最後の一艦の作業がおわる直前に、わが方の電波探信儀は、泊地の北方に飛行機の大集団を捕捉した。

敵の編隊にちがいない。

四隻はただちに抜錨すると、旗艦能代を先頭に散開し、凸梯陣をつくって北方に針路をとり、来襲する敵機を迎えうつべく速力をあげた。

間もなく、前方の水平線上にちょうどゴマを散らしたような飛行機の大編隊を認めた。敵機はわれわれの前方を横切るように飛び、やがて左方に大迂回をはじめた。約二百機と観測された。

秋月は最新式の長砲身一〇センチ高角砲の連装砲塔を前後に二基ずつ、計八門を主砲として装備している。敵編隊が測距離一万メートルに入るや、秋月の主砲は射撃を開始した。一〇センチ高角砲の威力はものすごく、たちまち敵の三、四機が火だるまとなって海に落ちてゆくのが見られた。

敵の先頭群は、われわれの左前方で四隊にわかれると、それぞれの艦をめざして突っ込んできた。わが秋月を襲う第一波は、およそ十五、六機、単縦陣で一本棒のようになって突っ込んでくる。そのうちの二機が、すでに主砲の餌食となって火をふいていた。

まさにわが機銃陣の射程に入るかと思われた直前、先頭機は秋月の前方千メートルほどで投弾、機銃掃射をおこないつつ、そのまま反転してしまった。二番機こそはと身構えるが、これも先頭機とおなじく、機銃の射程圏外で反転避退するのであった。以下の各機もことごとくこれらと同じ行動をとった。

秋月はこれらに対して主砲、機銃の全力をあげて猛撃をくわえ、四機を撃墜した。敵機が火をふくたびに艦内に歓声があがり、士気はいやがうえにも高まっていく。さらに、避退していく敵機のなかに、火を噴いているもの二機、黒煙を洩いているもの二機を認めたのである。

わが艦隊は、各艦がそれぞれ回避運動をおこないながら応戦した。第一波が去りほっとして僚艦を望見すると、敵機がその頭上に殺到して苦闘するありさまが手にとるように見えた。左方の駆逐艦は紅蓮の炎につつまれ、速力がだんだん低下しているようであった。

ほっとするのも束の間、ふたたび第二波が来襲してきた。しかし、今回も敵機は秋月の頭上に突っ込むことができなかった。無傷で奮戦する秋月とはうらはらに、旗艦能代は集中攻撃をうけ、艦橋の前方から白煙を噴きだしていた。

ただちにこれを援護するため、秋月の主砲は能代にむらがる敵編隊に必殺の砲弾をたたきこみ、三機を血祭りにあげた。この間、さきほど火炎につつまれていた左方の駆逐艦は、火災もおさまり原位置にもどって敵機と渡りあっていた。

攻撃はおわり、敵機はことごとく視界の外に去った。艦隊はふたたび隊形をととのえ、損傷艦の出しうる最大速力をもって北進をつづけ、敵機の再度の来襲を警戒していたが、ついに敵影を見ることなく、二日後、トラックに帰投した。

この戦闘で秋月は敵十機を撃墜破し、しかもまったく無傷であったのは、本艦が防空駆逐艦として建造され、当時、最優秀の対空兵装をもっていたほか、砲術長の岡田一呂大尉以下の猛訓練の成果であったと信じている。

後退する太平洋の最前線

昭和十九年に入ると、敵の反攻はますます活発となり、静かだったトラックも戦いの渦中に巻きこまれていった。そのため連合艦隊の主力は、トラックの西方一千浬のパラオに後退した。秋月もこれに随伴して、警戒護衛の任にあたった。しかし、パラオに在泊したのはわずか二十日間ほどで、ついで艦隊はパラオから西南二千浬、シンガポールの南方八十浬、赤道上にあるリンガ泊地に移っていった。

戦線が縮小されている現在、連合艦隊の根拠地は日本本土に近い方がよいのであろうが、このとき内地には、すでに大艦隊をまかなえるだけの油が底をついていたのである。

一方、リンガ泊地は石油の宝庫で、スマトラ島パレンバン油田にちかく、燃料の心配はまったくなかった。また、不時の敵襲にたいする顧慮も少なくてすんだ。しかも、泊地の面積が広大なので湾内で艦砲射撃や、実魚雷の発射訓練がおこなえ、来たるべき戦闘にそなえることができた。かくて、日米艦隊決戦の機は刻々とせまった。

昭和十九年五月十一日、秋月はあらたに編成された決戦艦隊ともいうべき第一機動艦隊（小沢治三郎中将指揮）の一艦として、リンガ泊地を出撃した。そして同月十五日、リンガとパラオのほぼ中間に位置し、ミンダナオ島の南西、ボルネオ北東端沖にあるタウイタウイ泊地に進出、戦闘即応の態勢にはいった。

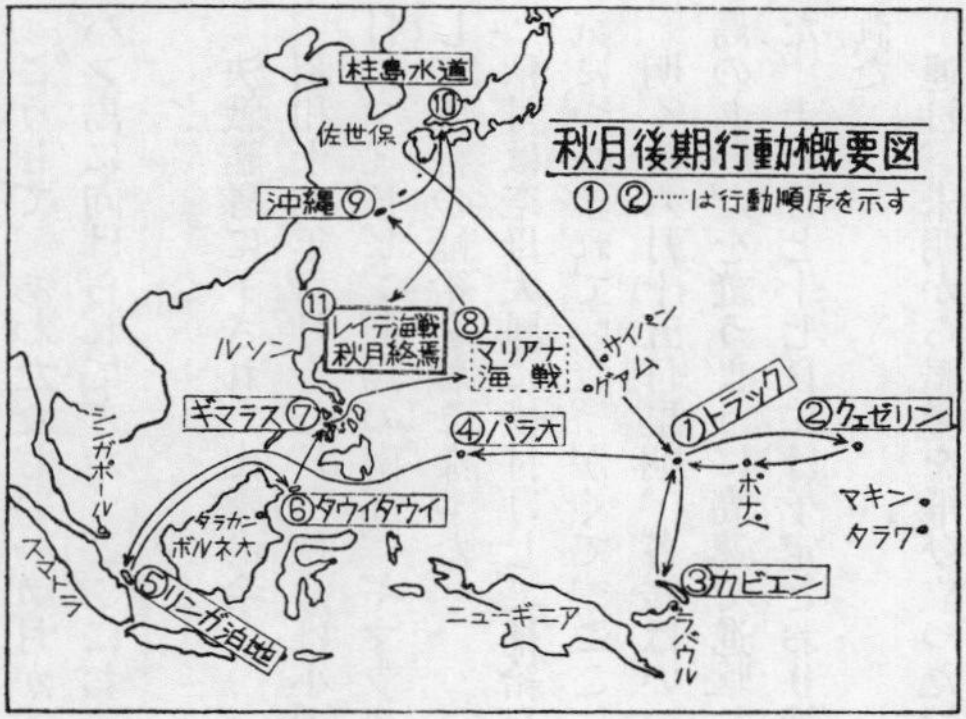

タウイタウイは、艦隊がもっとも必要とする重油を、南方七十浬にあるボルネオ島のタラカン油田にもとめられ、泊地面積もひろいので大艦隊の収容には好適であった。しかし、平坦なサンゴ礁にかこまれた湾のため、環礁の外から泊地の動静を展望することができた。そのため、早くから敵潜水艦の暗躍するところとなり、湾外で哨戒護衛の任についていた駆逐艦が雷撃によって沈没する事件は二、三にとどまらなかった。

しかし、重大な作戦を目前にひかえ、各航空母艦は危険をおかしてでも湾外に出動、とくに飛行機の発着艦訓練に主眼をおいて訓練にはげんでいた。

わが秋月も、その警戒艦として訓練に参加した。また、タラカンとタウイタウイを往復するタンカーの護衛任務に従事したこともある。

こうして、あわただしい一ヵ月がすぎたころ、連合軍の反攻の矛先《ほこさき》はマリアナ諸島のサイパン島に向けられてきた。ここにおいて決戦艦隊はついに立ちあがった。

決戦艦隊に下された出撃命令

昭和十九年六月十三日、秋月は小沢機動艦隊の一艦としてタウイタウイを出撃し、翌十四日にフィリピン群島の南部、ギマラスに到達した。ただちに全艦隊は決戦にそなえ、夜を徹して燃料の補給をおこなった。

秋月は空母大鳳に横付けして補給をうけた。緊迫した空気が艦隊にみなぎり、異様な雰囲気につつまれていた。かくて、ここに「決戦発動」の令がくだされたのである。

明くる六月十五日早朝、各艦はいっせいに抜錨した。そして単縦陣となってフィリピン群島のあいだを縫うように高速で進撃し、夕刻にはサンベルナルジノ海峡をぬけて太平洋にでた。十六日と十七日には予定どおり補給部隊と洋上で会合して、最後の曳航補給がおこなわれた。

連日、未明から艦隊を飛び立った飛行機による捜索列がはられ、綿密な偵察がおこなわれていた。十八日午後、待ちかねていた「敵機動部隊発見」の報が偵察機より送られてきた。攻撃隊はただちに飛行甲板を蹴って大空へ舞いあがっていったが、ふかい夜のとばりが敵艦隊をそのかげに隠してしまった。そのため、航空攻撃は翌日を期すこととして、中止されたのである。

明くる日の十九日は早朝から敵艦隊をもとめて飛行機隊が発進し、大いなる戦果が期待された。

しかし、天はわれに味方しなかった。

せっかく発進したものの悪天候にはばまれて敵影を見つけ得ず、またこれを突破して敵機動艦隊におそいかかった機も、敵のあつい防禦網にはばまれて、目的を達することができなかった。そして、戦果を挙げるどころか、かえって手痛い損害をうけたのである。

その日の午後、秋月は旗艦大鳳《たいほう》の警戒幕の一艦として、その右正横二キロにいた。そして大鳳の動きにあわせ、高速で之字運動をおこないつつ敵のいる海面に進撃した。

そのとき突然、右前方に二本の雷跡を発見した。ただちに発見信号をかかげ、雷跡方向に転舵すると同時に、爆雷投射を開始した。

しかし、無念にもこのうちの一本が、まるで引きこまれるように大鳳の右舷中部に命中して、水煙りの上がるのが見えた。だが、大鳳はすこしも速力が低下することもなく、そのまま前進をつづけていた。

秋月は敵潜の潜在海面に急行し、反覆して爆雷攻撃をくわえた。油滴や気泡がうかぶ海面には、再度、爆雷を投下して効果の確実を期したのである。

こうして敵潜水艦を制圧しているうちに、味方艦隊ははるか水平線のかなたに去っていた。秋月はただちに全力をあげて艦隊を追った。ところが、その間に空母大鳳は爆発をおこして沈没してしまったのだ。

われわれが大鳳の沈没地点に到着したとき、艦の上部が水面上にわずか出ているにすぎなかった。ただちにすべての短艇をおろして、乗員の救助にあたった。大鳳を失った小沢長官は、旗艦を重巡洋艦羽黒にうつした。

翌日の六月二十日にも航空攻撃を続行したが、味方飛行機の損害が予想以上に多く、戦果は思わしくなかった。その夜、作戦中止の令があり、傷心の第一機動艦隊はつぎつぎに戦場を離脱して沖縄の中城湾に集結したのち、広島湾に帰投した。

激戦のレイテ沖に死す

本土にもどった秋月は、おもに広島湾の柱島水道に警戒停泊し、あらたに編成された小沢中将指揮下の第三艦隊に入った。また、陸上攻撃機隊の艦船攻撃訓練の目標艦として、敵潜が出没する危険な豊後水道外の海面にたびたび出動したが、それ以外のときは、燃料節約のためほとんど泊地を動かなかった。

つぎの戦闘にそなえて修理や訓練をおこなううちに、いつしか三ヵ月がすぎ、フィリピンを舞台とする攻防戦の幕が切っておとされた。昭和十九年十月二十日、柱島水道に待機する小沢第三艦隊は錨をあげて豊後水道を出撃、戦雲うずまくフィリピンのレイテ湾をめざした。秋月は前衛部隊の一艦として、前路の警戒にあたっていた。小沢艦隊の任務は、フィリピン沖に遊弋《ゆうよく》する敵機動部隊を北方へさそいだし、すでにレイテ島に上陸を開始した敵にたいする栗田第二艦隊の殴り込み作戦を容易にすることであった。

わが第三艦隊の戦力は空母瑞鶴、瑞鳳、千代田、千歳の四隻と、航空戦艦伊勢と日向の二隻を基幹として巡洋艦三隻、駆逐艦八隻をしたがえ、一見したところでは、じつに堂々たる大艦隊であった。しかし、その実状は使える飛行機をほとんどもたず、空母は裸同然で、この小沢艦隊こそ戦史にその例を見ない悲壮なる「オトリ艦隊」であったのだ。

敵潜の出没海面を突破したオトリ艦隊は、十月二十四日、ルソン島の北東海面に進出して、敵機動部隊をさがしもとめた。

その日の夜、戦艦伊勢と日向、駆逐艦の初月、若月、秋月ほか一隻よりなる前衛部隊は、命によって夜戦を企図して主隊と分離し、横広の捜索列をはって敵影をさがした。

夜戦は駆逐艦乗りの本命であり、念願である。小軀よく巨艦を屠《ほふ》るの機が、いよいよ訪れたと艦内は緊張した。

だが、終夜、敵をさがしもとめたが、ついに会敵することなく夜明けを迎えた。そしてふたたび命により反転、夜戦隊は二十五日の朝、主隊に合流した。

わが艦隊は瑞鶴と瑞鳳を中心とする第一輪形陣を基準として、その東方に千代田と千歳を中心とする第二輪形陣があった。秋月は一番艦の瑞鶴の左正横二千メートルに位置して、対空、対潜警戒を厳重にしてすすんだ。

午前七時ごろ、後方の水平線に敵の偵察機を発見した。しばらくすると、今度は電波探信儀が飛行機の大集団をとらえた。まもなく、敵機の大編隊がまさに空を圧して後方の水平線にあらわれ、われわれの視界にとびこんできた。艦隊はただちに速力をあげ、かねての予定にしたがって北方に針路をとり、誘致作戦にうつった。敵機はわが艦隊に近づくにしたがって分散し、四隻の空母に殺到してきた。

彼我の射弾が空中ではげしく交錯し、落下する爆弾、駛走する魚雷が海面をわきたたせ、沸騰させた。そして、あたりは一面に水煙りの飛沫と化し、炸裂音や射撃音が、地獄の戦場に不気味なバックグラウンド・ミュージックとして流れ、狂騒音は耳を聾した。

援護戦闘機を一機ももたず、天空からおそいかかる敵機の雷爆撃を、右へ左へ転舵して必死にかわすわが空母艦隊は、言語に絶する悪戦苦闘をしいられた。傍若無人におそう敵機の攻撃は執拗にくりかえされた。

右方のはるか海上では、千代田がすでに航行不能におちいり、しだいに戦列から後落してゆくのが見られた。熾烈な戦いは、エンガノ岬沖になおもつづけられている。

秋月は瑞鶴の運動にともなって行動し、主隊に来襲する敵編隊にすべての対空兵器をつかって猛射をくわえ、護衛任務の遂行に全力をあげていた。そんなとき、突然、艦は激しいショックを感じた。主砲は敵の方角に向いたまま、まったく動かなくなってしまった。

速力も少しずつ鈍くなりはじめ、艦の中央部がもりあがったと見るや、猛烈な黒煙を吹きあげた。しばらくして機関分隊士がずぶ濡れになって艦橋へあらわれ、機関の運転ができないことと、機関長柿田實徳少佐以下の戦死を告げた。

まもなく艦は、左に大きく傾きはじめた。

私はすぐに「総員退去」を令したが、あまりにも急激な艦の傾斜のため、短艇を降ろす暇もなく、乗員はすべて海中に投げ出された。かくて駆逐艦秋月は、レイテ沖のフィリピン海溝ふかくにその英姿を没し去り、かがやかしい戦歴の幕を閉じたのである。

防空駆「秋月」の死命を制した最後の一弾

秋月の沈没原因は敵潜の魚雷か直撃弾か。それとも発射管の誘爆か

当時「秋月」罐部第四分隊士・海軍中尉　山本平弥

昭和十八年八月の盛夏、東京の商船学校を卒業した私は、ただちに商船会社に入社し、その年の九月、クラス三十一名全員とともに海軍に召集された。そしてわがクラスは二年間の戦争で十八名が戦死し、東京・神戸両高等商船、さらに航海・機関を通じて最高戦死率をかぞえるクラスとなった。

しかも、わがクラスは勝ち戦《いく》さの経験もなく、サイパンあるいはレイテの戦いでは、戦艦、空母、巡洋艦、駆逐艦など乗艦が沈むたびごとにまとまって消えてゆき、敗戦前夜の昭和二十年には駆潜艇、哨戒艇など小艦艇の機関長としてつぎつぎに倒れていった。

山本平弥中尉

私の知るかぎりでは、わがクラスより戦死率の高いのは、かの兵学校でも四クラスしかなく、実戦参加一年十ヵ月という短期間に、これほどの高率で戦死者を出したクラスは、ほか

に例を見ないであろう。めぐり合わせとでもいうものであろうか。

　私についていえば、昭和十八年十月、第十六戦隊旗艦の足柄に着任して十ヵ月、そのあと昭和十九年九月十日、新鋭防空駆逐艦の秋月に転勤したのであるが、その秋月も乗艦四十五日目に沈没している。

　その巡洋艦足柄に取り組んでいたころ、海軍当局は私たちに〝現役転換〟をさかんに奨励したものである。同窓の間では「どうせ死ぬんだから現役に行こうや」「船乗りになるために商船学校へ入ったんだ。軍人になるために入ったんじゃない。予備のままで死んでもいっこうに構《かま》わん」という二つに意見が分かれた。そして昭和十八年秋には、機関とか予備とかの官名の区別もなくなり、服装もまったく海軍少尉そのものとなったものの、実質はやはり〝予備少尉〟であった。

　このとき、私の意見は後者であって、現役への勧奨には応じなかった。そして奇しくも、戦後まもなく亡くなって確認することができなかった一人をのぞき、それぞれの艦に分かれてたがいに連絡もとれなかったのに、わがクラス全員は海軍のすすめに応じることなく、実質、予備のまま戦い、そして十八名が死んで行ったのである。

　瀬戸内海の柱島泊地において、重巡足柄の内火艇から秋月の舷梯をかけのぼって、その後、昭和十九年十月二十五日、比島沖海戦で秋月が轟沈し、同艦の機関科戦闘配置員七十八名のうち生存者二、三名の一人となり、それもただ一人の機関科将校として生き残り、沈没寸前の機関室の状況を艦長に報告することとなったのである。

戦後、秋月は米潜水艦ハリバットの雷撃によって沈められた、と多くの戦史にあるが、それは誤りで、本艦は敵機の投下した大型爆弾の直撃か、それとも爆弾がわれの魚雷発射管あるいはその周辺に命中し、魚雷が誘爆して沈没したと、私はいまでも確信している。

以下に記すのは、機関室から見た秋月が沈没するまでの状況、ならびに後部機銃指揮官であったある少尉の言などをもとに、その最後を詳細に再現するものである。

こんどは三度目だからなあ

さて、秋月の機関科関係の戦闘配置は、おおよそ次のようなものであった。

艦本式ロ号二万馬力の蒸気罐を三つもっており計六万馬力。うち二つは第一罐室、他の一つは第二罐室にあった。その指揮所は第一罐室の左舷側中段に小鳥の巣箱のように、甲板と罐室床との中間位置に設けられていて、甲板とその罐部指揮所と罐室の下段とは、モンキーラッタルで結ばれていた。

第一罐室右舷側にも、甲板と罐室床とを結ぶモンキーラッタルがとりつけられているが、戦闘中は甲板上へ通ずる丸蓋は閉鎖するので、第一罐室へ出入りするには、指揮所を通る左舷側のものを使用することになっていたのである。

本艦は二軸で推進器二個をもち、機関室は艦首から艦尾にかけて第一と第二罐室、つづいて前部と後部機械室となっている。各機械室には、推進器をまわす二万六千馬力の蒸気タービンがすえつけられ、馬力は計五万二千馬力、速力は三十三ノット強である。

機関科全体を指揮する機関科指揮所は前部機械室にあって、ここには、海軍機関学校出身の機関長柿田實徳少佐と、東京高船出身の金子正明中尉（機一〇八）が配置について全般の指揮をとり、第一罐室では私が罐部全体の指揮にあたり、さらに後部機械室には、特務士官の摂津少尉と森山兵曹長、第二罐室には池田兵曹長が、それぞれ分掌指揮をとっていた。

機関科の人員は士官、兵員あわせておおよそ八十二名。戦闘時は、もっとも若い兵四名を弾丸運びとして砲術科へ出すほか、残り七十八名全員が艦底ふかく配置につく。

本艦は航空兵力の伸展にともない、艦船の対空防禦の必要性から、本格的な防空駆逐艦として進水した最初のもので、以後、同型を秋月型といった。当時の駆逐艦としてはもっとも大きく、公試排水量は三四七〇トン、主砲の一〇センチ高角砲は初速毎秒一千メートル、最大射程一万九五〇〇メートル、最大射高一万四七〇〇メートル、一門当たり発射速度毎分十九発、最大仰角九十度、また魚雷は六一センチで八本を搭載していた。

開戦翌年のソロモン海域では、全米軍機にたいして〝不用意に近づくな〟と敵の首脳部が指令を出すほど警戒されている。それだけに訓練は猛烈で、本艦では起床をはやめて早朝訓練が連日のように行なわれた。

昭和十九年十月六日、艦底洗いと機銃増設工事などのため、秋月は因島日立造船所に入渠したが、それからまもない十月十七日にはレイテ湾口のスルアン島にマッカーサー軍が上陸したとの報が舞い込む頃であり、十一日には急きょ修理を中止して呉軍港へもどり、戦闘準備にとりかかった。

準備完了後は、輸送任務のため鹿児島港まで往復——そして、有史いらい最大の海戦で、しかも緒戦以来もっとも多くの艦艇を喪失し、事実上、日本海軍の崩潰をもたらした比島沖海戦に参加することになったのである。

この海戦は捷一号作戦と呼称され、作戦開始時、連合艦隊の一艦である秋月は、オトリ艦隊とよばれる小沢治三郎中将ひきいる第一機動艦隊本隊の中で、第三十一戦隊第六十一駆逐隊に所属する防空駆逐艦四隻中の一隻として、機動艦隊主力の空母四隻を護衛するのが、その主任務であった。

一方、シンガポール南方、スマトラ東岸沖のリンガ泊地を発した大和、武蔵をはじめ、主力水上艦からなる第一遊撃部隊の任務は、レイテ湾に突入してその巨砲を利して敵の艦船を砲戦で撃滅するにあった。

ところが、この第一遊撃部隊を捕捉殲滅《せんめつ》せんものと、サンベルナルジノ海峡の太平洋側で世界最強を誇る米機動艦隊が待ちかまえているので、この敵機動艦隊にたいし、オトリとなってそれらの敵艦隊をルソン島の北東海域へ誘い出すのが、わが機動艦隊本隊の任務であった。

かくして十月十七日、捷一号作戦警戒発令となり、明くる十八日午後にはいよいよ同作戦の発動となった。そして艦隊司令部から伝達された作戦命令を乗組員に知らせるため、その夜、艦長は暗闇の前甲板に全員を集めた。命令は戦後明らかにされたように、「X日マイナス二日にわが機動艦隊本隊は、オトリとなって敵に突撃する」という主旨のものだった。解散後、近くにいた兵たちが、「こんどは三度目だから駄目だなあ」とささやくのが強く耳にひびいた。

十月二十日、小沢艦隊は八島沖を出撃した。空母はそれぞれ駆逐艦をしたがえ、伊予灘において航行しながら艦上機一一六機を搭載し、空母四、航空戦艦二、軽巡三、駆逐艦八の機動艦隊本隊が、オトリの任務をおびて夕闇せまる豊後水道を通過し、一路南下を開始したのはその日の午後五時ごろであった。

豊後水道通過後は警戒序列で航行し、二十二日には主力艦から駆逐艦に燃料補給が行なわれた。その間、いくどとなく対潜・対空警戒信号のブザーが艦内に鳴りひびき、そのつど私は戦闘配置の罐部指揮所へおりていったが、警戒のみで戦闘はなかった。

そして十月二十四日、いよいよ戦機は熱し、ルソン島の東方洋上で、わが機動艦隊本隊は乾坤《けんこん》一擲《てき》の航空攻撃を敢行した。Z旗をかかげた旗艦の瑞鶴以下、四隻の空母から放たれた艦上機は、上空でいくつかの編隊を組み終わるやいなや、青くすみわたった南溟の空に、敵艦隊をもとめて矢のように消え去った。しかし燃料のつきる時間が経過したのに、敵を発見したとか、攻撃を開始したとか、なに一つ情報はなく、夕刻まで、わずかに数機が帰艦したらしく、秋月の艦内にも沈痛な空気がただよってきた。

二十四日の日没ちかく艦隊は、夜戦にむかない空母群を残して、航空戦艦の日向と伊勢、駆逐艦の秋月、初月、若月、霜月など六隻からなる前衛部隊を編成し、敵艦隊との夜戦を期して、暮れゆく薄闇の中を南下しだした。

このころ私は、〈あと何時間で敵と接触するのか〉を確認するため、ほとんど三十分おきに艦橋へ上がっていったが、「あと二時間」「あとしばらく」の声があるのみ——暗夜のなか艦橋は刻々と緊迫度をくわえて行ったが、ついに敵艦隊との接触はえられず、夜十時半すぎ前衛部隊は北東に変針。翌朝、空母群との合流点へと向かった。

十月二十五日朝六時。前衛部隊は空母四、軽巡三、駆逐艦四の本隊と合流したあと、秋月は機動艦隊本隊第一群の空母瑞鶴、瑞鳳のうち、瑞鶴の直衛として二十ノットほどの速力で航行中であった。

午前七時すぎ、突如として対空戦闘のブザーが艦内に鳴りわたり、八時をわずかに過ぎたころ、ついに戦いの幕は切って落とされた。

惨たり静寂の世界

そのとき罐部指揮所では、私と先任下士官と伝令の三人が配置についていた。機関科指揮所からの指令にもとづき、私は罐の蒸気圧力を見ながら、燃料油圧や重油噴燃器の本数などを指示していた。艦は二十ノット、二十四ノットとしだいに増速していく。

罐部指揮所へ入って十数分後、速力は二十四ノットぐらいか、いよいよ対空戦闘がはじまった。この艦底ふかくの罐部へも、わが防空駆逐艦が誇る八門の主砲から、それぞれ毎分十九発の発射音が間断なくひびき、機銃の音もけたたましくつたわり、至近弾の炸裂音が敵機の上空到達を思わす。けれどもその間わずか数分で、第一波はことなく終わった。

およそ、いかなる格闘競技においても、相手を見ずに戦うものはあるまい。まして生命の争奪戦でこうした敵に、みずから直接攻めることもかなわず、ひたすら己れの生命が絶たれる瞬間をまつほど、やるせなく苛立《いらだ》たしいことはない。

第一波の去ったわずか数分後、第二波がやってきた。三十三ノットは充分に出せるはずだが、護衛する空母の速度に合わせているのか、本艦はいっこうに増速せずに、そのとき二十六ノットくらいであった。

ところが、第二波による攻撃がはじまり、主砲と機銃の発射音が鳴りひびくなかで、突然、大爆発らしい轟音が起こったかと思うと、艦は躍り上がって灯りが消えた。そのとたん、甲板からラッタル通路を走って、猛烈な爆風が指揮所へ吹き込み、同時に三〇キロ三五〇度Cの過熱蒸気が噴き出し、たちまち罐室いっぱいになった。

瞬間、私は罐内蒸気を逃がさなくてはならない、と思った。はっと立ち上がって暗闇のなか、頭上へ両手を高くさしあげ、逃出弁ハンドルをさぐった。けれども、めざすそれは先刻の大爆発でふっ飛んでしまったのか手に触れることはできない。

その間にも蒸気温度は急速に低下したらしく、すでに二〇〇か一五〇くらいか。轟音から四、五秒であたりはすでに地獄と化し、死の熱気で呼吸も困難である。懐中電灯を点けると、光はわずか一、二センチしかとどかず、向こうは焦熱の暗黒である。またたくまに私も、顔や、手の皮ふが剝離《はくり》してきた。濃厚な蒸気のなかでは、懐中電灯はまったく役に立たなかったのだ。

それでも一罐室への出入りに左舷側をもちいていたので、どうやら甲板上の出入口蓋は開放状態であったらしく、狭い指揮所を通って甲板にぬけるこの通路は、さながら室内に噴出した蒸気を逃がす煙突の役目を果たすことになった。見あげれば、白く淡い光が彼方にある。指揮所は罐室から甲板へ出る通路でもあるので、罐室の下部から下士官兵たちが暗闇のなかで懸命に、モンキーラッタルにすがって甲板へ出ようとしているが、狭い通路はいまや冥《めい》土《ど》へ行く道と化し、蒸気のなかにもがく人間は、まさに熱湯に投げ込まれたタコやカニ同然である。

私も上方からさし込む淡い光をもとめて、何度かラッタルを一段、二段と昇りかけたが、三段と上がらぬうちに熱気にむせんで落ちてしまった。わずかでも息を吸えば、まるでマッチ箱ごと火をつけて肺へ投げ込まれ、体内に火災が発生したかのようである。そのとき、すでに私の顔や手、肘《ひじ》など露出部の皮膚はすべてはげ落ち、数百度の蒸気に赤肌がさらされていたのに、熱さなど感じるどころか、ただもう、肺のなかが焼けただれる苦しみしかなかった。

呼吸さえできず、立っておれない。それでも蒸気は上昇するので、姿勢を低くすると、少し楽になる。三秒、四秒――ますます苦しくなる。死が秒速でせまってきた。どうせ死ぬなら、わが手でわが命をと思って軍刀をさがす。指揮所に軍刀と計算尺を持ち込んでいたのだ。計算尺は、応急修理時に用いるつもりだった。軍刀は、かねて沈没した場合を考え、島に泳ぎついた時の用意だった。が、それもどこかへ吹き飛んでしまったのか手に触れなかった。

それでも手がバスタオルらしきものにさわった。万一を思って、腰に巻きつけておいたのだった。私はさっそくそれで口や鼻など、顔を二重三重とぐるぐる巻きにして後頭部で結ぶと、かすかに呼吸が可能になった。それで私はふたたびモンキーラッタルを昇りはじめた。一段、二段、三段と、どうやら昇れる。あとを一気に昇りつめると、甲板へ頭がつき出た。大きく一呼吸した私は、そのまましばらくは動けなかった。焦熱暗黒の時間は三十秒だったか、それとも三分だったか、死生を争うさなかに時間はなかった。

われに返った私は、いまきた下へ向かって、「上がれるぞ、上がれるぞ！」と何度も叫んだ。と、下士官一人の顔が出てきた。私は声をかけたが、まったく皮膚がただれ落ちたその顔や口からは一言も返ってこなかった。やがて私は甲板へ出て、ふらふらと左舷を艦首に向かって歩き出したが……その後、ふたたび彼の姿を見ることはなかった。

見わたせば舷側の機銃群は、爆風でふっ飛んだか全くなかった。予想以上の被害であった。なによりもまず、機関科の現状を確認しなければならない、と思った私はつぎの行動にうつった。ところが左舷側からすぐ艦尾へ行けばよいのに、どうしたことか私は左舷を艦首へ向かっていた。艦内に入らず艦橋を迂回し、右舷へまわって艦尾へ——そして機関科指揮所のある前部機械室のあたりまで行った。途中、私の目に焼きついた唯一のものは、機銃員の肉塊——それは甲板中段に、惨としてかかっていた。

すべてが爆風で飛び散り、中部甲板上の構造物は皆無にひとしく、中、後部甲板上は、物音ひとつない静寂の世界であった。ところが、前部機械室の直上、左舷側すれすれから右舷

備後部高射装置の廃止や電探装備による前檣形状も変化する

秋月型８番艦・冬月。秋月型後期型は、工事簡易化のための艤装簡易化、機銃増

側いっぱい、船幅を長軸とする楕円形《だえん》の大孔が開いていて、後甲板へは両舷いずれからも渡ることは不可能であった。

後甲板に数名の姿が見られたが、そのうちの一人は大きな木箱で胸部から下を押しつぶされ、仰向けに倒れて苦しんでいる。私は後甲板の者に「箱をどけてやれ！」と声をかけたが、だれもが放心状態で無言であった。大破孔のなかを見れば、前部機械室には黒い重油まじりの海水が、タービンケーシング上すれすれに漂っており、破孔内の水線付近は両舷側ともに、外側から損傷をこうむった形跡はなかった。

私はすでに、機関長と機関長付ほか、全員の戦死をさとっていた。となれば、その両どなりの後部機械室と、第二罐室にも生存者はあるまい。そのときなぜか、ふと、日露戦争時の杉野兵曹長のことが脳裏をよぎった。私は重油のただよう大破孔に向かって、機関長と長付の名を四、五回さけんだ。その結果、一罐室員以外、機関科関係の戦闘配置についていた者は、瞬時にして全員戦死したものと判断された。私は一人、閑散たる中部甲板の静寂の中に茫然とたたずんでいた。

それにしても、魚雷関係施設が見当たらないのは、どうしたことか。考えてみれば、前部機械室の直上が魚雷発射管の位置であった。見当たらないのは当然かも知れない。いまは大破孔しかないのだから。

直立した艦首と艦尾

ともあれ、機関科の全滅を艦長に報告しなければならない。私はふたたび左舷から艦首へ向かい、艦橋を迂回して右舷から羅針艦橋へ昇った。そこでは艦長、砲術長、航海長以下みな健在だった。私は艦長に、「機関科は全滅です。前部機械室の上に大孔が開き、タービンケーシングの上まで浸水しています」と報告した。「機関科はだめか。……傾斜をなおせないか」と艦長はいった。

いまや艦はまったく停止し、傾斜はまだわずかだったが、船体は中央部から折れはじめたらしく、艦橋から見ると、艦首が頭をもたげつつある。私は、「注排水装置がないのでなおりません」と答えた。もし、それがあったところで動力源が全滅したいま、どうなるものでもない。兵の一人が、焼けただれた私の手や肘《ひじ》に包帯を巻こうとした。

そのとき、ますます頭をもたげた艦首の方から、「敵機来襲」の声が静寂をやぶった。砲術長が「射て！　射てる者は射て！」と令した。けれども前甲板の機銃でさえ沈黙しているのに、動力もなし、たとえ無傷であろうと前部主砲塔が、応えるわけがあろうか。

その直後、艦は急速に折れはじめた。砲術長か航海長かだれかが「艦長、もうだめです。総員退去にしましょう」と進言する。艦長は「もうだめか」と力なくいって、やや間をおき「総員退去」を令した。けれども自らはそこから一歩も動かなかった。

「艦長、降りて下さい」「俺は残る」「艦長が降りられないと、他の者は降りられません」「いや降りない」

問答しながら、両科長は力づくで艦長を降ろそうとする勢いであった。

「じゃ、みんなに迷惑かけるから降りよう」

私は包帯を巻いてもらいながら、その光景を見ていた。

そのころ、艦橋のある前部は、かなり後ろに低く傾斜していた。中央部はすでに海水に洗われ、艦首尾を刻々と空中高くせり上げていた。いよいよ離艦のときがせまった。スムーズに海に入るためには、水につかった中央部がよいはずだが、妙なことに、吸い込まれる恐れからか、あるいは少しでもおそく入水したい心理からだろうか。逆立つ艦首に向かって、みんな、昇って行った。

右舷側すれすれ、艦首に向かって一列縦隊ができ、その隊列は無言で一歩一歩と歩を進める。だれが最初に飛び込むかと見ていると、艦首ちかくで一人が飛んだ。そこは、乾舷の低い駆逐艦といっても、すでに、海面上かなりの高さにせり上がっているのだ。

が、これまたおかしな心理で、一人が飛び込むと、まるで、そこが飛込台のようにその位置へ進んで、ざんぶ、ざんぶと飛び込む。ところが、前者がまだ中空にあるのに次が空中へ飛ぶ。だから、激突のショックで気を失っている暇もあらばこそ、後続がわが身の上に落下するので、なかなか浮き上がらず、ここでふたたび終わりかと思う。

たちまち周囲は乗組員の頭ばかりとなった。沈没時の渦巻に巻き込まれてはならない。

「はやく、艦から遠ざかれ！」すでに海中にあった私が思わず叫ぶと、みなは一斉に泳ぎ出した。

そのとき、艦は中央部から真二つに折れ、フィリピン東方海上、青くすみ切った空のもと、艦底の錆止めペンキの色もあざやかに、艦首と艦尾が並列に高々と直立した。その一瞬、無傷で元気な坂本利秀航海長（神航二九）から声が起こり、元気な者が声を合わせて「秋月万歳！」をさけんだ。やがて、離れて直立していた艦首と艦尾は、仲よく手をとり合うかのように急速に沈みだして、紺碧の海面に吸い込まれるように消えていった。防空駆逐艦の第一号で、その名をはせた歴戦の勇士である秋月は、ここに没したのである。

ところで、秋月は轟沈したと伝えられているが、じつは被弾後、このように没するまでかなり時間があったのだ。けれどもそれが何分だったか、私には長いような短いような気がする。

なお、沈没のとき、搭載爆雷の爆発による強烈な水圧をさけるためには平泳ぎにかぎると、かねてから聞いていたけれども、深度が深かったせいか、数回の爆発にも私や近くにいる者には影響がなかった。

海面は重油で一面におおわれているものの、浮遊物はごくわずかであった。一週間前、呉を出港するときに可燃物を撤去していたのである。そのためわが身をゆだねる浮遊物とてなかったのである。もちろん、ボートで脱出するなどという考えは当初からなかった。

だが、無情の時は刻々とすぎ、すみ切った南天の空、照りつける太陽の光が、皮膚が剥離し赤肌の露出している顔面をひりひりと焼き、じっと顔を上げておれない。そんな私を見て航海長や軍医長が近寄ってきて励ましてくれる。「火傷に油はよいから重油に顔をつけよ」ともいう。

その忠告にしたがい、私は重油の海に顔をひたし、呼吸のときだけ海面に顔を上げることをくり返した。そのとき私も重油を飲んでいたことには気づかなかった。どうやら私は全身を火傷でやられているせいか、衰弱が早かったらしい。いつか私は泳ぎながら靴を脱いでいた。

少し離れたところに青竹が一本見えたので、四、五人が群らがったが、さすがの太い竹も浮力がたらず、かすかに足先へふれるだけであった。さらにちょっと離れたところに、醤油の空き樽を抱えて仰向きに目をとじ浮かんでいる者がいる。見ると彼は直属の部下で、第一罐室の下士官であった。だがいまの彼の顔には皮膚がなかった。よくぞ脱出してきたものである。直属の部下はこれが二人目であった。しかし、いまの私にはすでに部下を励ます力さえなかった。そして、その後、彼の姿をふたたび見ることはなかった。

敵機は相変わらず、戦闘能力のあるわが僚艦を攻撃し、頭上たかく飛び交っていたが、その波状攻撃の合い間をねらって、僚艦の一隻が近寄ってきて停止した。そして漂う秋月乗組員に何ごとかを叫びかけたが、それも数分のうちだった。ふたたびつぎの戦闘がはじまり、艦はいそぎ樽を放り込んで離れていってしまった。

そのあと、樽を中心に数人ずつのグループが散らばって、あちこち見えかくれしていた。私は僚艦がふたたびきてくれるかどうかを思いながら、ついに力もつきはて、重油の海に沈みがちとなった。ところが、幸いにまたも戦闘の合い間に、その僚艦がやってきて停止してくれた。甲板からは兵員が一斉に手まねきをしてくれている。

元気な者が泳ぎだし、私も死力をつくして泳ぐ。もちろん一番おくれた。重油でぬるぬるした一本のロープを、火傷の手で摑んでようやく昇りきった私が、どたんと甲板に腰を下ろしたとたん、ごうごうと推進器が回転しだした。救助された者の最後が私であったのだが、はたして漂っていた者のすべてが救助されたかどうかはわからない。あとで知ったのであるが、私たちを救助してくれたのは、丁型駆逐艦の槇《まき》であった。

負傷者はさっそく士官室に収容されたが、ソファーはもとより床まで足の踏み場もない。苦痛の呻きがそこかしこにもれる。それでもなお、敵の波状攻撃は夕刻までつづいた。そしていくどかの戦闘で槇も爆弾数発をうけていた。

一瞬、大轟音とともに硝煙が士官室に充満したので、負傷者は一斉に室外へ飛び出した。見ると、甲板上は凄惨のきわみで、罐室上あたりに直撃弾によるらしい破孔が見える。秋月の破孔とくらべれば問題になるまいが、罐室員はすべて戦死したにちがいない。

執拗な敵の攻撃は、夕刻ちかくになってようやく終わり、強烈な陽光の空もすっぽりと暗闇につつまれていった。敵機来襲の恐れはもうない。あとは潜水艦の警戒だけとあって、負傷者にもようやく安堵の色が見えはじめた。

ところが夜になって、私は火傷にともなう苦痛に全身をさいなまれ、身の置きどころもなかった。夜半から吐き気さえくわわった。けれども吐き出すものは重油ばかりであった。こうして、朝まで嘔吐《おうと》と苦痛にさいなまれ、全身はくたくたに疲労しきっていた。それを、弾丸運びに出ていて、無傷で生き残った若い機関兵の一人が、親身になって介抱してくれるが、申し訳ないことに私は、夜どおしその若い兵隊を手こずらしてしまったのだ。

悲しき証拠は全員即死

十月二十七日——残存艦隊は奄美大島の薩川湾に入った。ここで「負傷者は戦艦伊勢にうつれ」という命令が出た。歩行困難な者は担架で運ばれたが、私は自力で、苦闘のあとも生々しい果敢な槇に感謝しながら、伊勢へと移った。四万トンちかい伊勢も、見たところ激戦で疲労困憊という状態だった。そのあと私は、甲板下の予備室らしい大きな部屋にベッドをあたえられた。

伊勢には、級友の西部隆中尉（東機一一）と大慈弥嘉弘中尉（神機三九）の二人がいることを思い出した。さっそく看護のわが機関兵を通じて面会を申し込んだが、この二人は揃ってやってきても包帯だらけの私がわからず、不思議そうな顔をしている。そのとき彼らとなにを話し合ったか、私に記憶はないが、後年、大慈弥が、「山本が最初に言った言葉が、やられたよ。フンドシはないか、だった」と話してくれた。

十月三十日、呉海軍病院に着く。病室は予備学生出身の少尉と一緒の二人部屋で、南に面していた。傷病名は「顔面左右耳翼同前膊熱傷」であった。だいたい皮膚の三分の一ていどをやられると死ぬ、と聞いていたが……近隣の室では火傷患者が入院後三、四日の間に数名が死亡していった。

同室の少尉は、外見上はまったく無傷だが、背骨をやられていて歩行も困難であった。そ

沈没直前の秋月。空母を直衛して対空戦闘中、突如、爆撃をうけて中部から蒸気を噴出し間もなく沈没した

の彼は一週間後、別府の温泉療養所に転送されることになった。転送前、彼は自分の体験をつぎのように私に語ってくれた。

「直衛空母を攻撃した敵の一機が、ぐるりと回って秋月の後方から進入してき、投下した爆弾が艦の中央に命中し、爆発した。私は後部機銃指揮官なので、その状況を見ていた。けれども爆風で後部甲板のはしへ吹っ飛ばされ、背骨をやられて、立ち上がれなかった」と。

艦が沈み、彼はおのずと海面に浮き上がったわけである。

ともあれ、私が確認した大破孔の形状と、この後部機銃指揮官の言は一致している。大爆発とほぼおなじころ、雷跡をみとめたということも耳にしたが、たまたま時刻が近いだけであって、魚雷は命中していない、ということも聞いている。損傷個所の位置や形状と、後部機銃指揮官の言から、秋月は、敵機の大型爆弾の直撃か、あるいは投下爆弾が魚雷発射管周辺に命中し、魚雷が誘爆したとも考えられるのである。

入院してから数日後、比較的に軽傷の下士官兵がいる大部屋の病室に行き、包帯だらけの顔で周囲を見まわしていると、にわかに一人が駆けよってきて、「分隊士、生きてましたか？」とさけんだ。見れば、火傷も私より軽かったか、包帯も少ない直属の先任下士官であった。第一罐室の指揮所に、若い伝令兵と私と彼の三人で戦闘配置についていたのである。

「おお、お前も生きていたか！　伝令は？」「だめでした」

たがいに手をとりあったが、それにしてもよくぞ包帯だらけの私が自分の上官とわかったものだ。

結局、機関科関係で戦闘配置についていた七十八名のうち、私以外にひとり生存者のいることがはっきりしたのである。そして、戦後三十四年して、第一罐室の下士官がさらにもう一人、生存していたことを確認できたが、それまでは長年、七十八名中、生存者は私をふくめて二人だけと思っていたのであった。この先任下士官は、私より先に退院したようであるが、その後の消息は不明である。なお、砲術科に弾丸運びとして派遣していた若い兵四名のうち、二名は無事であったようである。

十一月二十二日、海軍病院はベッドを空けたいのか、自宅療養せよというので退院した。通算、私の療養期間は病院と自宅を通じて二ヵ月余である。その後、顔の火傷は痕跡をかくすこともできず、人に会うと自然に顔をそむける数年であった。

秋月の沈没については、「アメリカ潜水艦ハリバットの雷撃による」とか、あるいは「瑞鳳に向けて放たれた魚雷にわが身をさらして身代わりとなって被雷した」などと諸説ふんぷんである。

昭和五十三年十月二十五日に、ご遺族および生存者有志が集まり、秋月戦没者第一回慰霊祭がおこなわれた。第二回目には私も参列し、艦長、水雷長、軍医長をはじめ多くの方々に再会した。そのさい、兵科の立場から秋月被雷説は否定された。

沈没当時の水雷長である河原崎勇大尉が、第二回慰霊祭の参列者に配布した昭和五十四年十月二十日付手記に「秋月は○八五○被弾し五分後沈没……被弾後、航行不能となり、停止中、魚雷に狙われるが、雷跡は艦尾をかすめて去る。秋月の沈没は、中部に命中した爆弾

「秋月」沈没時の機関科被害要図

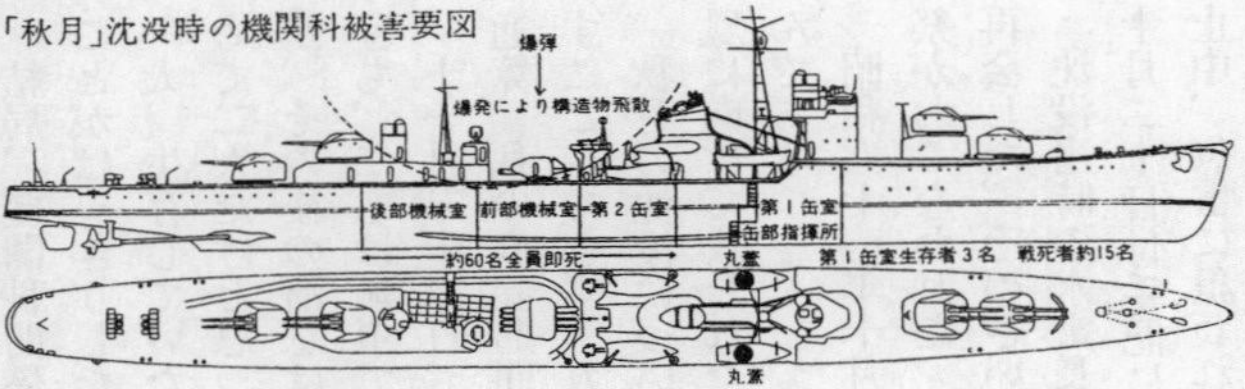

が魚雷の誘爆を起こしたものと思われるが、米潜ハリバットの放った魚雷によると戦記には誌されているが、事実と相違する……」と述べている。

私もまた、機関科の立場からつぎの理由によって、被雷説を否定する。被雷説をとった場合、魚雷命中位置が問題となる。その場合、命中位置としてつぎの五つが考えられる。

㈠第二罐室中央部、㈡第二罐室と前部機械室との隔壁部、㈢前部機械室中央部、㈣前部機械室と後部機械室との隔壁部、㈤後部機械室中央部。

これらの場合、人的被害は一般に、㈠では第二罐室員即死、㈡では第二罐室員および前部機械室員即死、というように、各場面について考えられるが、いずれの場合でも第二罐室、前部機械室および後部機械室の三室全員が、同時に即死する可能性はきわめて小さい。事実は、三室全員同時即死である。

また私は昭和十七年、舞鶴海軍工廠において軽巡の被雷個所をつぶさに見たが、秋月の損傷状況から被雷とは考えがたい。

最近、秋月の船体、機関、兵装などの詳細な図面、および米軍撮影による沈没直前の秋月の比較的鮮明な写真（五七頁）を見ることができた。写真によれば、中央部にあった魚雷関係施設をはじめ、いくつかの甲板上構造物が見当たらない。写真で見る甲板のもっとも凹んでいる個所は、図面によれば、魚雷発射管のあった前部機械室の真上の甲板である。私の記憶にある大破孔位置と、写真で見る最凹個所の位置は一致する。

私が、米機の爆弾命中による秋月魚雷誘爆説をとるのは、機関科員戦死状況ならびに破孔位置と、その形状および米軍撮影の写真からである。

板子一枚〝上〟は地獄

私は終戦時、横須賀海軍砲術学校で後輩の指導に当たっていた。戦場のあとが生々しい顔をしていたせいか、戦訓の担当を命ぜられた。

戦訓という科目は、実戦から学んだことを教えるのである。噴出蒸気の充満した秋月の罐室から学んだことも、その一つであった。当時を思い出して、つぎに二、三述べることとする。

(一)人間の体で外気にさらされている所は、外皮すなわち皮膚だけであると考えられているが、そうではない。体の奥ふかくで外気にさらされている内臓——肺がある。通常はそのような感覚はまったくないが、死に直面した熱気の中では「肺は外気にさらされている」が実感される。そして、外気の温度にもっとも弱いのも肺である。顔や手の皮膚が剝離する熱さは、まったく記憶にないが、あるのは「肺が火事だ」というその熱さだけである。

㈡「懐中電灯は蒸気のなかでは役に立たない」とは事前にだれも教えてくれなかったし、書物にも書いてない。実戦ではじめて知りえた。また、人間が秒の単位で倒れてゆくほどの濃い蒸気が充満している暗黒のなかでの「濃度と光の到達距離」との関係が知りたいと思った。

㈢肺が熱くて呼吸ができず、かなりの秒数がたってから床の鉄板の上にあぐらをかいた。するとかすかながら呼吸ができた。いくぶん低くなっただけで、この差である。やってみなかったが、鉄板に顔をつけたら、もっとらくに呼吸ができたのではなかろうか。

罐室の上部を蒸気で占められ、逃げ場を失った空気は、床面のちかくで濃度が高くなり、その分だけ酸素は余分にあったはずである。

昭和二十年七月ごろ、横須賀にあった機関学校では、コンクリート製の特別室をつくり、中に防毒マスクを装着した人間を入れ、蒸気を噴出させ「熱くてがまんできなくなったら飛び出してこい」といって実験をしていた。前記㈠、㈡のかかわるデータは残っていないものであろうか。

機関科員にとっては、秋月のような場合、機械室や罐室から上甲板まで脱出する苦労は、上甲板から母港に帰るまでの苦労に匹敵する。

私にとっては罐室から上甲板までの数十秒は、上甲板から呉海軍病院までの数日にひとしい。このことは機関室に被災した商船の場合も同様であろう。

呉海軍病院で入院療養ののち、昭和二十年一月から江田島で練習巡洋艦の八雲に乗り組み、四月から海軍砲術学校教官として、後輩の教育にあたり終戦を迎えたのであるが、短いとはいえ海軍生活の三分の一は教育であった。

八雲には兵学校生徒が江田島や舞鶴から、また後輩が横須賀から入れ代わり立ち代わり乗艦してくる。その後の砲術学校教官時代を通じ約八ヵ月間、海軍教育というものを垣間《かいま》見ることができ、感服することも多々あったが、やはり敗戦前夜の教育のせいか、疑問点もまた多くあった。

高等商船学校は卒業まで五年半の学校で、三年を終えたあとの半年は海軍砲術学校での教育が義務づけられている。私が受けた海軍教育および応召後、教える側に立った体験を通して、海軍教育にかんする所感の一端を記すことにする。

明治維新前の日本人の戦さは、関ヶ原の例をあげるまでもなく半日か一日、長くても数日の短期決戦であったといわれている。唯一の例外は長岡藩の河井継之助で、官軍と三ヵ月の間に城を取られたり取り返したり、また取られたりしている。

日本人は長期戦が不得意なのかもしれない。短期戦に主眼をおくと、補給など継戦能力を軽視しがちになる。長期戦では人的消耗がはげしく、本職の軍人だけでは継戦はむりで、他から人員の補充は不可欠となる。この視点を欠くと召集された人たちの指導にゆがみがでる。軍人は平時でも戦時でも本職のまま通せる。これに反し、応召した人たちは本職をなげうって、多くの者はそれまでとまったく無縁の軍務につくのである。

今次大戦の遠因近因は歴史家にゆだねるとして、祖国存亡にさいし防衛のため、戦いの場に立つのは自然の流れであろう。軍人を本職とする者だけでは守り切れまい。このことは軍人を本職とする人たちに、よくよく考えていただきたい。祖国危急で応召した者は、戦いが終われば、船乗りは平和な海に、教育者は学校に、経済人は商いに、もとの職場にもどるのである。このような人たちの心というか、思想といおうか的確な言葉を知らないが、中心となるなにかを、軍人のそれと同じにしなければ戦えないと思うのは誤りである。

しかし軍は、そのようなことに重きをおきすぎた。軍のやり方をきびしく批判しながらも、戦場でりっぱに戦った人たちの例を、私はいくつも知っている。戦いも経験のつみかさねで、場数をふめば各人しだいに力を発揮するようになる。

応召した人たちの指導にかんし、ゆがんだ風景もまたいくつか見た。

練習艦の八雲には大学や高等専門学校出身の少尉が十数名、見習いをかねてか配置されてきた。八雲のガンルームは私以外、すべて兵学校出身者である。だが健康上の理由から全員そろって実戦経験がないので、奇異に感じられた。八雲乗艦にさいして呉鎮守府参謀は、焼けてアザのように黒い私の顔を見ながら、「第一線でご苦労だった。こんどは練習艦の八雲だ」となぐさめるように言ったものだから、私もまた病人の仲間に入れられたのであろう。

この病人仲間の兵学校出が、予備学生出身の元気な少尉たちを鍛えるのだから、いろいろと問題が起きた。万事、兵学校生徒とおなじ尺度ではかりたがるのだ。

少尉たちははじめ私の顔を見て、コワーイ中尉と思っていたらしいが、そのうちに商船学校出と知って、問題が起きるたびに繰り言をいいにくるようになった。さながら駈込み寺の風情である。ガンルームのやり方には困ったものだと思うが、どうしようもなく、繰り言を聞いてやるだけであった。ただ彼らの学歴は法律あり、演劇あり、絵画あり、音楽あり、その他バラエティにとみ、そちらの話を聞くのが楽しみであった。

昭和二十年三月、八雲が米軍機の空襲をうけたとき、艦橋などにおけるガンルーム士官の動きが、この少尉たちの動きと「差がなかった」と彼らは溜飲《りゅういん》を下げていた。兵学校出も一般大学出も弾丸の洗礼をうけると、おなじ動きをする。戦略戦術は頭でするが、弾丸の下の動きは体がする。体験をかさねる以外、いかんともしがたいというのが真相のようである。

秋月が沈んでから満四十年、当時の記憶はようやく薄らいできつつある。昨年の秋月会のおり、「艦橋で私に包帯をまいて下さった方は、どなただったんでしょう」と話したら、「私です。四分隊士は、艦長に報告し終わったら、ばったりその場に倒れたんです。私が起こして包帯を巻いたんです」と申し出られたのは、当時の電信長であった。

「私が倒れた？　本当ですか」「本当です」

私は電信長に心から感謝しつつ、まったく記憶にない戦場のひとこまに想いをはせた。

戦後、商船乗員教育ならびに海上保安官教育に従事し、戦時中の海軍教育と合わせて海の教育経験は二十八年になった。海上保安大学校の教え子の第一期生から、すでに海将や海将補が幾人も輩出している。彼らに期するところが多い。

昭和二十年八月下旬、海軍を去るにあたって、二年にわたる奉職履歴を手わたされた。それに「註　履歴書副本ハ大切ニ保存シ次回召集ノ際携帯シ得ラルル様為シ置クコト」と判が押してある。しかし私が〝二度目の秋月〟を、広島での原爆の傷跡を体にとどめている妻が〝二度目の原爆〟を、体験しないですむように祈るや切である。

秋月が遺した奇跡

昭和十九年十月二十五日、私が駆逐艦秋月が沈没した後に、おなじく駆逐艦の槇に救助されたことはすでに記した。だが、ここにもう一つのエピソードがあるのを私を忘れかけていた。つぎに簡単にふれてペンを置くことにしよう。

士官室に横たわる私に、終始つきそって介抱してくれた機関兵が、その日の夕刻、そばに脱ぎすててあった重油にまみれてヌルヌルになった私の戦闘服の上着と、まだ穿《は》いているズボンを見て、「分隊士、水洗いしましょうか」と親切にいってくれた。

私がさっそくズボンを脱いでわたすと、彼は服の上下をもって艦内のどこかへ消えた。しばらくしてもどった彼が、意外な一事をつたえた。

「分隊士、分隊士の上着のポケットから、これが出てきました」といって長さ十センチ、幅三センチ、厚さ二ミリくらいの折れ曲がってひしゃげた鉄片を差し出したのである。

「本当か、本当にポケットに入っていたのか？」「本当です、間違いありません」

彼はなんども言いきった。純真な彼が、この生死の境にある職場で嘘を言うはずはない。

私はあまりの不思議さに、ただただ考えこんでしまった。

私自身、秋月の被弾後、槇の士官室で上着を脱ぐまでの行動をかえりみて、自らの上着のポケットに手を突っこんだ記憶はない。かの機関兵がいうとおり「間違いない」とすれば、この鉄片が上着のポケットに入る可能性は、ただ一つだけである。

秋月の被弾個所は艦中央部で、前部機械室の真上である。ここで大爆発が起き、その付近の船体構造物をふくむあらゆる物が吹き飛び、船幅一杯の大破孔が開いて、前部機械室のタービン上すれすれに重油がただよっていた。

このとき私は、第一罐室中段にある狭い罐部指揮所に、罐部先任下士官と若い伝令の兵と三人で、戦闘配置についていた。本来ならば閉鎖しておくべき第一罐室左舷入口の鉄製丸蓋を、「対空戦闘配置につけ」でいそぎ入室したために閉める暇がなく、丸蓋は開放状態であったことが、のちに判明した。この丸蓋は甲板と四十五度、六十度あるいは九十度と三段階くらいの角度で、ピン止めされるようになっていた。このときは六十度くらいでピン止めされていたのであろう。

爆発時、瞬時に停電した暗闇のなか、甲板から罐部指揮所への通路にそって猛烈な爆風が吹き込み、さらに罐室へと下っていった。このとき、指揮所にいた私の上着の両側ポケットは、真上からの強烈な爆風によって大きくふくらんだにちがいない。

この爆風のなかに、くだんの鉄片があったのだろう。それは船体構造物などの破片で、爆発個所から飛んで罐室入口の丸蓋に当たり、勢いをうしなって爆風とともに指揮所に落下し、真下にいた私のふくらんだどちらかのポケットに入って、止まった可能性があるのである。

まさに奇跡というべきか——これなど秋月機関関係戦闘配置員およそ七十八名中、生存者三名のなかに私が入った以上の奇跡であろう。

「涼月」機関長 奇跡の後進航法に生きる

直撃弾により満身創痍となりながらも後進で帰投した不眠不休の戦い

当時「涼月」機関長・海軍大尉 原田周三

昭和二十年三月はじめ、私は夕雲型駆逐艦の朝霜から秋月型駆逐艦三番艦の涼月《すずつき》へ転勤になった。前任の機関長は桑原堅志少佐で、私が海軍機関学校へ入校した当時、おなじ分隊の一号（最上級生）であった。

涼月は長一〇センチ高角砲八門を主砲とし、二五ミリ機銃六十梃をもつ、いわゆる防空駆逐艦で、昭和十七年十二月に三菱長崎造船所で竣工した新鋭艦であった。艦長は平山敏夫中佐。豪快淡白で、いかにも歴戦の駆逐艦長らしい人であった。乗組員四五〇人、そのうち機関科員五十人は、いずれも新鋭の駆逐艦にふさわしい海のつわものであった。そして、その士気の根底には涼月不沈の信念があった。

原田周三大尉

涼月はいままでの作戦行動で、二回ほど大きな被害をうけた。いずれも、豊後水道で敵の潜水艦に雷撃されたのである。だが、二回とも乗員の沈着な処置によって、艦を沈没から守りぬいており、この経験によって涼月不沈が乗員の強い信念となっていたのである。

着任いらい一ヵ月して戦局はいよいよ急迫し、四月一日、ついに敵の攻略部隊は沖縄へ上陸をはじめた。大本営ではこれを迎えて、航空部隊の全力をあげて特攻作戦をおこなった。また、これに呼応して四月五日、戦艦大和を旗艦とする第二艦隊に、海上特攻隊として四月八日黎明《れいめい》、沖縄西方海面へ突入すべしとの命令が下された。大和を海岸にのしあげ、陸上要塞として敵を撃滅しようというものであった。

四月六日午後三時二十分、海上特攻隊は一斉に錨をあげて、豊後水道にむかった。海上特攻隊の兵力は、大和のほか第二水雷戦隊の巡洋艦矢矧《やはぎ》以下、駆逐艦八隻であった。

四月七日の早朝、大隅海峡を通過したのち、艦隊は進路二八〇度、速力二十ノットで大和を中心とする輪形陣で進撃をつづけた。朝七時ごろ、突然、駆逐艦朝霜《あさしも》が機関故障のため後落をはじめた。たまたま上甲板にいた私は、みるみる遠ざかってゆく艦影を、悲痛な気持で見送った。一ヵ月前に別れたばかりの杉原与四郎艦長、佐多機関長、そして機関科員一人ひとりの顔が、つぎつぎと目に浮かんできた。

朝霜の無事を祈りながら、早めの昼食をおえて十二時をすぎたと思うころ、「敵飛行機、配置につけ」につづいて、「対空戦闘」の号令が艦内に鳴りひびいた。

叩きつけられた直撃弾

昭和20年４月７日、沖縄に向かう大和の直衛にあたり、第一波攻撃で艦橋直前右舷に直撃弾をうけた涼月

機関長の戦闘配置は、前部機械室にある機関科指揮所である。配置についてみると、速力は第三戦速（二十六ノット）、機関の状態は全力即時待機完成（命令一下、いつでも全力の三十三ノットを出しうる状態）であった。

この日の敵の空襲は第一波が約二〇〇機、第二波約一〇〇機、第三波約一五〇機であったという。これを迎えた涼月の対空砲火は、いままで経験したことのないほど凄まじいものであった。激しい砲火の音を頭上にききながら、機関科員はつぎつぎとかわる速力指令に、平静に対処していた。閉ざされた機関室では外の様子がまったくわからず、一瞬後の被害すら予想できないのだ。

涼月の被弾は午後一時八分、第一波の空襲がおわろうとするころであった。ドカーンという被弾の瞬間、全身を叩きつけられるような衝撃を感じた。船体が激しく震動し、同時に電灯がすべて消えて室内は暗黒となり、指揮所内は騒然となった。

非常報知器がけたたましく鳴りつづけて、一罐室の浸水を知らせた。ただちに被害状況探知のため掌機長の早田少尉を派遣した。掌機長は竣工当時からの乗組で、過去二回の被害を体験した練達の士である。

一罐室の罐部指揮官である古前中尉から、つぎつぎと報告がはいる。

「一罐室前部の隔壁に亀裂《きれつ》、一罐室浸水」「一罐室浸水増大、排水不能、一、二号罐汽醸《きじょう》不能」「二罐室在室不能、一罐室員を二罐室へ移動させる。人員異状なし」

一、二号罐の蒸気圧が、どんどんさがってゆく。残ったのは二罐室の三号罐一つだけである。二罐室はどうしても守らなければならない。

被害探知をおえて、掌機長が頭からびしょ濡れになって帰ってきた。艦橋の前部右舷に爆弾が命中して、前甲板に火災がおき、艦の前半部に浸水という。また艦長は、火の粉のふりかかる艦橋で頑張っているという。

「機関長、大丈夫です。艦はけっして沈みません。いままでやられたときの状況と、まったく同じですから」報告をおえて、掌機長は力強くつけくわえた。かたわらの下士官も、同感の口調である。涼月は沈まない。この自信にみちた言葉は、どれだけ居合わせた者を勇気づけてくれたことであろう。

大和との正面衝突をさけるため、後進一杯の緊急指令があったのは、被弾後まもない頃であった。後進一杯とは、艦が危急の場合、寸秒をあらそって後進の全力をだせとの指令である。艦橋からの伝令員が指揮所の入口で、「後進いっぱい、後進いっぱい」と叫びつづけていた。

運転下士官をはじめ、すべての者が主機械の操縦弁のハンドルに駆けよって、死物ぐるいで操作した。この必死の操作により、衝突の寸前で艦の行き足がとまり、艦橋から手のとどくところを大和の巨体が通りすぎていったという。

凄まじかった対空戦闘がおわり、機関の応急処置も一段落したころ、私は上甲板に上がってみた。上甲板は朦々《もうもう》たる煙におおわれていた。前甲板の火災は防火隊員の必死の消火作業にもかかわらず、なかなか消えそうにない。右舷の舷側は大きくめくれて、破孔が口をあけていた。艦は大きく前に傾き、前甲板は波に洗われようとしていた。予想以上の惨憺《さんたん》たる光景であった。

艦長は、艦橋から後甲板へ移動していた。そばには砲術長の倉橋友二郎少佐、航海長吉岡大尉の顔も見えた。だれの顔も汗と油にまみれて、今日の苦闘を物語っていたが、その目はなおも不屈の闘志にもえていた。

今日の空襲で、大和、矢矧ともに沈没した。駆逐艦にも多数の被害があり、艦隊は壊滅状態になったときいて、暗然たる思いであった。生き残った艦はどうしたのか。夕暮れの海上に僚艦の姿は、どこにも見あたらなかった。

涼月はどうしたらよいか。涼月の通信装置はすべて破壊され、僚艦との連絡の方法もなく、状況はまったく不明であった。

進むべきか、退くべきか——艦長は、ついに佐世保への帰投を決意した。しかし、航海兵器が甚大な被害をうけており、操艦はきわめて困難であった。舵取装置も、転輪羅針儀も故障していた。艦の針路をたもつには、応急員による人力操舵と、誤差の多い磁気コンパスに頼るほかはなかった。そのうえ数百枚あった海図も、すべて焼失していたのである。北東の方向にすすめば、九州か、悪くても朝鮮にぶつかるだろうという、頼りないありさまであった。

佐世保までの航程は、おおよそ二百浬《かいり》たらずと推定されたが、満身創痍《そうい》の涼月にとって、前途は、まさに多難であった。しかも途中の海面には、敵の潜水艦がしきりに出没していた。

涼月の乗員にとって、これからが涼月を守るための新しい戦いであった。

後進強速にすべてをたくして

「後進でいこう。機関長、頼むぞ」

後甲板で、艦長は私の手を強くにぎった。艦長の激励をうけて、私は身の引きしまるような重責を感じながら、機関科指揮所へおりた。やがて「両舷後進微速」の号令に応じて、艦は静かに後進をはじめた。速力は徐々に各部の浸水状態に注意しながら、後進半速から、後進原速へあげられた。

後進原速でしばらく進み、各部の状況を確認したのち、後進強速へ、さらに黒二十にまで増速された。後進強速は、後進の速力区分では最高の速力だ。黒二十とは、後進強速の回転数に、二十回転プラスするということであるから、ほとんど後進の全力にちかい回転数である。

後進の全力ちかい回転数で長時間運転することは、機関科員にとっても初めてのことであった。しかし、五十名の機関科員は強い自信をもって、初めての後進全力の長時間運転に取りくんでいた。優秀な技量と不屈の精神力とが、その自信を強く支えていた。

帰航の途中、敵潜水艦の雷撃をうけたが、ぶじこれを回避して佐世保の港内に入ったのは、四月八日の午後二時をすぎたころであった。

港内には、海上特攻隊十隻のうち、生き残った冬月、雪風、初霜の三隻だけが入港していた。煙をひきながら入港してきた涼月を見て、各艦の乗員は帽子をふって喜んだという。

両舷停止。艦の行き足をとめて、ブイに係留をはじめた、と思う間に、艦首が急速に沈みはじめるのを感じた。けたたましいサイレンを鳴らしてかけつけた曳船に、抱きかかえられるようにして涼月の船体は、ドックに運ばれた。ドックの扉を締め、徐々に排水がはじまり、やがて涼月の船体は、しっかりと船台の上に落ちついた。思えば、長い苦しい戦いであった。涼月を守るための不眠不休の戦いは、いまようやく終わったのである。

六月下旬、私は涼月を退艦した。当時、涼月は佐世保港外の相《あい》の浦《うら》の海岸に六本の錨で固定されていた。前甲板は一、二番砲塔を撤去して、応急的に破孔部のみを修理しただけで、昔日の面影はなかった。約四ヵ月の在艦期間は、私の海軍生活のうちで、一艦の勤務期間としてはもっとも短いものであったが、もっとも忘れがたい思い出をあたえてくれた。

涼月は、この相の浦で終戦を迎えた。涼月の船体は、僚艦冬月とともに若松港の防波堤となって玄界灘の波を防いでいるという。かつて、乗員が生命をかけて守りぬいた東シナ海の波の音を、この老兵はどのように聞いているのであろうか。

私はこうして愛児「秋月級」を誕生させた

防空専用艦誕生にいたる背景や苦労を主任設計者が回想する建艦秘話

当時「秋月級」設計主務者・海軍技術大佐　松本喜太郎

戦艦大和の構想が海軍軍令部から正式に海軍省へ表明されたのは、昭和九年十月であった。当時は日本のみならず、世界各国の海軍とも海上国防上の基本的考え方は、戦艦を主兵とする大艦巨砲主義であった。そしてその傾向は、太平洋戦争までつづいた。

しかし、航空機の威力を軽視していたのでは決してない。日本海軍では、日を追って向上する航空機の性能について認識をあらたにすると同時に、この航空機の海上戦での使い方について、血の出るような厳しい訓練と研究とを積みかさねていた。

その結果、海戦場裏における航空機の有効性についての価値認識は、飛躍的に深まっていき、将来戦の予想から、航空母艦の建造にだんだんと力を入れだしてきた。この状況は、日

松本喜太郎技術大佐

秋月型９番艦・春月の煙突側部の罐室給気口。復員輸送のため舞鶴工廠で整備中

本海軍の毎年の航空母艦起工隻数の傾向を見るとよくわかる。そうなってくると、航空母艦特有の軍艦としての弱点から考えて、これを守る特殊任務をもった駆逐艦の必要性が生じてきた。

この任務をおこなうために生まれたのが、航空母艦の直接護衛すなわち直衛するところの、対空砲火をとくに強力なものとした直衛防空駆逐艦の秋月型である。以下、いささかこれについて解説してみよう。

——航空母艦はどのように堅固に防禦対策をほどこされても、当時の技術力をもってしては、その本質上、他の大型軍艦にはない、次のような致命的ともいえる弱点を内在している。

本来、航空母艦はその任務上、多量の航空機用燃料を搭載している。もしもこの燃料や、燃料から発生したガスに何かの原因で引火すると、その結果は、致命的被害にまで発展する可能性がすこぶるつよい。この苦い経験を、太平洋戦争中に日米の両国海軍がいやというほど味わったのだ。それゆえ艦内にはいろいろの種類の防火、消火対策がきわめてきめ細かく設けられているが、それでもなかなか有効な決定的対策とはなり得なかったのが実情であった。

この被害を起こさせる原因の最大のものは、敵航空機の攻撃によってうける命中爆弾や、魚雷の爆発であった。また、航空機が飛行場で安全に離着陸できるためには、飛行場は完全に整備されておらねばならない。もしも滑走路上に穴があったり、大きな凸凹があったりすると、とうぜん離着陸は不能となる。

航空母艦では最上層甲板の表面が広い平坦な面となっていて、そこが飛行機の離着陸のための滑走路になっている。この飛行場は艦上だから非常に狭くて短い。ここで高性能の軍用機の離着陸作業を可能ならしめるために、この甲板面上には、特別にいろいろの複雑な装置が工夫されてある。

もしも敵機からの投下爆弾がこの甲板上に命中したら、ふつうの航空母艦だったら大きな穴が開くだろうし、航空関係の諸装置もとうぜん破壊されてしまう。日本の旧海軍の大型空母信濃《しなの》や大鳳のごとく、飛行甲板を厚い甲鉄で装甲してあれば、ある程度の大きさの命中爆弾に対しては、甲板面に生ずる凹みを少なくしうるが、それは程度の問題だ。

もっとも不安な弱点は、艦の中心線上に二ヵ所以上設けられた大きな航空機用昇降機の存在である。これに爆弾が命中すると、昇降機は機能を失い、爆発の火炎は昇降台の大きな穴から艦内へ侵入し、ただちに前述の大火災へと直結する可能性がすこぶるつよい。

最近の航空母艦では、昇降機があるために予測されるこの弱点からまぬがれる方法として、この昇降台を船体の外へ出した、いわゆるサイドエレベーター式のものがある。これは、船体中心線上の大きな穴をなくしてしまったという意味では、好対策になったと思う。

こうした本質上、どうしても避けえない致命的な弱点を考えると、自艦に装備する対空兵装をどのように強化しても、それで十分だとはいいきれない。もっとも必要な対策は、敵の航空機を味方航空母艦に近寄せない手段を講ずることである。そこで生まれたのが、航空母艦の護衛艦として対空兵装、とくに強力にしてしかも敏活に行動できる、新しい型の軍艦を建造しようという考え方である。

素晴らしい長一〇センチ砲の威力

こうした考え方の経過をへて、昭和十三年秋、軍令部は海軍省へ公式に、この新着想の直衛防空駆逐艦の設計研究と建造とを要求してきた。すなわち要求されたこの新型艦の性質は、とくに威力の大きい対空砲火を装備し、高速で軽快に運動できて直衛の任務を果たし、しかも航空母艦と行動を共にするために、大きな行動半径を有すること、というのであった。

これを具体的にいうと、①長砲身の口径一〇センチの連装高角砲四基八門、②最高速力三十五ノット、③航続力十八ノットで一万浬、の三つにおおむね要約される。

さて研究の結果、これをそのまま実現するとなると、排水量は四千トンにもなり、航空母艦のスクリーンとなってこれを護衛し、敏速軽快に行動するためには艦型過大と判断された。そこでさらに研究し、最高速力は二ノット減の三十三ノット、航続力は十八ノットで二千浬《かいり》減の八千浬に引きさげても、やむを得ないということに落ちついた。

しかし最後の段階になって、軍令部の要求にはなかったが、母艦の直衛任務につかないときには、魚雷兵装をもっておれば他の目的にも有効に使えるという強い要求が出てきた。そして予備魚雷なしで四連装発射管一基を追加装備することとなり、結局の姿は弁慶の七ッ道具式になってしまった。重複するので、この秋月型の諸要目については割愛するが、最終的に決定した艦の大きさは、基準排水量二七〇〇トンであった。

つぎに秋月型の最大の特長であった、強力なる対空兵装についてすこし詳しく説明してみよう。最近でこそ、対空火器としては命中精度のよい誘導弾が出現したので、高角砲や機銃の座は、これに奪われつつあるが、昭和十三年、秋月型の要求が出された当時は、対空兵装としては高角砲や機銃に頼らざるを得なかった。

しかも高速力で接近してくる敵飛行機に有効弾を効率よく遠距離で送りこみ、これを空母に近寄せる前に撃墜するためには、高速で遠距離へ到達しうる弾丸を、一定時間内に数多く発射できる高性能の高角砲を必要とした。これは理論的には砲身を長くすることによって可能だが、実際問題となると、砲身の機質上の難問題もあって、この長さはある程度にとどまっていた。

ところで砲身長はふつう、弾丸の直径すなわち砲の穴の径（口径という）の何倍という数

秋月型の12番艦・花月。昭和19年12月、公試運転に舞鶴を出港中

字で表現される。日本海軍の高角砲は一二・七センチ砲で、弾丸の直径一二・七センチ、これを発射する砲の砲身長は四〇口径であった。

秋月型搭載用として、苦心の研究の結果、新しく生まれた高角砲は一〇センチ砲で、砲身長は六五口径という、従来になかった長砲身である。この長一〇センチ砲という新しい高角砲の威力が、従来からあった一二・七センチ砲にくらべてどんなに素晴らしいものであったかは、表を見ると明らかである。

すなわち長一〇センチ砲から発射された重さ二十八キロの弾丸が、砲口から飛び出した瞬間におけるスピードは、すなわち初速は一秒間に千メートルという速さで、音速の三倍すなわちマッハ三にちかい。これは従来からの一二・七センチ砲弾（重さ三十四キロ）の一・四倍という速さである。

初速が速いほど弾丸は遠距離まで到達できるわけで、その結果、この一〇センチ弾は一二・七センチ弾にくらべて、到達距離は高さでは一・六倍の一万五千メートル、水平距離では一・四倍の一万九五〇〇メートルという高性能であった。それにも増してよいことは、一分間に砲口から飛び出しうる弾丸数、すなわち発射速度もまた一・四倍弱に向上したことである。

これらを総合すると、結局この長一〇センチ砲一門の威力は、一二・七センチ砲二門以上にあたると思われる。戦前の米海軍の高角砲の砲身は、日本海軍のものよりは短かった。しかし最近のものは、秋月型以上の性能に向上したであろうことは、十分想像される。

兵装と船体の調和に苦心

こうして秋月型は、この長一〇センチ砲を二連装砲塔にまとめ、これを四砲塔すなわち八門搭載したのだが、その艦上における配置法については、本艦の主任務が防空であったから、対空砲火をもっとも有効に発揮できるように、細心の配慮をはらって設計された。

項目＼砲種	口径（センチ）	砲身長（口径）	初速（メートル／秒）	発射速度（発／分）	射程 高さ（メートル）	射程 水平距離（メートル）
長一〇センチ砲	一〇	六五	一、〇〇〇	一九	一五、〇〇〇	一九、五〇〇
一二・七センチ砲	一二・七	四〇	七二〇	一四	九、五〇〇	一四、〇〇〇

さて、艦艇の主体は搭載した兵器である。船体はこの主人公たる兵器を、必要海面へ運んで働いてもらうための手段である。しかし手段であるところの船体が転覆したり折れたりしてしまっては、せっかくの兵器も殺されてしまう。この両者を共に生かすところに造船技術者の任務がある。

秋月型の外観は艦型図（一一〇頁参照）や写真（四八頁

参照）に見るとおり、長一〇センチの二連装砲塔二基を背負式にして二群とし、艦の中心線上で前後部へ配置された。この配置にすると、砲の有効射界がもっとも広くとれて、効果的だと判断された。そして砲の前後各群のそれぞれに対し、専属の射撃装置をその付近の高所へおいて、二つの目標に対して同時に攻撃を指向できるようにした。

砲の使用法上からは、この配置は最良と考えられたが、造船技術上から見ると困難な問題がいろいろあった。

長一〇センチ連装砲塔一基の重さは、発射される弾丸は小さいくせに一般の駆逐艦で主砲として搭載され、水上戦闘に用いられていた一二・七センチ連装砲塔の重量にひとしいぐらい重かった。この四基を背負式の二群にして、あたかも近代型巡洋艦のごとき姿にしたのであるから、艦の安全性は重心位置が高くなって悪化した。

しかし本艦の任務を考えると、この配置法を諦める気持にはどうしてもなれなかった。そこで砲の配置法の基本はこれを生かして、なおかつ安定性を保つために、設計上ずいぶんと苦労した。

太平洋戦争の終戦当時は、私は呉海軍工廠の造船部設計主任をしていて、終戦と同時に派遣された米海軍の技術調査団との折衝を命ぜられ、呉軍港内に残存していた軍艦を案内したことがあった。彼らはそのとき、秋月型を素晴らしい駆逐艦だとほめてくれたが、私は自分がこの艦を設計したときの苦労が報われたような気がして、大変うれしく思ったものである。

艦名別 秋月型駆逐艦十二隻の生涯

戦史研究家　落合康夫

秋月（あきづき）

昭和十七年六月十一日、舞鶴海軍工廠で竣工して、訓練するまもなく十五日より空母瑞鶴と行動を共にして、アリューシャン方面に行動して横須賀に帰ってきた。六月二十九日より鎌倉丸を、セレベス島南西岸マカッサルを経由してセレベス島東方アンボンまでの護衛任務に従事した。

横須賀に帰港して初めて一ヵ月の間、本来の目的である防空駆逐艦としての訓練をおこなうことができた。そして八月七日、米軍のガダルカナル上陸により南東方面に進出することになり、鳴戸丸を護衛してニューブリテン島ラバウルに進出し、機動部隊主隊に編入された。十月になるとガ島にたいする増援輸送船団を護衛して、来襲してくる敵機と交戦した。

十月二十五日、ガ島北方洋上フロリダ島南岸沖の小島であるツラギの北方に進出、艦爆五機の来襲により至近弾二発をうけ浸水したため、右舷機械が停止して行動が不自由となったところへ、さらに左舷に小型爆弾が命中し、戦死者十一名の被害をうけたが、軽巡由良の乗員を救助してラバウルに帰港した。そこで応急修理をおこない、十一月六日にぶじ横須賀に入港でき、三十九日間の修理作業をおこなうと同時に、あらたに機銃が増備された。

昭和十八年一月六日、第十戦隊旗艦となって、九日にふたたびラバウルに進出してガ島補給輸送作戦に従事し、一月十九日、妙法丸を救助のためブーゲンビル島南岸沖のショートランドを出港したが、途中、敵潜の雷撃をうけ、魚雷一本が右舷罐室下に命中し、戦死者十四名、戦傷者六十三名という被害をうけたので反転して、ショートランドで排水作業をおこなってトラックに入港し、工作艦明石《あかし》に横付けして約四十日間にわたり応急修理をした。

しかし、本格的な修理は佐世保でするため、三月十一日トラックを出港、サイパン島まで無事であったが、サイパン島を出港後、わずか四十浬《かいり》のところで突然、艦橋下のキールが切断したため、勝泳丸に曳航されてサイパンに引き返した。

キールが切断したので、まず艦橋を切り取り、つづいて前部を切断して後部だけを曳航して内地に帰ることになり、この作業に三ヵ月かかって六月二十四日にサイパンを出港、七月五日に長崎に入港した。前部を切断した秋月は、これからあらたに前部をつくっていると時間的にも大変なので、すでに進水して機械のできるのを待っていた霜月《しもつき》の前部を切断して、秋月につけたので、思ったより早く十月三十一日に戦列に復帰することができた。

約一ヵ月ほどの整備訓練後、十一月二十六日、千歳と翔鶴を護衛してトラックに向かった。昭和十九年一月一日には、ニューアイルランド島カビエンで敵機約一〇〇機と交戦したが、被害はなかった。トラックで訓練後、パラオを経て二月二十一日、シンガポール南方スマトラ東岸沖のリンガ泊地に入港して、来たるべき決戦にそなえて日夜訓練に従事した。

昭和十九年六月十三日、マリアナ沖海戦（あ号作戦）に大鳳を護衛してボルネオ北東端沖のタウイタウイ泊地を出撃した。十九日、大鳳は雷撃をうけて沈没したので、乗員を救助したのち瑞鶴の直衛となり、来襲する敵機約一五〇機と交戦したが、被害はなかった。そしてその後、中城湾をへて六月二十四日に柱島に入港した。

以後、柱島付近で訓練に従事していたが、十月二十日、比島沖海戦に小沢艦隊旗艦の瑞鶴を直衛して柱島を出撃した。二十五日、来襲する敵大編隊と交戦、そのうち十三機を撃墜したが、午前八時四十五分、北緯一八度一五分、東経一二六度三五分の地点で直撃弾をうけ、八時五十五分に沈没した。

一説によると、米潜の雷撃によるとも、また空母瑞鳳に向かう魚雷を身がわりとして被雷したともいわれている。

照月（てるづき）

昭和十七年八月三十一日、三菱長崎造船所で竣工。十月七日、第三艦隊十戦隊六十一駆逐隊に編入され、十日にはトラックに向け横須賀を出港して、十月二十六日の南太平洋海戦に参加した。同海戦では瑞鳳の警戒艦となって活躍したが、敵大艇の爆撃をうけ至近弾により小破し、戦死七名、重軽傷三十六名の被害をうけたが、二十九日、トラックに帰港して工作艦明石《あかし》に横付けし、十一月四日まで修理を行なった。

19年10月、敵潜の雷撃により破壊された冬月。艦首が前へ垂れさがっている

十一月九日にトラックを出撃して、十二日夜の第三次ソロモン海戦で、ガ島に突入して敵艦船と交戦、被害をあたえたのち、明くる十三日には被害をうけた比叡の救援艦となり、朝の五時半より夕方まで、比叡に来襲する敵機と交戦すること十八回におよび、全力をあげてこれを撃退した。さらに翌十四日は、被害をうけた霧島の救助艦となり、乗員を救助して十八日、被害をうけることなく無事トラックに帰港した。

十二月十一日ガ島に対する第四次ドラム缶輸送作戦に警戒および増援部隊旗艦として、ブーゲンビル島南方ショートランドを出撃。午後十時、ガ島に揚陸作業を開始して一時間後、突如として敵魚雷艇の攻撃をうけ、後部左舷に魚雷が二本命中して左舷機械は停止し、舵取電動機も故障、そのうえ火災まで発生してついに航行不能となり、もはやこれまでと自沈作業を完了して総員退去が命ぜられた。

十一月十二日午前二時四十分、南緯九度一三分、東経一五九度四六分の地点に自沈した。なお、乗員は一八三名が嵐に収容され、一五五名がガ島に上陸した。戦死者はわずかに八名であった。

涼月（すずつき）

昭和十七年十二月二十九日、三菱長崎で竣工。昭和十八年一月十五日、第三艦隊第十戦隊六十一駆逐隊に編入され、諸訓練に従事したのち、三月二十二日、内地を出港して四月一日より「い号作戦」が発動され、機動部隊航空部隊基地物件を輸送して、ラバウルに進出した。五月十七日、ブーゲンビル島上空で敵機に撃墜され戦死した山本長官の遺骨を乗せた武蔵を護衛してトラックを出港して、二十二日に横須賀に帰ってきた。

七月十日、陸軍部隊輸送任務のため内地を出港して、トラックを経由してブーゲンビル島北端沖のブカ島まで輸送後、トラックに引き返し、以後パラオ、トラック東方ポナペ、マーシャル諸島クェゼリン、南鳥島南東方のウェークなどに、もっぱら輸送作戦と船団護衛に従事した。

昭和十九年一月十五日、第二次ウェーク島輸送作戦のため、赤城丸を護衛して宇品を出港したが、明くる十六日、宿毛南方（北緯三二度一五分、東経一三二度一五分）で、敵潜水艦の雷撃をうけ大破の被害をこうむり、第六玉丸に曳航された呉に帰着した。

この被害により、約六ヵ月半かかって修理を完成し、八月より訓練ができるようになった。十月十六日、大分を出発して鹿児島に向かう途中、またも敵潜水艦の雷撃をうけ、魚雷二本が艦首に命中したが呉に帰り着くことができ、呉で修理した。

十一月二十四日、空母隼鷹《じゅんよう》を護衛してマニラまで作戦緊急物資輸送作戦に従事して、帰りには台湾西方沖の馬公より戦艦榛名《はるな》も護衛して、十二月九日、佐世保にぶじ帰港後、呉に回航された。

昭和二十年三月二十六日、内海西部で来襲する敵艦載機と交戦して、三機を撃墜した。四月六日、大和を中心とした沖縄突入作戦に参加。しかし、七日午後一時八分、敵艦載機の攻撃をうけ、爆弾一発が前部に命中して一・二番砲塔が大破し、前部は浸水して後進でなければ航行できなくなり、戦死者五十七名をだす被害であった。

四月八日午後二時二十分、後進でやっと佐世保に入港したが、浸水が多いためただちに入渠した。三ヵ月の修理予定であったが、応急修理後の六月十日、相の浦に繋留されて防空砲台として、来襲する敵機と対空戦闘を行ないながら、その後、行動することなく終戦を迎えた。終戦後、福岡県若松港の防波堤となって、冬月とともに眠っている。

初月（はつづき）

昭和十七年十二月二十九日、舞鶴工廠で竣工し、涼月と同じく第三艦隊第十戦隊六十一駆逐隊に編入され、涼月が昭和十九年一月十六日に被雷するまで同行動であった。

第二次ウェーク島輸送作戦は中止され、昭和十九年二月五日、翔鶴、瑞鶴、筑摩を護衛し

秋月型６番艦・若月の最後。19年11月11日、爆撃をうけ沈没

て内海西部を出港、シンガポールに進出、スマトラ東岸沖のリンガ泊地で訓練に従事し、いちど内地に帰り、三月二十八日、出港して今度は大鳳を護衛してふたたびリンガ泊地に進出した。

六月十三日、マリアナ沖海戦（あ号作戦）に、秋月と同じく大鳳を護衛してボルネオ北東端沖のタウイタウイを出撃した。大鳳の沈没後は瑞鶴の直衛となり、被害をうけることなく中城湾をへて二十四日に柱島に入港した。以後、内海西部で訓練、整備、補給を行なったり、また横須賀より呉まで瑞鳳を直衛したりしていた。

十月二十日、比島沖海戦に小沢艦隊に所属して柱島を出撃した。二十五日、来襲する敵機に相ついで僚艦が沈没し、ことに瑞鶴の乗員の救助に夜間までかかったため、敵艦隊に捕捉され集中攻撃をうけたが、初月は最後までよく奮闘し、砲撃が開始されてから約二時間、ほとんど停止してからも二十分以上、火災におおわれながらも最後まで応戦した。

この二時間に初月は、敵艦隊を釘付けにしたことによって、小沢艦隊の残存艦は敵艦隊と交戦することなく、内地へ引き揚げることができた。初月には一人の生存者もなく、全員が壮烈な最期をとげた。なお初月に救助された瑞鶴の乗員も同じ運命であった。

新月（にいづき）

昭和十八年三月三十一日、三菱長崎造船所で竣工、第一艦隊第十一水雷戦隊に編入され、内海西部で諸訓練に従事した。五月十八日、米軍のアッツ上陸により、機動部隊とともに北方作戦にそなえて内海西部を出港して、横須賀方面で連合艦隊と合同して待機していたが、北方作戦は中止された。

昭和十八年五月三十一日、第八艦隊に編入され、六月八日、呉を出港してラバウルに進出した。七月五日、ブーゲンビル島南端のブインを出撃して、中部ソロモンのコロンバンガラ島に緊急輸送作戦に従事中の午後十時、コロンバンガラ島の北二十浬《かいり》で輸送隊と分離し、午後十一時五分、左一〇〇度五キロに敵艦隊を発見したが、電探射撃により一斉射撃をうけ沈没した。

わずか三ヵ月の短い運命であった。

若月（わかつき）

昭和十八年五月三十一日、三菱長崎で竣工。内海西部で訓練後、八月十五日、トラックに進出して訓練および対潜掃討、輸送作戦に従事した。

十一月一日、ラバウルに進出して、ブーゲンビル島沖海戦に参加、つづいて六日にはブーゲンビル島に陸軍部隊の揚陸作戦に成功する。十二日、ラバウルで敵艦上機二〇〇機と交戦、十機を撃墜したが、至近弾により浸水し、トラック経由で修理のため、十一月二十七日、横須賀に入港した。

昭和十九年二月五日、初月と同行動で内地を出港し、スマトラ東岸沖のリンガ泊地まで進出して、三月二十一日、呉に帰投した。つづいて大鳳を護衛してリンガ泊地に進出した。

六月十四日、油輸送船興川丸を護衛してボルネオ南東岸バリックパパンにいた若月は、マリアナ沖海戦に参加するため同地を出発、途中、機動部隊と合同して大鳳の警戒艦となり、被害をうけることなく六月二十四日、柱島にぶじ入港した。七月八日、長門、金剛と沖縄、マニラに陸軍部隊を輸送して、七月二十日にリンガ泊地に進出し、九月十九日に内地に帰投後、訓練に従事していた。

十月二十日、比島沖海戦に小沢艦隊に属して内地を出撃し、僚艦秋月、初月は沈没したが、若月は被害をうけずに無事に二十七日、内地に帰投した。そして十月二十九日に大淀とマニラに向け出港した。

十一月九日、レイテ輸送作戦（多号作戦）の船団を護衛して、オルモックに突入、P38二十六機と交戦、六機を撃墜し、マニラに向け帰途についたが、途中、第二船団と会合しふたたびオルモックに向かい、十一日午前十時三十分、オルモックに突入と同時に、敵機約三〇〇機が来襲し、前後部に直撃弾が命中するとともに、至近弾多数をうけ大火災となり、ついに沈没した。

霜月（しもつき）

艦の前部を切りはなして秋月につけたため竣工はおくれ、昭和十九年三月三十一日、三菱長崎造船所で竣工した。六月初めまで内海西部で訓練後、機動部隊に合同して六月十九日からのマリアナ沖海戦に参加、第一航空戦隊（大鳳、瑞鶴、翔鶴）の直衛となり、来襲する艦爆と交戦し、舵が故障しただけで沖縄をへて二十四日、柱島に入港した。

七月九日、内海西部を出港して、沖縄、マニラをへてリンガ泊地に進出し、一ヵ月の訓練後、八月四日、船団を護衛して十四日、内地に帰港した。

十月二十日、比島沖海戦に小沢艦隊に属して内地を出港、来襲する敵機と交戦したが被害をうけなかったので、内地に帰投せず南方各地を第三十一戦隊旗艦として行動中の十一月二十五日、シンガポールからボルネオ北岸のブルネイに向け航海中、北緯二度二八分、東経一〇九度三〇分の地点で、米潜水艦カバァラの魚雷二本を左舷真横にうけて沈没した。

冬月（ふゆづき）

昭和十九年五月二十五日、舞鶴工廠で竣工。第十一水雷戦隊に編入され、内海西部で訓練して一ヵ月後、横須賀に回航されて伊号輸送作戦（父島輸送）に従事。つづいて七月十四日より、呂号輸送作戦（沖縄輸送）に従事して、陸軍部隊および資材を沖縄、南大東島に輸送後の十九日に、内海西部に帰投して、整備訓練に従事した。

十月十二日、大淀を横須賀より呉に護衛中、遠州灘で敵潜（米潜トレベンと思われる）の雷撃をうけ、揚錨機より前方を破壊されたが、呉まで自力でたどりつき（七六頁写真参照）約一ヵ月半の修理で復帰した。十一月二十四日、隼鷹を護衛してマニラまで進出し、帰途、隼鷹は被雷したが冬月はぶじ佐世保に帰港後、内海西部に回航され訓練に従事した。

昭和二十年三月十九日、岩国沖で来襲する艦上機六十機と対空戦闘をまじえ、そのうち二機を撃墜した。

四月六日、大和を中心とする沖縄突入作戦に参加、明くる七日、艦載機二〇〇機以上と交戦、ロケット弾二発が命中したが、いずれも爆発せず大した被害はうけず、霞の乗員を救助して佐世保に入港した。

修理後、六月一日より門司方面で来襲する敵機と対空戦闘をおこないながら終戦を迎えたが、八月二十日、門司港内で触雷により大破した。

春月（はるつき）

昭和十九年十二月二十八日、佐世保海軍工廠で竣工。第十一水雷戦隊に編入され、内海西部で訓練後、第一護衛艦隊第一〇三戦隊に編入されて、朝鮮方面の護衛任務に従事していた。終戦を呉で迎え、復員輸送艦となり、最後は賠償艦として昭和二十二年八月二十八日、ソ連に引き渡された。

宵月（よいづき）

昭和二十年一月三十一日、浦賀船渠で竣工。第十一水雷戦隊に編入され、内海西部で訓練に従事した。

五月二十日、第三十一戦隊四十一駆逐隊となり、対馬海峡の護衛に従事していたが、六月五日、姫島灯台の三二六度五・八キロの地点で触雷したものの、小破ていどの損傷であった。

秋月型の最終完成艦(11番艦)夏月。武装を解除して復員輸送艦となった

七月二十四日、呉で来襲する敵機と交戦、これも小破ていどの損傷であった。内海西部で終戦をむかえ、その後、昭和二十二年八月二十九日、中華民国海軍に賠償艦として引き渡され、「汾陽《フエンヤン》」と命名された。

夏月(なつづき)

昭和二十年四月八日、佐世保工廠で竣工。第十一水雷戦隊に編入され、内海西部で訓練に従事したのち、六月十六日、六連灯台の一九三度三・一キロメートルの地点で触雷したが、佐世保で修理して終戦を門司で迎えた。

その後、賠償艦として英国に引き渡されたが、買却されて浦賀で解体された。

花月(はなづき)

昭和十九年十二月二十六日、舞鶴工廠で竣工。第十一水雷戦隊に編入され、舞鶴より呉に回航されて訓練に従事した。三月十五日、第三十一戦隊に編入されて、四月六日、大和の沖縄出撃を徳山より豊後水道まで護衛した。

以後、内海西部で待機し、来襲する敵機と対空戦闘をまじえながら終戦を迎えた。花月は終戦後、米海軍によって構造と性能を調査された。このためＤＤ９３４と番号が付けられたが、その後の消息は不明である。

遙かなり防空直衛駆逐艦「初月」の航跡

初陣の潜水艦戦からマリアナ沖海戦まで勇猛艦長の東奔西走の日々

当時「初月」艦長・海軍大佐　田口正一

私が初月の艤装員長を命ぜられたのは昭和十七年十月上旬、ガダルカナルの戦況が日々に急進していたころであった。私はこの新任務につくことは、まこと千載一遇の好機であり、この最新鋭の艦を指揮して戦場を縦横に疾駆する日を夢見つつ、勇躍して舞鶴に赴任した。

初月は舞鶴海軍工廠で、昼夜兼行建造中であった。当局は、出来ればガダルカナル戦にこの新鋭艦を使いたいらしく、工事は急ピッチで進められていた。平時はともかく、戦局急迫を告げている今の私は、工事のこともさることながら、乗員の編成と訓練が焦眉の急務であると思った。明日の戦闘でなく、きょうの戦闘に備えなければならない緊迫した情勢である。

田口正一大佐

艦の整備作業と訓練は両立しがたいと思われるが、私の立場は、これを両立させなければならない。さいわいにも、当局の配慮と良き乗員をえて一致団結、真に寝食を忘れて、この難事業と取り組み、ともかくも明くる昭和十八年一月上旬竣工、引渡しを終わり、初めて軍艦旗を掲揚することができたのは、ひとしおの感激であった。なおこの間、要務のため上京のさい、軍令部にて初月の竣工に関し天皇陛下より御下問があったが、戦局多端の折りとはいえ異例のことであるから、その旨、十分に心せられたき旨の伝達をうけ、まことに名誉ある職責と感激した。

さて、秋月型防空駆逐艦の四番艦である初月の兵装などの概要は、六五口径一〇センチ高角砲＝二連装砲塔四基（八門）、二五ミリ高角機銃＝連装および単装計約五十門、四連装魚雷発射管一基、九三式魚雷（酸素魚雷）八本、電探（レーダー）二基、満載排水量三八七八トン、重油満載量一〇八〇トン、航続距離十八ノットで八千浬《かいり》（大型空母に随件できる航続距離）である。

初陣ついに飾れず

昭和十八年一月上旬の夕刻、新鋭の防空駆逐艦初月《はつづき》は横須賀を出港、呉に向けて急航中であった。当夜は風もなく波静かで、しかも晴天の闇夜で、視界は良好であった。当時、敵潜水艦が本土近海に出没して、遠州灘方面においては、相当の被害が出ているころであった。

潮ノ岬の東方五十浬付近を航行中、右前方遠距離に小黒点を発見した。午前二時ごろである。距離八千メートルぐらい。一見、漁船らしくもあり、浮上潜水艦らしくもあり、なかなか判断がつかないのに、距離はどんどん縮まるので、一時減速して近接を調節しながら精密に観測することにした。

当夜、この方面に味方の潜水艦は一切行動していないことをたしかめてあるので、もしこれが浮上潜水艦であれば、敵潜水艦にまちがいない。

敵潜ならば、浮上中に無照射砲撃をくわえ、撃沈するのがもっとも効果的だと判断した。そのためには四千メートル以内にはいり、初弾発射と同時に照射を開始する計画をたてた。そして、総員を戦闘配置につけ、接敵しながら観測をつづけた。しばらくすると、白い煙のようなものが見えた。まさしく潜水艦である。距離は約六千メートル、ただちに敵潜に向首、増速を命じた。敵はまだ気がつかない。期せずして、同航追尾の態勢に入っている。ご多分にもれず、後方警戒が不十分のようだ。距離はどんどんつまる。もう倍の双眼鏡でもはっきり見えてきた。

早く射撃しないと、敵潜が潜没するおそれがある。しかし、遠すぎてはせっかくの射撃も命中しない。目測射撃だから、そのへんの兼ねあいがむずかしい。一秒が一分にも二分にも感じる瞬間である。艦橋はもちろん、艦内は静寂そのもの、真のデッドサイレントである。

艦全体が緊張の頂点に達した瞬間である。距離四千メートル、潜水艦はいまだ浮上のまま同航している。あと五秒、五秒たったら撃沈だ！　私はそう決心すると、やっと緊張から解放された。

長い五秒は経過した。私が「砲撃はじめ」の〝ホ〟が声になるかならないうちに、潜水艦は多量の白煙を残して潜没してしまった。やんぬるかな！　ついに長蛇を逸してしまった。切歯扼腕してくやしがっても後の祭りである。初月の初陣はこうして、完全に失敗に終わったのである。

カビエンでの青葉損傷

昭和十八年四月四日、初月は重巡青葉とともに、ニューアイルランド島カビエン湾に停泊していた。この日、連合艦隊司令長官山本五十六大将は、航空戦隊の艦上機百四十数機の大集団をひきつれ、ラバウルに進出した。私は艦上において、威風堂々と上空を通過するこの大集団の飛行機群を、いちだんの感慨をこめてむかえた。

その日の夕刻より、カビエン湾にたいする敵の航空偵察が強化された。これは警戒すべき徴候である。はたして終夜、執拗な夜間爆撃をうけることになった。もっぱら、超低空からの機銃掃射と爆撃である。

爆撃をくりかえしているうちに、敵もだんだんうまくなり爆撃精度がよくなってきた。盲弾ではあるが、舷側すれすれの弾着ができるようになった。初月は接岸コースで湾内を移動することにした。艦尾波をたてないために、最微速力である。艦の全長は一三四メートルである。首尾線方向からの攻撃をうけると命中するかもしれない。爆音があらゆる方向から聞こえてくる時はどうしようもない。

こんなイタチごっこのような、しかも真剣な攻防戦が終夜つづいた。夜明け近く、ついに青葉は爆弾数発をうけ、大爆発と同時に重油が流れだし、海上は一瞬にして火の海と化した。

ついに魚雷が誘発するにおよんで、艦影は一時見えなくなってしまった。敵機は青葉轟沈と誤認したらしく、一機残らず引きあげてしまったので、初月は、もっぱら青葉の救助作業に従事することになり、当面の戦闘は一時休止することになった。

僚艦「涼月」の曳航成功

輸送船団の護衛をして、十八昼夜にわたる不眠不休の第一次ウェーク輸送作戦（昭和十八年十二月二十四日）も終わり、翌十九年一月十六日、第二次輸送作戦のために僚艦涼月《すずつき》とともに、宇品を出撃した。豊後水道をでると波は高いし、風は肌をさす寒さである。

涼月は右、初月は左で警戒航行にはいり、約二時間、土佐の山々が近くなってきた。とつぜん、涼月が急に白煙につつまれた。瞬時に全艦影がかくれて、なかなか姿をあらわさない。雷跡がほかにも見えたので、雷撃であることはたしかである。私は一瞬、轟沈かなと思った。

ようやく白煙の中からあらわれた涼月は、煙突から前部がなくなっていた。それでも速力は二十ノットになっているから、前の方は山のように白波が立っている。信号するにも方法がない。停止するまでは策のほどこしようもない。ただちに、初月は敵潜の攻撃にうつった。

そのうちに涼月が停止したので、メガホンで同艦の状況をたしかめた。その結果、艦長をはじめ兵科准士官以上全員、信号員全員、電信員二名をのこし全員、前部砲塔員全員、その他多数の戦死者をだし、生存者の最上級者は、機関特務中尉の掌機長であることがわかった。

私は初月から涼月を指揮しなければならなくなったが、信号員全員が戦死したので、応急的に古兵のなかで手旗信号に長じたもの一名を、常時、上甲板で手旗信号のために当直させ、電信員一名を発光信号当直ときめた。そして信号によって浸水遮防作業、その他いっさいの指示をあたえ、掌機長を指揮し、乗員一同を激励した。

幸運にも掌機長の処置は適切で、涼月はひとまず沈没の危機を脱したので、これを曳航して敵潜の潜航水面を突破し、内海に入らなければならない。

曳航準備は兵科士官のいない涼月に詳細に信号で指示しなければならないので、その忙しさは言語に絶する。そして逆曳航を開始したが、涼月の抵抗のために初月の操艦は意のごとくならない。

初月は涼月を曳航したまま黒潮にのって流され、一時は室戸岬が見えるようになったが、三昼夜を費やし、ようやく接岸に成功した。この間、たびたび敵潜水艦になやまされ、曳航を断念しなければならないかと思ったが、直衛飛行機の派遣を得て、かろうじて目的を達成することができた。しかし、光栄ある作戦とはほど遠い、しかも、もっとも至難の任務であった。

期待大なる対空戦闘

こうしてソロモン、ウェーク、マーシャル方面など、いくどか転戦してきたが、会心の戦闘を交える機会はついになかった。そして昭和十九年二月五日、内海西部を出港、二十日に

前後の主砲が別目標を射撃できたが、のちに初月は後部装置を撤去

リンガ泊地に集結し、さらに五月十五日、タウイタウイに進出し、次期作戦にそなえて訓練することになった。

しかし、戦局の推移にそなえつつ訓練にしたがう計画も、タウイタウイに進出後、旬日ならずして敵潜水艦の封鎖作戦の好餌となり、駆逐艦にいたるまで被害続出という最悪の状態となった。また、次期作戦の戦力の中心である空母および飛行機隊の訓練は、いっさい停止しなければならなかった。

小艦艇の哨戒および訓練だけで、約一ヵ月を空費してしまったが、昭和十九年六月中旬のある日、機動艦隊は全兵力をあげて、パナイ島とネグロス島間に位置するギマラス泊地に進出することになった。これは飛行機隊の訓練が目的であり、また敵の進攻に即応するためであった。出撃にさいし、近く戦われるであろう決戦を予想して、決戦に不要なすべ

全力公試中の秋月型４番艦・初月。秋月型は艦橋と後檣直後に高射装置を装備、

てのものを当地に残し、背水の陣の決意をかためたのだった。

翌日、ギマラスに入泊、ただちに燃料の補給をうけたが、初月は明くる日の朝、ようやく満載を終わり、準備は完了した。午前七時ごろ、機動艦隊は決戦あ号作戦出撃の命をうけた。かねて期していたところのものが、いま到来したのである。乗員の士気はあがった。

六月十五日、ギマラスを出撃、空母九隻を基幹とする大艦隊が、単縦陣で蜒々《ちょうだ》長蛇の列をしいてサンベルナルジノ海峡を突破し、日没前に外海にでた。乗員はいまや必勝の信念に燃えていた。当時の乗員は、よき敵に遭遇さえすれば必ず撃墜記録の更新も、さして難事ではないという確信をもっていた。それは僚艦若月が前年ラバウルにおいて、単艦で二十四機撃墜の記録をもっていたからである。

大敵を迎え撃つこんどの決戦出撃は、千載

一週の好機であると乗員一同勇躍して外洋に出撃した。

ここで、初月の射撃方法を記しておこう。射撃のためには、目標の測的をおこなうが、この結果が自動的に艦内にある射撃盤（一種の電気計算機）にはいり、射撃指揮官の射撃諸元とあわせて、電気計算機であるこの射撃盤が計算し、信号秒時として、刻々自動的に砲側につたえられ、砲尾を通過するとき弾頭の信管が自動的に調節されて装塡される。

射手が方位盤の針を合わせていれば、その弾丸はただちに発射され、発射と同時に尾栓が自動的に開放され、装塡とともに尾栓も自動的に閉鎖し、弾丸が発射される一種の機関砲である。

一秒間に一発発射するとすれば、計八門の砲口から毎秒八発の砲弾が出る計算である。さらに、長口径で初速が大であるから、ますます命中精度がよいわけである。

高価な犠牲あ号作戦

味方の航空部隊の協力を期待できなくなったわが部隊は、独力で、この大敵に決戦を挑むこととなり、決戦を明日に期することになった。

この日、早朝より索敵機を発進、索敵につとめた。そして最後に発進した索敵機の一部が、夜間にはいっても帰投しないので、艦隊は明くる朝、決戦場にむかうため、針路を南東方に変針した。うち数隻が、探照灯で上空を照射し、未帰還機の誘導にあたっているのが見えた。決戦を明日にひかえての搭乗員の心中を思い、暗然たるものがあった。

しかし、探照灯の光芒が断雲に反射し、無気味な景色である。ところはサイパンの西方五〇〇浬の洋上である。決戦を明朝にひかえてのこの光景は、まことに悽愴で、かつ不安なものであった。

翌日は決戦の日、六月十九日である。早くも午前三時ごろから数次にわたり、索敵および索敵攻撃機を発進させた。矢はついに弦を放れた。

日の出ごろ、大鳳（空母）を発艦した一機が、発艦すると同時に右に急旋回し、そのまま海中に突っこんでしまった。故障か錯誤か——など思う間もなく、大鳳の右舷前部から、少量の白煙が上がるのをみとめ、スワッ大鳳の被雷と思ったが、大鳳はいぜん三十ノットで走っているので、自分の軽率をみとめざるをえなかった。初月の位置は、大鳳の左後方千五百メートルである。

しかし不幸にも、これは潜水艦の魚雷一発をうけたための爆発の白煙であった。この火災が原因となって、不沈空母といわれた大鳳も同日午後、爆破沈没してしまった。

あとで調べてみると、墜落と誤認されたこの飛行機は、発艦と同時に雷跡をみとめ、旗艦を救おうとして雷跡に突入、自爆をとげた尊い犠牲であったのだ。搭乗員は某兵曹長、氏名を忘れたのは遺憾である。しかし、右側の警戒駆逐艦が爆雷攻撃を開始したので、大鳳の被雷は確認できた。

決戦の幸先はかんばしいものではなく、しばらくしてから初月は、敵潜水艦の制圧攻撃のため、この地点に残留を命ぜられ、主隊と分離、単独でこの潜水艦の攻撃にあたることとなった。主隊はつぎつぎに南下し、すぐ視界外に消えた。聴音と探信を併用しての捜索攻撃である。

私の任務は、当面の敵を捕捉撃沈することであるが、少なくとも敵が浮上して通信をおこない、また主隊を追跡させないことである。味方攻撃隊が敵に先制攻撃をかけてしまえば、事情はまた変わるのだ。時間にして、おそくも正午までと判断した。

初月が現場に到着したのは、事件後すでに二十分以上も経過している。敵の潜在海面は意外に広く単艦での捕捉は困難である。私は主として敵に潜没を強要する策をとった。

正午ちかく、主隊に合同を命ぜられたが、分離してすでに五時間、主隊とはすでに一〇〇浬以上もはなれてしまった。位置がわからないが、通報を要求するわけには行かない。

私は、単なる推測から会合の計画をたて、会合点にむかい急行中、午後二時ごろ、前方に大黒煙をみとめた。なにか悪い予感がする。多分、大鳳の爆発と思い、戦運のわれに味方せざるを嘆かざるをえなかった。急行してみると、一面の油の海であり、溺れている者はまだ点々と浮かんでいる。救難作業中の一駆逐艦より情報をうけ、ただちに作業を援助した。

長官旗艦は羽黒より瑞鶴（空母）に変更された。大鳳が撃沈されたからである。夜間によ
うやく主隊に会合を終わり、翌日は西方に避退しつつ、数次の索敵をおこなったが、夕刻より、かえって敵機動部隊艦上機の波状攻撃を受け、味方空母にそうとうの被害を受けた。

この対空戦は、多数の艦の射撃がいりみだれて、きわめて困難な射撃となり、砲術長の確認した戦果は、撃墜わずかに二機にすぎず、みじめな戦いは予期に反するものであった。

もともと初月は六十一駆逐隊の一艦であり、十戦隊に属する一駆逐隊であったが、ここに前進部隊をもって夜戦部隊を編成し、水上部隊による明朝の黎明戦が計画されたのを機会に、待望の夜戦部隊に編入された。これで艦の士気は一気にあがったが、残念にもまもなくこの計画はとりやめられた。

連合艦隊はあげて西方に避退、戦線を離脱することに決した。昼間に発進した飛行機が、夜間に入り続々と帰投するが、収容する空母がいない。初月の付近につぎつぎと不時着水するので、これを収容している間に、主隊にとりのこされ、急進してようやく翌早朝ごろ会合し、沖縄の中城湾に到着した。

こうして、高価な犠牲をはらった「あ」号作戦は、敗退したのであった。

「秋月」軍医長 炎の海よりわれ帰還せり

初月若月と共にエンガノ沖に戦い沈没後は槇に救われた九死一生の体験

当時「秋月」乗組軍医長職務執行者・海軍軍医中尉 国見寿彦

私は昭和十七年九月、九大附属医専卒業と同時に九大産婦人科学教室に入局したが、同年九月三十日より二十年十月までの三年間は教室に在籍のまま、二年現役軍医科士官として海軍に奉職し、太平洋戦争に従軍した。

三年間の軍医としての勤務中、おおむね敗け戦さばかりで、とくに日米五大海戦といわれるもののうち、マリアナ沖海戦と比島沖海戦の二つに参加し、比島沖では乗艦の秋月が轟沈し、九死に一生を得るという異常な経験をした。

戦後すでに四十五年の長い沈黙を守ってきたのであるが、自分の異常な体験は一つの記録として残しておかぬと、しだいに記憶はうすれて行くばかりである。しかし一方、戦史、戦記の類はぞくぞくと出版され、その数十冊を読破することにより、これまでわからなかった日米両軍の幾多の事実も明らかとなってきたので、思いきって比島沖海戦の思い出をまとめてみた。

三年間の海軍生活というとなかなか長いものであり、苦しかったことも、楽しかったこともいろいろあるが、もっとも苦労した比島沖海戦を中心に記述してみよう。

昭和十九年十月二十五日、私は海軍軍医中尉、軍医長職務執行者として駆逐艦秋月《あきづき》に乗り組んでおり、捷一号作戦（米軍がフィリピン群島へ来攻してきた場合を想定しての作戦計画）の発動により、わが秋月と初月、若月の三隻の属する第六十一駆逐隊と第四十一駆逐隊の霜月は、第三十一戦隊（軽巡大淀、駆逐艦槇、杉、桐、桑）、軽巡の五十鈴、多摩とともに、第三艦隊司令長官小沢《おざわ》治三郎中将のひきいる機動部隊本隊たる空母瑞鶴、瑞鳳、千歳、千代田（以上第三航空戦隊）、航空戦艦伊勢、日向（以上第四航空戦隊）の直衛に任じ、十月二十日に瀬戸内海の柱島泊地を出撃、二十五日早朝はフィリピン群島ルソン島エンガノ岬東方海上をめざして進航していた。

当部隊の作戦の目的は、大和、武蔵、長門、金剛、榛名らの戦艦部隊や、重巡部隊よりなる水上決戦兵力たる第一遊撃部隊（第二艦隊）がレイテに突入しやすいように、これを妨害する米機動部隊空母群をできるだけ北方海上へつり上げるための、わが身を犠牲にしてのオトリ部隊となることであった。

したがって、わが機動部隊は空母四隻と航空戦艦二隻をもち、その搭載機数はもともと二二〇機のはずであったが、過日の台湾沖航空戦の大戦果の報告にまどわされて、虎の子の空母飛行隊を陸上基地の航空艦隊へ供出してしまい、現に搭載しているのは各隊からの寄せ集めの、技量も未熟な一〇八機にすぎず、敵機動部隊との決戦兵力となるようなものではなかった。たった一〇八機なら空母二隻でよいではないかということにもなるが、二隻ではオトリにならず、作戦可能の全空母をつれて行ったのである。

前日の十月二十四日、わが彗星艦爆が敵の軽空母プリンストン撃沈の戦果をあげているが、これは先に基地航空部隊へ供出した瑞鶴、瑞鳳の艦爆隊に属するものであった。

しかし、この二十四日にわが機動部隊から発艦した、飛行機隊の敵空母への先制攻撃はほとんど戦果をあげえず、したがってオトリとしての役にも立たず、第二艦隊司令長官栗田《くりた》健男中将指揮の第一遊撃部隊は、シブヤン海で敵潜の雷撃と大空襲により、期待した味方基地航空部隊戦闘機の護衛がないばかりに、不沈艦と称せられたあの超戦艦武蔵《むさし》と重巡四隻をも失うという大損害をこうむり、一時は西方に反転、避退したほどであった。

しかしこの日、二十五日においては作戦はまんまと図に当たり、米第三艦隊司令長官ハルゼー大将指揮下の、第三十八任務部隊の四群の機動部隊のうち、はるか東方ウルシー環礁にいた一群をのぞく三群（空母十二隻、戦艦六隻、重巡二隻、軽巡七隻、駆逐艦四十四隻の計七十一隻）の大艦隊をはるか北方のわが方へひきつけ、その全艦上機を吸収することに成功、大和と長門を主力とする水上決戦部隊の栗田艦隊にたいする空襲はぴたりと止まり、同隊はサンベルナルジノ海峡をぶじに突破し、比島東方海面へ進出した。

かくして栗田部隊にたいし、レイテ湾突入のチャンスをあたえたのであるが、なぜか通信状況の不調のため、オトリ作戦成功の電報は栗田長官へは伝わらず、栗田部隊はサマール島沖で敵護衛空母群を正規の機動部隊と誤認、大よろこびで艦砲射撃の猛攻をくわえ、護送空母一隻、駆逐艦三隻撃沈、護送空母二隻、駆逐艦二隻撃破の戦果をあげたが、肝心のレイテ突入の直前に戦史上謎《なぞ》といわれる反転をして引きかえし、長蛇を逸したことは残念至極であった。

もし通信連絡がうまくとれて、栗田艦隊が護送空母などに気をとられることなく、レイテ湾突入を敢行していたら、マッカーサー指揮下の上陸軍とその輸送船団はもちろん、これを護衛する米第七艦隊の戦艦群は、前夜突入の第二遊撃部隊（旧式戦艦山城、扶桑ら）との海戦で弾薬のほとんどを使い果たしていたというから、彼らに多大の損害をあたえたであろうことは疑いのないところであった。

後世の史家は、栗田部隊謎《なぞ》の反転を燃料の欠乏、北方の敵正規機動部隊がちかいとの誤認、前日よりの不眠不休の奮戦による疲労のための誤判断などをあげているが、栗田中将は黙して語らないまま逝去された。

われ秋月を信ず

私はこの約一年前、第二海軍燃料廠医務部部員（兼四日市海軍共済病院勤務）として、先任部員小畑《おばた》軍医大尉（元名古屋大学外科講師、応召）の指導のもとに、主として外科医としての研修をうけ、さらに四エチル鉛中毒の研究を命ぜられ、その緒についたばかりのとき秋月乗組に補せられた。

秋月の所在を総務部にしらべてもらうと佐世保軍港とのことで、勇躍、赴任の途についた。

途中、博多駅で下車、駅前の博多ホテルに部屋をとり、九大の母教室へおもむき恩師の馬屋原教授を表敬訪問すると、教授は海軍士官服、短剣姿の私を見て非常によろこばれ、ときの医局長であった赤枝日出雄博士とともに、東中洲の某酒亭へつれて行ってくだされ、大いに歓待してくださった。

当時すでに民間用の料亭酒場は閉鎖されていたときであり、休業中の店を特別に内ないで開かせてのことであったので、大変に恐縮し、ありがたく思ったものであった。

秋月には佐世保において乗艦した。秋月は日本初の防空駆逐艦の第一号艦として、昭和十七年に竣工した新鋭艦であり、基準排水量二七〇一トン、公試排水量三四七〇トン、水線長一三二メートル、最大幅十一・六メートル、吃水四・一五メートル、機関出力五万二千馬力、速力三十三ノット、主砲は仰角九十度、最大射高一万四七〇〇メートル、一分間に十九発も射てる半自動式六五口径一〇センチ砲八門で、二連装四基の砲塔に装備され、対空戦闘はもちろん水上射撃も可能であった。

さらに三連装二五ミリ機銃三基九梃（これはあとで三十梃以上に増強される）をそなえ、さらに六一センチ四連装魚雷発射管一基を有する優秀艦であった。言いかえると防空能力抜群の駆逐艦であるが、他の駆逐艦とおなじく魚雷戦や対潜戦闘も可能であった。

私の乗艦したときは、過ぐる日のソロモン海域の激戦にて雷撃により大破し、サイパンにおいて応急処理したがキール折損のため、やむなく艦前部（全体の三分の一以上）を切断、内地へ曳航されて帰投、佐世保工廠において建造中の霜月（秋月型七番艦）の艦前部をちょ

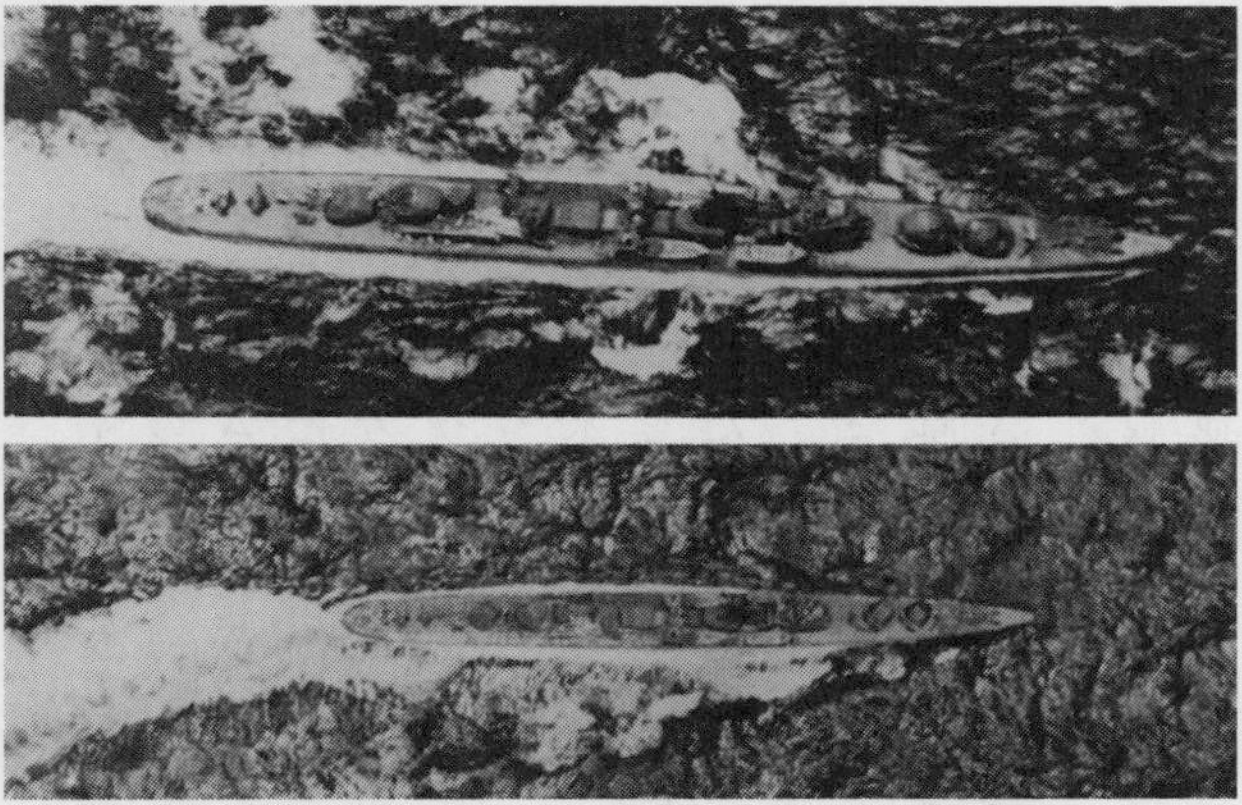

昭和17年9月、ブーゲンビル島エンプレスオーガスタ湾外で撮影された秋月

ん切って挿《す》げかえるという大手術をおこない、予定よりはやく修理完成して、ふたたび戦列に復帰せんとしているときであった。

私は一初級士官にすぎなかったが、ただ一人の軍医官であったため、各級士官から大事にされたり頼りにされたりして、居ごこちは満点であった。乗組員はみな元気で健康な兵員ばかりだから、軍医は閑職であり、診察は日に三十分もあればすんでしまう。退屈がいかに苦痛かということを嫌というほど知らされた。たまに虫垂炎の手術をしたり、縫合を要するていどの外傷手術があると、やっと医師らしい気分になるのであった。

ただ長期間の南洋（スマトラ島パレンバン油田の北方、シンガポールの南のリンガ泊地）滞在中は、生鮮食料品の欠乏によるビタミン欠乏症の予防と、入浴できぬことによっておこる皮膚病（多くはがんこなタムシ）の予防と治療に腐心した。

サリチル酸精やタールパスタなどはすぐ使いはたし、結局、多数のタムシ患者を一度に治療するには、その前の内南洋での経験にかんがみ、かねて別府温泉で仕入れておいた〝湯の華〟を使って、ドラム缶での硫黄浴がもっとも効果的かつ経済的であった。

ともかく暇であったので、艦内をくまなく見てやろうと好奇心をもやして探検し、これも終わると自発的に暗号室へ入り、暗号電報の解読や、新聞電報でかんたんな艦内新聞をつくるのを手伝った。相撲のニュースでは力士の名前に、どんな漢字を当てはめてよいやらわからず困ったこともあった。

艦の出入港や狭い水道をとおるときは、つねに艦橋へ上って見学した。また艦内の印刷物は軍機、軍極秘書類をはじめ小説、大衆雑誌にいたるまで、手当たりしだい読みまくった。囲碁や将棋をおぼえたのもこの頃であり、酒や煙草の味もおぼえた。麻雀は海軍では御法度であった。

一初級士官にすぎないのに軍医長という職務上、連合艦隊司令部やその他の上級司令部より通達される軍機、軍極秘の命令や諸文書、電報、他部隊よりの通報など、ほとんどすべてに目を通すことのできたことは、戦況をほぼ正確にえて、初級士官としては、はなはだ貴重な経験であった。

だから私は捷号作戦発動時、日本海軍は水上艦艇主力の大半をなお温存しており、航空機の生産においても、他を犠牲にしてまで量産体制に入っているにもかかわらず、ただ燃料不足のため搭乗員の訓練が思うにまかせず、したがってその技量は、開戦当時に比していちじるしく低下していること、それにひきかえ米軍の兵力、とくに空母や航空部隊が雪だるま式に増強されており、技量もいちじるしく向上していることを知っていった。

なお、当時の日本機は、ガソリンタンクに被弾するとすぐ燃えて、かの有名な一式陸攻でさえライターとまで酷評されていたが、米機はガソリンタンクに命中してもなかなか火を発せず、墜落もせず不思議に思ったものであるが、戦後の書物で、米機のガソリンタンクは被弾しても小破孔なら、自動的にふさがるよう設計製作されていたことを知り、飛行機の性能をあらそう科学戦ですでに勝負はついていたのである。

比島沖海戦を語るには、その直前の台湾沖航空戦を説明せねばならない。当時、秋月は空母群とともに柱島泊地に在泊中であった。当時のことは秋月乗組員の見聞と、戦後に出版された幾多の戦記や海戦史による。

ハルゼー大将のひきいる米機動部隊第三十八任務部隊は、十月十二日より十五日まで台湾および沖縄へ大空襲をかけてきた。当時わが基地航空部隊はかなり整備されていたので、九州に布陣する基地航空部隊である第二航空艦隊は全兵力を投入して猛攻をくわえ、多大の戦果をあげたことになっており、ひさしぶりに景気のよい軍艦マーチとともに、敵空母や戦艦撃沈という大本営発表を聞いたものだが、いっこうに米空母の減少しているようすもなく、敵の空襲もおとろえない。

おかしいと思っていたところ、それはわが搭乗員の未熟にもとづく認識、誤報によるもので、わが方は基地航空部隊の精鋭T部隊（台風の頭文字Tをつけた全天候型精鋭部隊）のみならず、虎の子の空母飛行隊までつぎこんでしまって、わが航空兵力は短期間にいちじるしく消耗してしまったのに、敵艦隊へあたえた打撃は軽微であったことを、比島沖への出撃の直前にはうすうす感じとっていたのである。

だから瀬戸内海をあとにして十月二十日、豊後水道を南へ出撃したときは、それまで何度かの出撃時にくらべ、かなり悲壮なものがあったことは偽らざる心境であった。ただわが艦は防空駆逐艦、乗組員は訓練に訓練をかさねた対空戦闘の専門家ぞろいであり、万一にも敵機にやられるようなことは絶対にあるまいと信じて疑わなかったのである。

意外なる地獄絵図

運命の日、十月二十五日はやってきた。乗員は全員、戦闘服装である第三種軍装（陸戦用軍服）に身をかため、士官は編上靴に濃紺のゲートルを巻き、朝は握り飯に梅干しの戦闘配食であった。

第一次空襲は午前八時十五分より九時まで、一八〇機の敵機が二波にわかれて襲撃してきた。午前七時八分、まず伊勢のレーダーが敵編隊を発見。七時十三分、日向のレーダーもキャッチ。おくれて七時二十九分、瑞鶴のレーダーも敵大編隊をとらえた。

わが方の母艦飛行隊は前日、敵機動部隊を攻撃したが、大した戦果をあげえず、大部分は命により比島の陸上基地へ着陸させており、母艦へ帰投したのはわずか数機であった。それは前述のように着艦技術も未熟な、寄せ集めの搭乗員が多かったからである。したがってこちらには、直衛用の零戦がわずかに残っているにすぎなかった。

七時十七分、まず九機の零戦を発艦させ、八時以後、残りの九機を発艦させて空母上空の直衛に任じた。八時十一分、旗艦瑞鶴のマストに真新しい戦闘旗がかかげられ、艦隊は一斉に二十四ノットに増速した。

私の戦闘配置は、戦時応急治療室である前部の第一士官室であるが、ここに待機していたのでは、外の様子はまったくわからないし、わが秋月には敵機の爆弾など命中しないと思っていたので、四ヵ月前のマリアナ沖海戦をふくむいままで何度かの大小の作戦や、対潜爆雷攻撃のさいはつねに艦橋で観戦していた。

艦長もまたそれを黙認してくれており、私自身おそろしいと思ったこともなかった。

八時十五分、わが方の零戦十八機が敵大編隊へ突っ込んで、いよいよ戦闘開始となった。まず日向が発砲。ついで瑞鳳も発砲する。

秋月の見張りは「右九十度大編隊向かってくる」と叫ぶ。艦長の「対空戦闘開始、打ち方はじめ」の号令により、八時二十五分ごろよりわが秋月も発砲開始。たちまち二、三の敵機が火だるまとなって墜ちてくるのが見えた。

八時二十七分、空母千歳に大型爆弾が命中。八時三十分、軽巡多摩に航空魚雷が命中し落伍。八時三十五分、旗艦瑞鶴にも爆弾命中、つづいて魚雷数本が命中。瑞鳳も被弾し、空母で無傷は千代田のみとなった。

こんどの海戦では、四ヵ月前のマリアナ沖海戦のときにくらべ、敵機搭乗員は非常に勇敢で、かつ技量もすぐれているようである。ひょっとしたらわが秋月もやられるかも知れない。もし私が戦闘配置でない艦橋で負傷するとか、戦死するようなことがあっては末代までの恥辱であるとさとって、艦橋のラッタルを急降下して士官室へ入った。

戦時応急治療室に待機していると、間もなく（八時四十分ごろか）ドーンという大きな音とショックがあり、数人の水兵が血だらけとなって入ってきた。私は野尻順平一等衛生兵曹とともに、ただちに応急処置にとりかかった。応急処置といっても受傷部の被服をハサミで切り開き、マーキュロクローム液をぬり、昇汞《しょうこう》ガーゼを当てて包帯するだけだ。

二、三人の処置がすんだころ停電して真っ暗になり、応急灯をつけたところ、もうもうと黒煙が立ちこめてきた。衛生兵曹を甲板へ出して様子を見させる。彼はすぐとんで帰ってきて、「軍医長、中央部をやられました。機関は停止し沈みかけています。すぐ甲板へ出て下さい」という。

負傷兵とともに甲板へ出て見ると、甲板中央部の一部は燃えており、甲板すれすれに波が洗いかけている。後部応急治療室（第二士官室～准士官、特務士官室）より小林富一上等衛生兵曹が、炎の中をとんできて「軍医長、大丈夫ですか」と叫んだ。周囲を見ると煙突付近がやられているようで、その周囲の連装機銃座は破壊されて死体が散乱し、肉片などがぶらさがり、凄惨をきわめている。爆弾の直撃と機銃掃射によるものと思われた。

甲板に波が押しよせてきたので、一段高い第一番、第二番砲塔のある前部上甲板へのラッタルを登る。艦長が艦橋より首を出し、総員退艦を命令する。

中甲板を海水がひたしはじめてから飛びこみ、海中に入った。なるべく艦より離れるようもぐって泳いで、頭を海面に出したとたんにぶつかったものは、艦内でも数の少ない救命胴衣のたたんだものであった。これは幸運、助かると思った。

救命胴衣は相当の浮力があり、これがあると非常にらくで、沈みゆく艦よりできるだけ遠ざかるよう、泳いだというよりも、潮流が艦より遠ざかるよう押し流してくれた。このため艦の沈むときの渦に巻きこまれずにすんだということも幸運であった。

ただ海面には重油が一面にただよい、頭も顔も真っ黒の油だらけとなり、目をこすると目に入って痛むし、それはまことに面倒なことであったが、一滴も飲み込まぬよう努力した。

海に入って十分間ほどしてから（八時五十六分）、ドーンと腹にひびく爆発音があり、それまでなんとか浮いていた秋月は真二つに折れ、V字型に逆立ちになって轟沈した。その位置は北緯一八度一五分、東経一二六度三五分であった。機動部隊（小沢艦隊）で真っ先に沈没したのは、わが秋月であった。周囲を見渡すと、数十人の泳いでいるのが見える。応急用の木材とか樽とか浮遊物を集めて筏《いかだ》を組み、なるべく集合して、これにぶら下がり、体力を消耗しないよう心がける。編上靴は重いので脱ぎすてた。

士官が中心となって官姓名を名乗らせながら、おたがいに励まし合っているうちに第一次空襲もやみ、味方の救助活動がはじまった。一隻の駆逐艦が近づいて、潮の流れの下手に仮泊した。私たちはこれに向かって泳ぎ、やっと舷側にたどりついた。甲板からは綱や網や縄梯子や、いろいろのものが降ろされてくる。

私の目の前には、板の両端に綱のついたものが降りてきた。これはありがたいと板の上に乗り、綱につかまる。上から引き上げてもらってやっと甲板に這い上がった。救助してくれたのは丁型駆逐艦の槇《まき》であった。

槇の救助作業は、つぎの第二次空襲が開始される九時五十八分までつづけられ、一五〇名くらいが救助された。すると秋月乗組員中の一三〇名ほどが戦死したことになる。のちにこのときの戦歿者の数は一三八名と判明した。

機関長の柿田實徳少佐以下の機関科員や、対空機銃員らはほとんどみな戦死し、痛恨のきわみであった。艦長緒方《おがた》友兄中佐、先任将校（砲術長）岡田一呂少佐、水雷長の河原崎勇大尉、航海長の坂本利秀大尉など、艦橋にいた士官はほとんど全員が助かった。

前述のように海面にはひどく重油がただよい、秋月はそれを飲まなかったが、大部分の者はそれを多少とも飲みこんでおり、あとで多くは胃痛、腹痛、嘔吐、下痢などの胃腸障害をおこした。

砲術長の岡田一呂少佐（拓殖大学哲学教授）は元気よく、この戦闘中に敵機十三機を撃墜したと話しており、戦闘詳報にもそのように記されているのをおぼえているが、この報告は米軍に没収（？）されたのか行方不明となっており、現存していない。なお第一次空襲と第二次空襲との間に、秋月につづき空母千歳が沈没し、その生存者は五十鈴と霜月に救助された。

昭和18年1月、米潜水艦の雷撃を艦橋直下にうけ、内地回航の途次、艦橋下キールが切断、サイパンで艦橋を撤去した秋月。このの ち船体前部を切断して後部のみを内地へ曳航、復旧した

一発の〝爆弾〟だった

先に記したように、秋月被爆の直後を見ると、艦中央部の上部構造物がいちじるしく破壊されており、煙突周囲の機銃員の死体が散乱していたから、私は直感的に大型爆弾が命中したと思った。

ところが、戦後出版の多くの戦記によると、爆弾の至近弾は受けているが命中したのは魚雷であると記されており、意外とは思いながら、そんなものかなあと思っていた。

しかもそれは航空魚雷ではなく、米潜水艦ハリバットの雷撃によるものであったと米側資料には記されており、秋月撃沈はハリバット艦長の功績となっている。

日本側戦記でも、魚雷により艦底がひどくやられ、ロ号艦本式ボイラーの大爆発を誘発し、真二つに折れて轟沈したと記されており、被雷説が定説のようになっている。

吉田俊雄元中佐の『軍艦十二隻の悲劇』という書物によると、秋月は空母瑞鳳に向かう必中魚雷の真ん前に突っこみ、瑞鳳を救うため自ら体当たりをしたと美談風に記しているが、これは話がうまく出来すぎている。

三百人内外の乗組員の生命と、大切な艦をあずかる艦長として、これはとてもできないことのように思われる。また一年間つき合った緒方艦長の温厚な性格、また〝緒方一家〟といわれた秋月の家庭的な雰囲気から考えても、ありえないことである。

敵潜にやられたとすれば対潜見張員に、飛行機にやられたとすれば対空見張員にキズがつくので、艦長はあらためてなんとも言われなかったのであろう。

河原崎勇大尉（水雷長、数年前まで防衛庁防衛研修所戦史室戦史編纂官であった）の回想ならびに戦史叢書『海軍捷号作戦⑵』の記述によると、命中したのは敵急降下爆撃機の爆弾で、機関室を直撃した。それと同時に雷跡も刻々として近づいており、爆弾命中により航行の自由を失い、惰力だけで直進しているところへ、重ねて魚雷までが命中してはたまらないとハラハラしながら、艦橋所在員一同が見ていると、雷跡は艦尾すれすれに通りすぎ、ほっとしたという。魚雷命中説はハリバットの艦長が、その戦果として上司へ報告したのがその起りであろう。

また、数少ない機関科の生存者で、唯一の士官であった山本平弥中尉（第四分隊士、第一罐室指揮官、工学博士、運輸省海技大学校長）の証言によると、「あれは爆弾にまちがいない、魚雷にやられた艦は何度も見たが、やられ方がまるきりちがう。舷側に破孔はみとめられなかった」とのことであり、私の直感どおりであった。

以上により、昭和五十三年に発足した秋月生存者および遺族の会、秋月会でも秋月沈没の原因は「魚雷ではなく爆弾であった」と決定している。

寂しき残存艦隊

さて、私は駆逐艦槇《まき》に救助されたが、比島沖海戦のうちエンガノ岬沖海戦は始まったばかり、第一次空襲がやっと終わったばかりである。戦さはますます激しく、苛烈をきわめるのである。

しかし私たちはいまや便乗者にすぎず、戦闘配置もない。槇の戦闘の邪魔にならぬよう小さくなっておらねばならず、私も槇の軍医の手伝いをするのがやっとであった。いちばん不便であったのは、戦況がさっぱり判からぬことであった。したがって、この後の戦闘記事は戦後出版の海戦史に負うところが多い。

午前九時五十八分より敵機三十六機による第二次空襲が、約二十分にわたって行なわれた。敵の攻撃は残りの空母瑞鶴、瑞鳳、無傷の千代田に集中、千代田はただ一発の命中弾により航行不能となった。

五十鈴と槇は千代田の救助を命ぜられ、とくに五十鈴は千代田を曳航帰投せよと命ぜられたのであるが、これはなかなかの難事業なのである。

敵襲が去ってから第三艦隊司令部は瑞鶴より軽巡大淀にうつり、小沢中将の将旗は大淀にひるがえることになった。大淀はかつて連合艦隊旗艦だったこともある新鋭優秀艦で、とくに通信能力にすぐれていた。

午後十二時五十九分より第三次空襲——敵は二波にわかれて二百機以上が来襲し、一時十五分、瑞鶴に魚雷七本、爆弾四発が命中し、大火災となり右舷に傾き、二時十四分ついに沈没、生存者は初月（秋月型四番艦）と若月（秋月型六番艦）が救助した。

一時十分、瑞鳳も爆弾一発と魚雷二本をうけ、その他至近弾多数で三時四十六分に沈没、生存者は桑と伊勢が救助した。

槇が小型爆弾三発をくらったのも、この空襲のときだったと思う。私はこのとき応急治療室である士官室にいたのであるが、ドカン、ドカンという音とともに停電し、朦々《もうもう》たる黒煙が侵入してきたので、秋月とおなじ運命をたどるのかと思うと、秋月乗組中は感じたこともなかった恐怖感におそわれた。

こんどはいよいよ駄目かも知れぬと、大勢の便乗者とともに押し合いながら、狭い出口から夢中で甲板へ出て見ると、艦は全速で波をけたてて進んでおり、損傷部は魚雷発射管付近で、魚雷戦が不能となり死傷者が十数名でたのみの小破で、戦闘航海には支障なく、ほっとしたものであった。

第四次空襲は午後四時以降に二波、計一三〇機以上が来襲した。攻撃は伊勢と日向に集中したが、伊勢、日向ともに回避運動がきわめてたくみで一発も命中せず、後日、米国側資料で伊勢と日向の対空砲火の熾烈なこと、回避運動のたくみなことを賞賛していたという。

午後六時二十二分、日向隊は大淀に合流、大淀、伊勢、日向、霜月、桑らは北方の奄美群島めざして避退を開始した。この艦隊の後方四十浬には大破した多摩が退却中であり（これはあとで沈没）、航行不能の千代田につきそって五十鈴と初月ならびに私たち秋月生存者の便乗する槇が、はるか南方戦場にとり残されていた。

五十鈴は命により千代田を曳航しようとしたが、第三次、第四次空襲が熾烈で千代田に近づけず、しかも五十鈴、槇ともに傷ついており、日中に千代田を救助することは困難と判断、五十鈴と槇は『一時避退し、あとで助けにくる』と信号して、北方に退却した。初月はそれよりやや離れたところで、なおも瑞鶴生存者の救助作業をつづけていた。

いったん千代田を見すてた五十鈴は、日没一時間前の五時四十七分、南へＵターンした。槇へもついてくるよう命じたが、なにぶんにも槇は小型艦であり、航続力がない。燃料不足を理由に同航をことわり、一路、奄美群島めざして北上したので、あとで起こる水上戦闘には参加しないことになり、ふたたび九死に一生を得ることになった。

もちろん当時、私は一便乗者であり、なにごとも知らされていなかったので知らぬがホトケであったが、戦後各種の戦記物や戦史を読んで、いまさらのように幸運に感謝しているのである。

南へ向かった五十鈴は、いくら進んでも千代田をみとめることができず、そればかりか午後七時十分、突如として敵艦よりの砲撃を受けたので、千代田救出をあきらめ北方へ退却した。

一方、千代田はデュ・ボーズ少将の率いる米巡洋艦部隊に発見され、重巡ウイチタ、ニューオリンズの二〇センチ砲による砲撃で、午後四時四十七分に撃沈されてしまっていたのである。生存者はわずかであったという。

瑞鶴の生存者救助の任について、南方海上にただ一隻残っていた秋月の僚艦である初月は、前記デュ・ボーズの艦隊（重巡二隻、軽巡二隻、駆逐艦十二隻）につかまり、個艦にて悲壮な砲魚雷戦を敢行したが、衆寡敵せず、約二時間もの応戦のすえ上部構造物のすべてを破壊され、火災につつまれて撃沈されたという。

生存者は一名もない。おなじ第六十一駆逐隊に属し、おおむね行動を共にした僚艦の最後を思うと、胸の痛むこと切なるものがある。なお初月は沈没前の夜七時五分、大淀の第三艦隊司令部へ『われ敵水上艦隊と交戦中』と打電している。

小沢中将はもともと水雷科の出身で、水上戦闘とくに夜戦、水雷戦の権威であったから、日向、伊勢、大淀、霜月らをひきい、初月救援のため敵艦隊をもとめ、夜戦を行なわんとして南下したが、すでに初月も敵艦も見えず、二十五日の夜十二時、作戦を打ち切って北上した。

伊勢艦底の痛恨

栗田艦隊はすでにレイテ湾突入をあきらめ、ボルネオへ向かってしまったのだから、小沢艦隊が敵空母群をさらに北方へ誘致しても、もはや無意味である。

十月二十六日、艦隊は一路、奄美大島へ向かった。十月二十七日、生き残った日向と伊勢、大淀、五十鈴、それに若月、霜月、桑、槇、杉、桐は奄美大島の薩川湾に投錨、内海出撃いらい三千浬の疲れをやすめたのである。

私たち秋月生存者は、小さい槇から大きい戦艦伊勢へ移乗を命ぜられ乗艦した。二十五日いらいの重油にまみれた衣服をぬぎ、ひさしぶりに入浴して重油と垢《あか》を洗い流し、新しい下着と第三種軍装の支給を受け、やっと人ごこちがついた。

南方行きを命ぜられた大淀と若月以外の艦は、二十八日午後一時、薩川湾を出発、呉へ向かった。私たち秋月の生存者は戦艦伊勢の広い艦内で、初めてくつろぐことができた。

出港後しばらくすると、小林上等衛生兵曹より報告があり、秋月の一水兵が腹部膨満のため苦しんでいるとのこと。診察すると鼓腸著明で、側腹部に指頭大の痂皮がある。これを除去してゾンデで探ると、腹腔内へ通じているではないか。腹部盲管弾片創兼腸穿孔による急性腹膜炎と診断した。

ただちに手術を要するので、まず便乗させてもらっている伊勢の軍医長（中佐）に手術をお願いした。ところが彼は眼科医であり、手術室と一切の器具、薬品ならびに衛生兵を貸すから、君が手術せよとのことであった。

これをそばで聞いていた、おなじ便乗者である瑞鳳の軍医長（少佐・外科医）が「俺が協力するからやろう」といってくれ、艦底の手術室にて手術を開始した。開腹してびっくり、小さい一個の弾片は腸管壁を十七ヵ所も穿通し、その部分は癒着して団子のように一かたまりとなっている。やむなく一ヵ所、一ヵ所と剝離しながら縫合する。

と、突如としてラウドスピーカーは「敵潜発見、対潜戦闘用意、配置につけ」と怒鳴る。つづいて「雷跡、本艦へ向かってくる」という。

艦は転舵したとみえ、ゆっくりと揺れた。手術室は艦底だから被雷した場合、直接やられるかも知れない。最悪の場合は戦死を覚悟したが、間もなく魚雷は回避したとの知らせがあり、ほっとして手術をつづける。

しかしながら、患者の状態はしだいに悪化し、とうてい救助できぬとあきらめ、腹壁閉鎖にとりかかったところで死亡した。これだけの重傷ではとても泳ぐことはできまいから、おそらく槇に便乗中の負傷であったろう。それにしても負傷後、数日間も苦痛を訴えなかったとは、戦場における異常心理によるものであろうか。内地帰還を前にして戦傷死した、気の毒な一水兵の英霊に追悼の意を表するものである。

十月二十九日夜十時半、呉軍港へ帰投した。意気揚々として出撃した四隻の空母瑞鶴、瑞鳳、千歳、千代田の姿のないのは寂しいかぎりであった。

重傷者は呉海軍病院へ送院したが、その他の秋月生存者は敗残兵扱いなのか、上陸（外出）もゆるされず、そのまま特別列車で母港の佐世保軍港へ送られた。

私はとりあえず、佐世保海兵団を宿舎として残務整理にあたった。河原崎大尉をはじめとする傷病者は佐世保海軍病院へ送院し、戦死者の死亡診断書やその他の書類作成などがあったが、その間に各種軍装、軍刀などのいっさいを新調した。

十一月二日、佐世保鎮守府付が発令され、一応、海軍士官としての体面をたもてる状態になってから、佐世保海軍水交社へ宿舎をうつしたが、どういう風の吹きまわしか、高級士官用の豪華な部屋へ通された。

したがって短期間ではあったが、海軍入隊いらい初めての一流ホテル住まいなみの優雅な生活を過ごしながら、つぎの命令を待ったのである。

防空駆逐艦「涼月」砲術長の沖縄水上特攻

四十一駆逐隊の若月、霜月すでになく冬月と共に戦った対空戦闘記

当時「涼月」砲術長・海軍少佐　倉橋友二郎

昭和十九年十月十六日。敵が、レイテ上陸作戦の地ならしのためにおこなった台湾沖航空戦の最中であった。第三艦隊（機動部隊）司令部から駆逐艦涼月《すずつき》は、僚艦の若月《わかつき》とともに緊急出動の命令をうけた。艦上機の基地用物件と人員をのせて大分を出港し、台湾の基隆《キールン》へ急行せよ、というのだ。

天候はきわめてわるく、風雨が激しかった。豊後水道の沖には、かならず敵の潜水艦が待ち伏せている。そこを、真夜中に通らなければならない。しかも、波が高いので高速力を出すことができず、敵潜を引きはなすことは、まずできなかった。

倉橋友二郎少佐

艦のレーダーも、この波浪の中では、たとえ潜水艦が浮上していても捕捉することはむずかしい。こんな状態では魚雷の餌食になって沈没するか、あるいは運よく助かったにしろ被

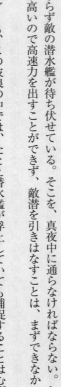

害はまぬがれず、その修理のために戦列への復帰が遅れるのだ。

わが機動部隊が台湾沖にあらわれた敵の機動部隊を迎え撃つために、近く出動するのは明らかである。それが私たちの本来の任務なのだ。涼月には、四百人の乗員の生命がたくされている。そして涼月が、その本来の任務を果たすまでは、ただの一人でも犬死はさせたくない。だから幹部のひとたちは、この出撃に絶対反対であった。

艦長は、艦隊司令部へ意見具申におもむいたが、いれられなかった。そして、その日の夕刻、風雨をついて大分を出港した。

十月十七日午前零時、若月が先頭にたち、涼月はその後方、千メートルのところを続行、速力二十一ノットで豊後水道を南下していた。風速は十五メートル。思ったとおりの荒れた海面で、視界はわるく、まったくの暗黒だった。白波が舷側をたたくと、そのたびに艦は大きくゆれて傾き、艦首が大波に突っこむたびに、ズシーンという響きと甲板の振動が身体にこたえた。この波では、二十一ノットでさえも大体むりなのだ。

動揺がはげしくレーダーが利かないので、雨のなかを逆探《ぎやくたん》によって走った。聴音機や探信儀で水中の探索もしているのであるが、これは静かな海面でないかぎり、ほとんど役に立たなかった。はたして、左前方に敵の潜水艦らしい極超短波が、逆探にはいってきた。報告をきいた私は、電探室に入り受話器を耳にしてみた。ピーピーという音が、はっきりきこえてくる。方向は左舷前方四十度ちかくであった。そしてレーダーを使っているからには、敵潜は浮上しているに違いなかった。艦橋では真剣な見張りをつづけていたが、肉眼ではほとんど、なにも見えなかった。

それから一時間ののち、私は当直を交替して、もういちど電探室に入った。逆探の感度は、非常につよくなっていた。しかも方向は、相変わらず左前方である。潜水艦は、かなり近づいてきている。ここ十分か二十分がいちばん危険だ。私は艦長にこれを報告し、見張員を励ました。

速力をあげて、この危機を抜けださなければならないと思う。が、この荒波の中では、これが精一杯の速力であった。真っ黒な大波が艦にぶつかってくるたびに、なまなましい魚雷の幻影にとらわれた。しかし、この視界では、雷跡を認めたときにはすでに遅い。とうてい、回避のひまはないのである。

厳命がないかぎり、ここで引き返すのが当たり前であった。が、こういう状態におちいることを出撃前から予想して、艦長とともに、あれほど意見具申をした……そのうえでの命令なのだ。いまとなっては僥倖を待つだけである。

当直をおわった私が、艦橋にいても仕方がなかった。危機が迫ってはいるが、この荒天では敵潜の襲撃も、なかなか困難にちがいない。当直交替後の疲労を少しでも休めておこうと、私は図々しくかまえた。艦橋をおりて、ただ一人、ガランとした士官室に入り、ソファーに横たわった。ところが、やはり舷側を打つ波の音をきくたびに、魚雷の幻影におびえてハッとする。私は無理に気持をおちつけて眼をつむった。そうして横になったまま、十分ほどたったころである。

高角砲に俯角をかけ係留中の涼月。沖縄特攻から生還、防空砲台となっていた

ガ、ガーン！　爆発音とともに、激しいショックを全身に感じた。そして、ソファーの上から跳《は》ねとばされていた。私は反射的にガバと飛びおきて、士官室から駆けだした。ひどくゆれている通路を跳ねるようにして走った。そして、舷門のほうへ首を出したとたん、滝となって落ちてくる海水に、いやというほど頭をたたかれた。足もとはまるで洪水だった。

私は艦橋に上がるまで、ほとんど夢中であった。艦長は、雷跡を二本見た、一本は艦橋の真下にきたはずだという。艦長はショックと同時に死んだものと観念し、一時は呆然としていたらしかった。

艦橋に立って見ると、艦首に命中した魚雷の爆発で、一番砲塔から前のほうが切断されて、影もかたちもなくなっていた。そして、わずかに残った錨鎖庫の下半部から、錨鎖が垂れさがっていた。さいわい一番砲塔から前の部分は、乗員のいない区画であった。

艦首が切断されたため、六、七ノットしか速力が出なかった。若月は、わが涼月の爆発音をきくと急いで反転し、威嚇のために爆雷を連続的に落としていた。

私は艦長と相談し、宮崎県の沿岸にむかって走ることにした。そうすれば、潜水艦から遠ざかることができるし、万一のさいには浅瀬に乗りあげて、沈没をまぬかれようという肚《はら》であった。それと、浅い海では潜水艦も思うように行動ができないと考えたからだ。

すぐに、第三艦隊司令部にあてて被雷電を打った。ところが、それと入れちがいに午前三時ごろ、連合艦隊司令部から第三艦隊司令部あてに、若月、涼月の派遣を中止すべしという無線命令が下ったことを、電信室が傍受した。思わず地団駄をふんだが、もはや手遅れだった。私は大分基地の参謀たちを、こころのなかで罵倒した。

涼月は九州沿岸の岩のあいだを縫うようにして北上し、ようやく豊後水道にはいることができた。そして、防禦水面の赤ブイを過ぎたときには、全くやれやれと思った。それでも、やはり二名の戦死者があった。気の毒な犠牲者である。どうしたことか、いつもならば寝るはずのない揚錨機室に、ハンモックを吊っていたのだ。もし、魚雷がもう二十メートル後ろに命中していたら、当然、私の生命もなかったし、また人員の被害も、二名どころでなかった。

呉について、すぐドックに入った。ところが、ドックの排水がすすみ艦腹があらわれてくると、じつに驚くべきことが発見されたのである。被雷したとき、私が横になっていた士官室の二メートル下のところに、魚雷の突きささった穴があいていたのだ。私はそれを見て、鳥肌がたった。

水線下にまるい穴があき、その後ろの鉄板が押さえられたように、内側へへこんでいるのである。魚雷が左舷から艦に命中し、艦腹に突きささっていながら、とうとう爆発しなかったのだ。そしてそれが、航行しているうちに波におしやられて抜けおちたのである。

これが爆発していれば、私はもちろん、そのほか多くの乗員の生命は、いっぺんに消し飛んでいたにちがいない。艦長が見た雷跡はたしかだったのだ。

以上が、駆逐艦涼月の二度目の被雷状況である。

菊水一号作戦命令

涼月の改修工事

涼月は昭和十七年十二月末に秋月型の三番艦として竣工し、第六十一駆逐隊の一艦となった。そして昭和十八年一月、第三艦隊第十戦隊に編入され、機動部隊待機部隊となった。それからちょうど一年目に、「昭和十九年一月十六日、第二次ウェーク島作戦輸送に従事中、宿毛《すくも》（四国の西南端）の南方にて被雷」と、戦闘詳報に記録された。

このときの被害がまた、凄烈であった。よくも帰投できたと、あらゆる人たちをあきれさせた。潜水艦の魚雷を二本うけ、艦橋から前の部分がちぎれて沈没、艦長以下の幹部をふくめて、多くの乗員が戦死した。また、後部マスト付近から後ろの部分も、おなじように切断され、乗員もろとも沈没してしまったのである。

罐室と機械室だけが、海上にうかんで残ったわけだ。この浮いて残った中央部を呉に曳航し、前後部をあらたにつくって、これに継ぎたし、もとの形になおすという、ほとんど新造とかわらない大改修工事がおこなわれた。

私が砲術長として着任したのは、艦の形がようやくととのい、これから艤装にかかろうという時であった。昭和十九年六月のことである。だから、それから四ヵ月目に、涼月はまたもや被雷したわけであった。そして、この修理に一ヵ月かかった。それで十月二十五日の比島沖海戦に参加するため、機動部隊が出撃したという知らせを、われわれは空しく呉のドックで聞かなければならなかった。

これより先、わが涼月が完成とともに編入された第六十一駆逐隊は、所属の駆逐艦が涼月一隻になってしまったので、解散した。そして、若月（秋月型六番艦）、霜月《しもつき》（七番艦）、それに新しくできた冬月《ふゆづき》（八番艦）、修復のおわった涼月を加えて、昭和十九年九月ごろ、秋月型四隻編成の第四十一駆逐隊ができたのである。

しかし、この第四十一駆逐隊は四隻が勢揃いし、顔合わせをする機会が一度もなく、まもなく冬月と涼月の二隻の隊になってしまった。若月は昭和十九年十一月十一日、比島のオルモック湾沖で敵約三百機と交戦し、爆弾をうけて沈没した。また霜月は十一月二十五日、シンガポール沖で敵潜の魚雷を二本うけて沈没した。

すばらしい対空火器

昭和十九年十月下旬、比島沖の海戦で前部に被爆した戦艦大和と、そのほかの艦船が帰ってきた。そのとき柱島《はしらじま》にいた涼月は豊後水道の南まで、その護衛のため出迎えにいった。第四十一駆逐隊の涼月と冬月が、大和と行動を共にすることになったのは、このときからである。

涼月の定員は二九〇名であったが、戦時の増員で、実数四五〇名ちかくになっていた。しかも、艦隊防空を強化するために、たくさんの機銃が増設されたので、四五〇名のうち、ざっと三五〇名が砲術科員であった。公試状態の排水量は三五〇〇トン、満載状態ではおよそ四千トンになり、これまでの二千トン級の駆逐艦とはかけはなれた、ほとんど軽巡にちかい大きさであった。艦の全長は一三四メートル。最大幅は十一メートル六十である。

高速をだせるように設計されていたので、幅のわりに、ずっと細ながい船体だった。また経済速力が十八ノットであり、ふだん巡航速力で走っているときに、とくべつの機関の準備がなくても、そのまま二十六ノットという相当な高速力にまで増速することができた。しかも航続距離が非常に長く、愛宕《あたご》級の一万トン巡洋艦よりも、はるかに遠く走ることができた。

そういう特徴があったが、しかし、なんといっても涼月のもっとも大きな特徴は、対空兵装の点であった。最新式の、二連装長一〇センチ高角砲八門を主砲としていたのである。

この高角砲は、弾丸の初速がこれまでの五〇口径砲の八百メートルを遥かにぬく一〇三〇メートルで、六五口径の細ながい砲身が仰角を九十度にして、真上にまで射撃する姿勢は、むしろ異様でもあった。そして、戦艦大和の一二・七センチ高角砲よりもはるかに長射程で、弾丸は一万四千メートルの上空までとどいた。

呉軍港に、B29が九千メートルの高度で来襲したとき、在泊艦船のたくさんいる中で射撃できたのは、涼月と冬月だけであった。青空にむけて、ほかの艦にはできない高々度の射撃をするときには、まるで晴れの舞台に立ったような誇らしさをおぼえたものである。もっとも、一万メートルの高さに弾丸がとどくのは二十秒以上もかかるので、B29が針路をかえれば当たりようがないのだ。

それからまた、二五ミリ機銃が六十梃。これも画期的な数であった。六十梃が一斉に火を吐くときは、四千トンの艦全体が火の玉のようになった。しかし、その有効射程が、せいぜい二五〇〇メートルまでだったのが、大きな欠陥であった。敵機はすでにロケット爆弾を携行するようになり、三、四千メートルの距離からでも、的確な攻撃を加えることができるといわれていた。

空しい出撃命令

昭和二十年三月十八日。呉港で戦備をととのえた第二艦隊は、広島湾の兜島《かぶと》に回航した。そのとき第二艦隊が連合艦隊司令部からうけていた命令は、「第二艦隊は豊後水道から出撃し、大隅海峡をへて佐世保に回航、待機」という趣旨のものであった。

この行動で、敵の機動部隊をおびきよせ、味方の基地航空部隊に痛撃のチャンスをつくろうというのが、ねらいであった。そこで第二艦隊は、三月二十九日に兜島沖を出港し、佐世保に向かったのである。が、たまたま九州南部に米艦上機の来襲があたったため、予定が変更されて、夕刻、防府沖に碇泊、敵機動部隊の動きを見ることになった。

ところが、四月一日になって米軍は、ついに嘉手納海岸から沖縄本島に上陸を開始したのである。事態は、まったく急迫した。ここにおいて連合艦隊司令長官から、四月六日を期して「菊水第一号作戦決行」の命令が発せられたのである。そして四月五日の午後三時、伊藤整一第二艦隊司令長官のもとへ、海上特攻隊の作戦実施にかんする次のような意味の電令がとどけられたのだ。

「伊藤第二艦隊司令長官は、麾下《きか》の大和、矢矧《やはぎ》、冬月、涼月、朝霜、初霜、磯風、雪風、浜風、霞をもって海上特別攻撃隊を編成し、四月八日黎明《れいめい》に沖縄に突入、所在の敵艦船を、撃滅すべし」

この命令をうけたとき、私は思わず、込みあげてくる忿懣《ふんまん》を爆発させた。

「なんと愚《おろ》かな！　一体なにをしろと言うんだ」

われわれの死が、戦局を大きく好転させるというのならば、特攻出撃も、あえて辞さない。が、制空権をまったく失っている海域へ、水上艦隊だけがのこのこ出ていったところで、目的地にたどりつく前に全滅するだけだ。敵艦船の撃滅など、とうてい出来ようはずがない。

頭は興奮でかーっとなる。口の中はカルシュウムの静脈注射をしたときのように、熱っぽくなった。話し合ってみると、ほかの幹部も、だいたい私とおなじ気持でいるのがわかった。

「第二艦隊司令部は、おそらく連合艦隊側のいうことをきくまい。反発してくれるだろう」

と期待していたが、これは空しかった。

連合艦隊司令部の強硬な出撃命令で、大和以下の艦隊は、五日午前六時に宇部沖を出港し、徳山に回航したのである。そして、ここで燃料を積み、要らないものをみんな降ろし、戦闘準備をととのえた。細部の命令が、つぎのように伝達された。

一、艦隊は八日黎明、沖縄に突入し敵艦船を撃滅する。

二、余力があれば陸岸に乗りあげ、砲台となって全弾を撃ちつくすまで陸上戦闘に協力する。

三、さらに生命があれば、艦隊の全将兵は上陸して敵陣に斬りこむこと。

四、八日午前九時を期し、高松宮殿下は御名代として伊勢神宮に参拝、成功を祈るはずである。

同日、連合艦隊司令長官から全軍にたいし、つぎの訓示電が送られた。

「帝国海軍部隊は、陸軍と協同、空海陸の全力をあげて、沖縄周辺の敵艦隊にたいし、総攻撃を決行せんとす。皇国の興廃はまさにこの一挙にあり。ここに、とくに海上特攻隊を編成し、壮烈無比の突入作戦を命じたるは、帝国海軍をこの一戦に結集し、光輝ある帝国海軍海上部隊の伝統を発揚するとともに、その栄光を後昆《こうこん》に伝えんとするにほかならず。各隊はその特攻隊たると否とをとわず、いよいよ殊死《しゅし》奮戦、敵艦隊をこの処に殲滅し、もって皇国無窮の礎を確立すべし」

徳山港では、その夜、艦内最後の酒宴がひらかれた。あかい顔になった人はあった。がしかし、居住区は静かで、特攻を命ぜられても、とくに乱れたものはいなかった。

庶務主任の主計中尉は、戦闘中は艦橋に出て戦闘記録をとるのが任務であった。が、生還を期さないこんどの出撃に、記録の必要はなかった。とすれば、この戦闘に参加しても無駄死となるだけである。私は艦長の諒解をえて、岸主計中尉に退艦の手続きをとった。すなおに服従してくれたけれど、別れるときはさすがに物寂しかった。

沖縄特攻出撃

四月六日午後四時、艦隊は徳山を出港した。伊予灘で、大和にたいして最後の編隊訓練と襲撃運動訓練をおこなった。過去の駆逐艦生活や、戦争前の艦隊訓練がおもいだされて、悲痛な感慨が胸をしめつけた。そしてわれわれは、見なれた瀬戸内海の風景や佐田岬に最後の別れを告げたのである。

私の職責は、涼月の主砲（高角砲）と機銃の射撃指揮をすることである。艦隊の背骨である戦艦大和の艦長は、三年前、私が陽炎型駆逐艦萩風《はぎかぜ》に乗り組んでいたとき、いろいろとお世話になった有賀幸作大佐である。全力をつくして、最後まで大和護衛の任務を果たそうと、かたく心に誓った。

輪形陣の隊形では、すぐとなりの二千メートルの距離に大和が堂々航進し、双眼鏡をのぞくと、艦橋に立つ人の顔の見分けがつくほどである。

開戦以来、機動部隊付属の駆逐艦に乗り組んできた私の最後の直衛任務かとおもい、しばし巨大な大和の姿を見つめていた。午後七時半ごろ、豊後水道をとおり二十ノットで南下した。豊後水道の南は、涼月のもっとも苦手なところである。

艦隊は、敵潜を探知した。暗夜に、緊急右四十五度一斉回頭があった。緊張して海面を見つめたけれど、なにも見えなかった。水測室では、岩切兵曹たちが聴音に一生懸命だった。

波は静かだったが、雲が空いちめんに張りつめ、まったく漆黒の世界であった。之字運動をつづけながら、大隅海峡に入った。左側から黒山のように、巨大な大和が押し寄せてくる。また右側には、大隅半島の切りたった断崖がせまり、まったく両方から押しつぶされるような思いがした。

四月七日の朝、大隅海峡をぶじに通りぬけ、艦隊は南下の針路に入った。海峡を通ってからしばらくのあいだ、零戦二十機が上空を警戒した。午前十一時半、東方二万メートルに、敵大型飛行艇一機が接敵にあらわれた。しかしそのときは、すでに零戦が帰ったあとで、どうにもならなかった。残念である。

敵地が刻々と近づくので、早めに昼飯をくっておこうと思っていた矢先、全艦隊にさきがけて私の電探が、敵編隊を一二〇キロの距離に探知した。十二時すこし前である。

涼月には電探が四基あった。砲術長は、この指揮官をもかねていた。対空戦闘には電探をもっと有効に利用する必要があるので、電探員たちは研究と訓練にはげんできたのであったが、その甲斐があった。今日の探知はとくに優秀であった。

せっかく用意された食事をとりたいが、これでは食事のひまがない。

敵編隊、八方から来襲

「左三十度、百二十キロ」「左三十度の目標は大編隊らしい」後部電探員があわただしく報告した。予期していたより早い会敵で、敵機を見るまでは、なんだか本当のような気がしない。しかし、「配置につけ、配置につけ！」と、伝令は緊迫した調子でくりかえし、ブザーがけたたましく鳴りひびいた。

砲塔も機銃員も、それから弾庫、応急員、機関科員、発射管員、みんながそれぞれの配置につき、対空戦闘の用意をととのえた。高角砲の揚弾がはじまり、弾庫はいまや一番はやく戦闘動作にうつった。電探の報告する敵機の方向と距離が、冷たくピリピリと緊張させてくる。

「右九十度、六十キロ」前部電探が報告してきた。しかし、右舷の真横ちかくにまで敵編隊がいるのはおかしい。電探がくるっているのではないか、と思い、「各電探に、受持区域をあらためて報告せよ」と再確認の指令をだした。

防空指揮所の前には、後部の電探からと前部二基の電探からの二本の伝声管が口をひらいていて、それに二人の伝令がしゃがみこんで応答をしている。伝令と私は、ほとんど以心伝心、とっさの用に間に合うよう普段から訓練がつんである。また右舷側と左舷側には二名ずつの伝令が、機銃群にいたる電話と伝声管に、見張りもかねて付いている。

「左九十度、百キロ」「左三十度、七十キロ」「右九十度、六十キロ」「左百二十度、八十キロ」

電探がキャッチする目標はふえるばかりで、四方向になった。なにかの間違いではないだろうか。全部の電探が同時に、それぞれちがった目標をつかんでいるのだ。こんなにいくつも目標があらわれるのは、あり得ないことである。大気の状態によるのか、それとも電探の故障か?

つづいて、「刻々ちかづく……」と報告してきた。電探の報告が正しいとすれば、米機はすでに、わが艦隊を包囲していることになる。

「目標は大編隊らしい」

艦長も防空指揮所にあがってきて、指揮所右側の転輪羅針儀を見ながら、操艦を指揮することになった。そして、それからは二人ならんで四周をにらみ、連繫をとりながら艦長は全般指揮、私は射撃指揮にあたった。

左前方、雲のあいだに敵編隊が見えてきた。やっぱり、敵機がいたのだ。電探は正しい。とすれば、わが艦隊は八編隊によって、全周から攻撃されようとしているのだ。

雲がひくく、上空の視界がわるい。二万メートル。敵編隊は左にむかい、また雲に入った。その数ざっと三十機。望遠鏡でながめると、銀翼がキラキラとかがやいて、じつに美しく見える。この美しい群れが、やがて殺戮《さつりく》をはじめるのかと思うと、まるで嘘《うそ》みたいな気がする。

敵編隊はすぐに迫ってくるような様子はなく、左の方向に旋回していった。機をうかがっているらしい。左後方にも、べつの編隊が約二十機、姿をあらわした。が、これも左にまわっている。

艦隊のトップをきって、大和が主砲を発砲した。ときに十二時四十分。ギラギラと輝く無数の焼夷弾片が、雲のあいだに散った。まるで何万枚もの宣伝ビラを撒いたようだ。しかしその弾着は右下にそれたようである。敵編隊は何の動揺も見せなかった。

艦隊のはるか後ろのほうに、夕雲型駆逐艦の朝霜が機械故障で落伍していた。その距離は約三万メートル。わずかにマストだけが見えかくれしていた。

左後方の敵編隊は真っ先に、この朝霜にむかって編隊をといた。そして二方向から三機、五機と、急降下して爆撃をくわえた。単独で洋上にただよい、しかも機械故障のため回避運動も自由にできないとあっては、簡単にやられてしまうのが眼に見えている。よってたかって、敵機に喰われようとしている朝霜艦上の人々の心中がおもいやられた。

舞い降り、舞い上がる敵機の姿だけが見えていたが、それも二、三分のあいだで終わってしまった。敵機は近くに大きい目標があるのに、落伍した朝霜一隻ばかりを攻撃し、編隊の大部は相変わらず遠くで旋回していた。

実力は大したことがないかもしれない——と瞬間的におもったが、それはやがて、敵の果敢な肉薄攻撃を見せつけられて、完全に消しとんでしまった。

大和爆撃さる

敵編隊の波状攻撃

大和を中心にした輪形陣の半径は二千メートルで、巡洋艦矢矧と駆逐艦七隻は、半径二千メートルの円周上に等間隔についていた。矢矧は進路の先頭、南側に位置し、二隻の防空駆逐艦のうち涼月は東側、冬月は西側にわかれて、大和の真横に位置をしめていた。

左へ左へと旋回をつづけていた敵全編隊のうち、一編隊が、やがて大和の左後方で編隊をといた。キラキラと光る翼をひるがえして、数機が大和にせまった。高度は二千メートルである。そして大和の上空にくると、艦爆一機が〝へ〟の字を描くようにして急降下した。いよいよ、喰うか喰われるかの戦闘がはじまったのだ。

この敵機の後ろには、なお二十数機が突撃態勢でかまえていた。機の通過する周辺で高角砲弾が炸裂し、黒い斑点をちりばめたように弾幕が張られた。しかし、敵機は臆する気配もみせなかった。五、六百メートルの高度まで突っこむと、敵機はグイと機首をひきおこした。と同時に、胴体から黒いものがパラリとはなれた。

投弾！――当たらないように！　じっと、爆弾の行方を見まもった。

左舷側に、やがて水柱があがった。よかった。最初の艦爆の爆弾はそれた。かるい安堵を感じた。だが、敵機はまだワンサと控えているのである。二機、三機と、つぎからつぎへ急降下に入っていった。大和の左右に、高さ二、三十メートルの水柱がいくつも立ちのぼった。

私は突撃前の敵機にたいして、機銃高角砲をふりむけた。射撃の修正、目標の変換で頭がいっぱいになった。声がかれてくる。

とくにひねって急降下していく一機の腹の下から、スーッとはなれた黒い礫《つぶて》が、放物線をえがいて落ちていく。そしてその放物線の先端が、大和左舷の中部高角砲甲板につながっていた。いけない！　と思ったとき、大和艦上に褐色の硝煙がパッとひろがった。左舷高角砲甲板に命中弾を喰ったのである。

涼月の後ろを通りぬけて、大和のほうへ突撃していく敵機にたいしては、前部の砲四門と、機銃約三十梃の射撃が充分にできない。艦上に、いろいろの構造物があるので、敵機が艦尾方向から左右に二、三十度はなれてくれないと、射撃ができないのである。後部の十数梃の機銃群が撃てるだけで、まことに歯がゆかった。

涼月の左舷後方から、低高度で敵雷撃機数機が大和に向かっている。編隊をとき間隔をひろくとっていた。涼月の高角砲は、この目標に指向した。八門の高角砲と左舷機銃群の全力が、この敵機を迎えうった。

大和が、面舵《おもかじ》一杯で右回頭した。急変針なのであろうが、七万トンの巨艦の回転には、ゆったりした王者の風格があった。軽小な涼月は、さっと面舵をとってこれに従った。右回頭のために、左舷後方から近づいていた目標は、艦尾方向に、ぐんぐんかわっていった。前甲板四門の高角砲が旋回するにつれて、われわれの耳はつんざかれるばかりに、強烈な爆音をあびた。

サッと、発砲の熱気と煙が顔をかすめていき、指揮所員は、おもわず前の風防から頭をひっこめ、砲口の向きのかわるのを待った。涼月の高角砲は、これまでの艦砲の欠陥を大きく改善して、仰角の限度が九十度以上あったたし、また前甲板の砲塔は真後ろまで、後部砲塔は艦首方向まで、一杯に旋回できるよう設計されていた。

ただし、艦橋やマストなど自艦の構造物ギリギリの線までくると、安全装置がはたらき、自動的に仰角がかかって発砲の電路が断たれるようにできていた。

目標の高度が高いときには、砲身がずっと上にのびるので、その砲口の高さはちょうど、私たちの立っている指揮所の高さになり、そこから上空にむかってどんどん発砲するため、そのすさまじい爆風は、耳の感覚を麻痺させるほどなのだ。

輪形陣大混乱す

来襲してくる敵機を回避するので、たちまち輪形陣がくずれて、ばらばらになった。そして二千メートルの半径が、いまは四千メートルにも開いていた。大和が一八〇度の方向変換でもすると、速力が半減してしまう。だから、どうしても身軽な駆逐艦は前に行きすぎてしまうのである。半径が四千メートルに開いてしまっては、護衛射撃にききめがなかった。

転舵回避をしなければ、敵機の雷撃を一層たやすくするばかりである。

しかしその反面では、回避のために輪形陣はみだれていくばかりとなり、ついに駆逐艦は大和から五千メートルも離れてしまった。矢矧もはるか前のほうに離れた。こんなありさまでは、各艦が個々に敵機の餌食になってしまう。

しかも回頭するために、高角砲も機銃も照準精度がおちるし、それに加えて敵機が艦尾艦首をかわり反対舷にうつるごとに、目標変換にかなりの時間をついやし、結局、有効な射撃を指向するあいまが激減するばかりであった。私は艦橋に通ずる伝声管に口をあてて、二千メートルの間隔をたもつよう、航海長につたえた。

　大和はすでに、敵機の集中攻撃の的になっていた。雷撃機と爆撃機の編隊……分散突撃、爆弾投下、魚雷発射……大和の左舷に、しきりと爆弾が命中していた。イルカのように疾走していく魚雷！　大和の左舷、艦橋からすこし後ろに、パッと水しぶきが上がった。しかし、その水柱も、さすがに巨艦の高い艦橋にまでは達しなかった。ちょうど強い波が横から舷側をたたいて、はねかえされたような感じである。

　最初に魚雷が命中したときには、かなりショックを受けたが、その後は一度に二本命中の飛沫《しぶき》を見ても、些細な現象を見るのとおなじになった。いちいち心をうごかしているゆとりがなくなったのである。大和は数発の爆弾と数本の魚雷をくったが、いぜんとして健在だった。さすがに巨艦である。

　その上空へ、後方からせまっていく一機を、涼月の高角砲八門が一斉射撃で射とうと身構えた。九四式高射装置の全力発揮である。距離は三千メートル。高度は千メートル。敵機は左へ移動していった。

　射撃指揮所指揮官の中島兵曹長はブザーをおした。ブザーは高射器や高射射撃盤室または各砲塔にまで、一斉に鳴りひびく。そして指揮官の双眼鏡の指向は、高射器の射手、旋回手の目盛盤に、指標によってしめされるのだ。

　高射器の射手、旋回手は、この指標のしめす方向に、高射器を一致させるよう手輪を操作する。すると目盛盤の上では、高射器自体の砲口をしめす針が、指揮官のしめす指標をおい

対空戦闘中の秋月型駆逐艦。後部の長10cm高角砲と機銃群を艦橋から撮影

かけていく。そして針が、ほぼ指標に一致したのを見はからって、高射器の射手、旋回手は、こんどは自分の眼鏡に目をあてる。するとそこには指揮官のねらった敵機が、視野の中におさまっている。

高射器の上部にある測距儀からは、杉本一曹のはかった敵機までの距離が、刻々と、艦の下部にある小林上曹や山口一曹たちの射撃盤に注入され、方向と高角とによって、盤の計算機構が必要な射撃データを算出する。そして、そのデータが砲塔を旋回させ、砲身に仰角をとらせるのである。

敵機の進路の前方に、砲身の狙いがさだまっていく。波でゆれようと、涼月が回頭しようと、指揮官、高射器員、それと前後部四砲塔の砲員は、一機の目標にぴったりと呼吸をあわせる。

敵機海面に突入

九四式高射装置が目標をとらえてから八門の弾丸を射ち出すまで、その所要時間は四秒であった。弾庫員は揚弾機に弾丸をつぎつぎとのせ、下部弾庫から砲塔へと弾丸を送りこんでいく。斉射間隔は二秒だった。そして、やがてブザーの合図で、名射手の上妻上曹が引き金をひいた。八個の弾丸は、大和の真上にせまって、ちょうど急降下爆撃に入ろうとしている敵機にむかってとんだ。

閃光とともに黒煙がパッとはじけ、敵機のまわりをつつんだ。命中だ！　敵機は、大和の上空で黒い尾をひいた。そして、そのまま大和の艦首上空を通りすぎると、涼月の右前方に近づいてきた。

右舷機銃群から発射される曳痕弾の赤い火が、何百となく敵機に吸いこまれていった。閃光が、また機体の表面で数回はじけた。こんどは機銃弾の命中である。黒煙が真っすぐ尾端から尾をひいて流れ、しだいにその太さがましていった。

さすがに、力つきたものらしい。涼月の四、五百メートル手前までくると、グッと機首がさがり、無音のグライダーのように、右前方の海面の一点にむかった。速力がおち、風防がひらいている。搭乗員の顔色は青い。が、上体もうごかず、頭の位置もくずれていなかった。搭乗員には命中していないのである。

敵機は、そのままズバッと海面に突っこみ、白い飛沫が左右にわかれてとびあがった。機体は、風防の根もとまで海中につかっている。

それから、しばらくのあいだ海面に動かず浮いていたが、やがて徐々に沈みはじめ、最後に尾翼がしずかに水面から消えていった。あとの海面には波紋がひろがり、ぶくぶくと気泡がわき、二、三ヵ所に渦がまいていた。それを右舷二十メートルに眺めながら、涼月は二十六ノットで走っていた。

浜風沈没す

左八十度、高度千メートル、距離二千メートル。一機が真横から涼月にむかって、機首をさげてきた。そしてブランコのように機首をしゃくり上げながら、機銃掃射をしてきた。パ、パ、パッと水しぶきが一直線にたち、それが涼月の中央部に近づいてくる。

身をすくめたとたん、水しぶきは涼月の中部を横切り、右舷に通りすぎていった。中部のほうをちょっと振り返ってみたが、被害を確認する暇はなかった。（あとで調べてみると、この一、二秒の掃射で二名がたおれ、中部魚雷発射管にも命中し、それから予備魚雷格納庫をぶちぬいて、予備魚雷の二、三ヵ所を貫通していた）

涼月の左舷から、およそ八百メートルほどはなれた海面に、一本の魚雷が、ふいに躍りあがった。大和をそれた航空魚雷である。そしてそれが、涼月の前方をめざして迫ってきた。海面に飛沫をたてて走っている。波の背をすぎると露頂し、水をはねあげては、また潜《もぐ》る。色も、潜るありさまも、イルカにそっくりだった。速力は三十ノット以上もありそうだ。

前甲板と左舷の機銃群は、上空の敵機をすてて、全部この魚雷に集中し、無数の銃弾をぶっぱなした。三十梃の二五ミリ機銃弾は、すさまじい煙をあげて魚雷の周囲をつつんだが、魚雷は依然としてこちらに突進してくるのだ。

涼月は右に転舵し、前進一杯。

二百メートル。このままでは、必ず艦の中部をやられる。機銃はすでに俯角いっぱいであった。銃員は、魚雷の頭が水面に出ようと出まいと、全力で、釣瓶《つるべ》うちに射ちまくった。

五十メートル。三十メートル。二十メートル。舵がきき涼月は左に傾斜して、右回頭の初期振動をおぼえた。

十メートル！　もはや艦橋の真横である。ところが、どうしたことか突然、魚雷は頭を海面にあらわして、速力がなくなったのである。やがて頭部を上にして直立にとまり、涼月の艦首波にあおられているだけとなった。どうやら機銃弾が機関部をつらぬいたものらしい。僥倖であった。

涼月は舵をもどし、速力をもどした。空を見あげ、海面を警戒し、味方の隊形に気をくばり……もう、恐怖を感ずる余裕はなくなってしまった。

左舷三百メートルの海面に、船体の前半を突ったてた後半のない一隻の駆逐艦が、黒煙を吹きあげて浮いていたが、急に、ぐーっと沈みはじめた。そして後方に大きく傾いたマストの上半が、ちょうど潜水艦が潜望鏡を引っこめるようにしてスーッと水面下にかくれ、あっけなく没し去っていった。

「浜風だ」と、機銃群の伝令がつぶやいた。爆撃機一機が艦首の上空から急降下し、爆弾一発……船体を切断して、後方に飛びさったのであった。

陽炎型駆逐艦浜風《はまかぜ》の沈んだ位置から、大きな丸太ン棒のようなものが二本、ニューッと勢いよく立ちあがったかと思うと、バサッとたおれて波間に浮いた。

命中寸前に変針した魚雷

左七十度、三千メートルの高度から、グラマンTBFアベンジャー二機が、涼月の前方にむかってきた。魚雷を抱いている。前部砲塔や左舷機銃群は、この雷撃機をめがけて集中射撃をはじめた。曳痕弾が、機体のまわりに無数の赤テープとなって伸びていく。

距離千メートル。高度二百メートルまで降下して魚雷を発射した。速力もおとさず、二百メートルの高度から発射しているのだ。高々度高速発射である。これで魚雷がいたまないとすれば、すばらしい性能だ……と一瞬、感心した。

機体からはなれた魚雷は、水平の姿勢からだんだんと傾斜の度を増し、それとともに速度も加わって四十度ばかりの角度のとき、水煙をあげて海中に没入した。雷跡をさがすと、左七十度の海面に二本、ぐんぐん近づいてくる。私の左にいた平山敏夫艦長が、緊迫した調子で艦橋にどなった。

「面舵いっぱい、前進いっぱい！」

魚雷の進路は、命中三角形の一辺のそのままであった。つい今しがた、逸走魚雷をあやうくかわしたばかりなのに、ふたたびこの魚雷である。三百メートル、二百メートルと、しだいに距離がちぢまってきた。しかし、先に進んでくる一本は、どうやら回避できそうだった。が、後からつづいてくる一本は、命中を避けられそうもなかった。

舵と増速がきいてきた。艦首は右にまわりだし、速力がぐっと上がった。しかし雷跡は、いまや左八十度となり、すぐに左九十度にかわった。百メートル、五十メートル！　先頭の魚雷は、すでに前方に走り去り、危険はなくなった。が、つぎの魚雷が艦の中部めがけて真っすぐに走ってくる。あと十メートル！　私は、つぎの瞬間、激しいショックをうけて大水柱が立ちあがるのを予期し、指揮所の鉄壁に手をあてて身構えていた。

ところが奇怪なことに、魚雷はとつぜん大きく急角度で屈曲し、涼月と平行になったのである。艦橋の左舷わずか五メートルの海面を、雷跡はぐんぐん艦首のほうへ平行に伸びていくのだ。

魚雷の速力は四十ノット、涼月は三十ノットである。魚雷がみるみる艦を追いこしていく……それを、じっと見つめていた。

長さ五メートルあまり。上からのぞくと黒茶色に見える魚雷が、艦首がつくりだす波の下をくぐって、深度二メートル、左舷すれすれに追い越していった。なぜ、この魚雷が急に六十度も変針したのか、わからなかった。幸運というよりほかに表現のしようがなかった。

私たちは、ホッとして我にかえり、顔を見合わせたのであったが、その喜びも束の間だった。これから、ほんの数分後に、被爆大破の運命が訪れたのである。

矢矧の沈没

涼月の右三十度、三千メートルに位置する矢矧に、ざっと三十機の艦爆が殺到した。すぐに濃い黒煙が朦々《もうもう》とたちあがり、矢矧の後部マストを隠してしまった。そして、中部の煙突あたりと思われるところに、真っ赤な炎がチラチラと見えた。

矢矧の速力がぐっとおちて、涼月に近寄った。機関部をやられたらしく、左舷五百メートルのところまで近寄ってみると、乗員四、五名が前甲板で右往左往していた。艦橋の右舷側にある上甲板の救助艇は、繋止帯がはずれて垂れさがり、艇の後部が二メートルばかり脱落しかけて傾いていた。それでも、この半壊の救助艇に乗員二、三名が這いあがり、海面におろす準備にかかっていた。この救助艇が、はたして浮くだろうか？

煙突は原型をとどめていなかった。そして後部マストまでの構造物は、すべてが吹っとび、何物もなかった。まるで、かまどの上にかかっている鉄鍋のように、湯気もかわききって、鉄板が真っ赤に焼けている。私たちはそれを見ながら追い越していった。

矢矧から、ざっと五千メートルほど離れたとき、矢矧は左後方から沈みはじめ、前部マストが最後に海面から没していった。右側千メートルのところにも、中部から朦々と黒煙をあげて炎上している駆逐艦が一隻ただよっていた。涼月は、するすると、これを追いぬいて進んだ。

悲風の沖縄水域

みるみる迫る爆弾

大和には硝煙がみち、水柱がしきりに立ちあがっていた。それもほとんど左舷ばかりである。

編隊からはずれた敵機が一機、涼月の左前方から近づいてくる。胴体がずんぐりしていた。艦爆カーチスSB2Cヘルダイバーだ。全機銃がそれに向かって、一斉に射ちはじめた。扇形の赤い火の流れが、その一点にそそがれていく。そして扇形の要《かなめ》のところに敵機があった。

涼月の左舷前方を二千メートルの高度で行きすぎると、敵機は浅い旋回をして、急降下に入った。早く落とさなければとおもうが、敵機はなかなか機敏な旋回をつづけて、たくみに機銃の弾幕をそらし、真っすぐに突っこんできた。

腹の下から、爆弾が二個はなれた。と、敵機は翼をひねって引き起こしにかかった。「面舵《おもかじ》いっぱい！」と、艦長がどなった。二個の爆弾はふらふらしながら、ゆっくりと大きくなってくる。白くぬられた弾体がまぶしかった。爆弾は落ちてきながら、少しずつ横に流れているようであった。大丈夫か？

右舷、とくに艦首付近の機銃群は、この敵機にたいして猛烈な射撃をつづけていた。私は顔をこわばらせながら、爆弾を見つめていた。爆弾はしだいに速力をまして大きくなる。一発はどうやら後方に流れていったが、もう一発の爆弾は真っすぐに私たちに向かってくるのだ。

艦橋で操舵したらしく、わずかに艦首が右に回頭しはじめた。船体はブルブルと振動する。これは高速のとき、転舵の初期に感ずる特有の振動である。あぶない！　こいつは当たるぞ！

こうなっては、もはやとるべき処置がなかった。命中を待つだけである。艦が回頭するにつれて、爆弾の方向がかわるので、首をまわしながら、その行方を見つめた。おもわず両膝に力がはいり、手は前の鉄板をおさえた。つぎの瞬間、ダーン！　という、かんだかい炸裂音がおこった。手足がしびれ、腰がゆれ、両膝を甲板についてしまった。艦首がぐっと持ちあがった。つづいて艦尾のほうが上がった。前後方向の大きな振動である。

私は、生きていた！　やられたのは艦尾か？　いそいで右舷にまわり、艦尾をのぞいて見たが、そこは異状がなかった。すぐに身体を乗りだして、前甲板を見た。艦橋のすぐ前の前甲板右舷に、大きな口があいていた。そして下甲板から、火炎がつよく噴きあがっていた。下甲板の火災は、一番、二番砲塔の弾火薬庫を誘爆させる危険があるのだ。

後部員はしばらく射撃をやめていたが、また思いだしたように射撃をはじめた。爆弾命中と同時に、射撃指揮所の名測距手杉本《すぎもと》一曹は壮烈な戦死をとげていた。

揚旗ロープに吊られた死体

もういちど身を乗りだして前甲板を見たとき、私はあッとおどろいた。たった今しがたまで、そこで活躍していた三門の単装機銃員たちの姿が、ぜんぜん見えないのだ。おもわず胸がつまった。

破孔の鉄板のまくれが、艦橋の下で波にたたかれている。上甲板がなくなっているので、舷側の鉄板がじかに上から見えるのだ。このまくれた鉄板に、舷側で必死にしがみついている者があった。下半身は高速の水流におしながされながら、両手でしっかりと鉄板をつかまえて、肘をまげ、手の甲の上に頭をのせていた。その手を放したら最後である。チラッと、こちらに振りむけた顔を見ると、乗員のなかでいちばん年少の、十五歳の少年電信兵であった。

「大丈夫か！」と、私は上からどなった。気のせいか、彼が「大丈夫」とこたえたように思われた。彼の眼は、空の一点を見つめていた。

早くなんとかしてやりたいと思ったが、高い防空指揮所からでは、手をのばしたところでどうにもならないのだ。そして、救助のものが前甲板に出る前に、つよい流水の力は、ついに彼の手を鉄板から引きはなしてしまった。つぎの瞬間、彼の姿は見えなくなっていた。どこかへ這《は》いあがっているのではないかとおもい、後部を探したけれども、ふたたび見いだせなかった。

弾倉が一個、弾丸がいっぱい詰まったままで飛び上がってきていた。上甲板から十メートルもある高さの、この防空指揮所まで跳ね上がったのである。

艦の中部右舷にひきいれて、甲板にかたく縛りつけてあった内火艇のなかには、前甲板の単装機銃が、はるかに空中たかく水柱とともに跳ねあがってから、落下して飛びこんでいた。重い二五ミリ機銃の衝撃をうけては、たまったものではない。内火艇の底はへし折れて、使いものにならなくなっていた。

私のすぐ右後ろの信号マストの揚旗ロープに、腰から下だけの死体が両足をあわせたまま、ロープにからんでぶらさがっていた。胴が大根を切ったように輪切りになっていたが、血は流れていなかった。水柱といっしょに跳ね上がりながら、空中で海水に洗われたのであろう。ズボンは鮮血にぬれていた。誰の屍かわからなかったが、胴は太っていて大きかった。

艦尾の後ろでは、スクリューの残した航跡のなかに、油で真っ黒になった者が頭をだしていた。片手をあげて助けをもとめている。しかし、どうすることもできなかった。木ぎれにでも掴まってくれと祈ったが、まもなくその姿は見えなくなった。すでに、意識が弱っていたのかもしれない。

舵を右に一杯とったままで操舵装置を破壊されたため、涼月は右へ、右へと旋回して、回頭がとまらなかった。速力指示器が故障で、機械室へ指令がつたわらない。

大和は左舷に回頭しながら、涼月に近づいてくる。このままでは正面衝突だ。艦長の命令で、伝令が後進一杯とさけびながら、機械室へ走っていった。

「たいへんだ。あの巨艦に衝突されたら、こんな、ちっぽけな駆逐艦など、ひとたまりもありゃしない……」

固唾《かたず》をのんでいたが、大和はどんどん近づいてくる。駄目か！　背中に冷や汗がにじみだした。あと百メートル……ブルブルという振動がおきた。スクリューが反転をはじめたのだ。しかし海上では惰力がおいそれと無くならないのである。間に合うだろうか？　大和は刻々と、近づいてくる。

最後の五十メートルである。涼月の前進が急におとろえた。そして大和は、艦首から手をのばせば届くほどのところを、すーっと走っている。やっと衝突だけはまぬかれたが、どうやら大和も操縦不能になっているらしい。

大和は左舷に約十度ほど傾斜し、左舷の高角砲甲板や機銃甲板が徹底的に破壊され、まるで破れ障子のようになっていた。そして機銃員がぼんやりと立ちすくみ、無表情に涼月をながめていた。大和の艦橋は、この防空指揮所からでも見あげるような高さである。が、もはや出撃時の偉大なおもかげは失われていた。見ると、――大和にも、舵故障の旗旒信号があがっていた。

炎上する艦橋

涼月の電気設備は、全面的に麻痺《まひ》してしまった。下部の配電室が、粉砕されたためである。艦橋の電気時計も、一時八分をさしたままになっていた。機関科との通信連絡も、もちろん、伝令によらなければならなかった。まさか、こんな最悪の事態がこようとは、夢にも思わなかった。

舵故障のため、後甲板の人力操舵になったのであるが、これも手旗で連絡しなければならなかった。後部の舵取機械は、基礎ボルトが折れてはずれてしまい、人力ポンプをついて油圧をつくる最後の手段だけしか残っていなかった。

大和のマストが四十五度くらいの大傾斜になってきた頃には、いつのまにか上空の敵機はその姿を消してしまった。すでに目的を果たしたとみて引き返したものか、それとも補給のための一時的な帰還なのか、とにかく対空戦闘の砲声が絶えていた。

しかしそのころ、涼月は二番砲塔にも火災がまわっていた。パンパンと時折り、高角砲弾が引火炸裂している。予備学生出身の牛島少尉が、防空指揮所に上がってきた。防毒面を腰につけ、油煙で顔はよごれ引きつったような表情であった。

「先任将校、私はいま何をしたらよいのでしょうか。教えてください。何をしてよいか、わからなくなったのです」

私もおなじように、放心状態に近かった。しかし牛島少尉のこの言葉によって、自分は先任将校なのだ、しっかりしなければならぬ、と心をひきしめて言った。

「いま、二番砲塔の火災が心配だ。この消火に全力を尽くしてくれ」

通信士の芹沢中尉もきた。二人は気をとりなおして降りていった。その後ろ姿を見ながら、弾薬の炸裂で、やられやしないかと心配になって、「破片の飛ぶ方向に気をつけろ」と怒鳴った。

すでに艦橋にも火がまわって、そこにいるわけにはいかないのだった。通信士も航海士も、その本来の戦闘配置がなくなっていた。

艦橋後部にも、艦橋の下の甲板にも、いくつかの死体があった。信号マストの張り線にぶらさがった下半身が、どうも目についてたまらない。あまりの無惨さに気がめいるのだ。私はなるべく見ないようにしようと思うのであったが、どうも自然に、そちらへ眼が向いていってしまうのだ。

艦橋の火災がひどいため、艦橋や防空指揮所への昇降には、信号甲板から舷門へさがっているラッタルを使わなければならなかった。ところが、ちょうどそのラッタルの真上のところに、下半身の切り口が下を向いてぶらさがっているのだ。付近のものに降ろすように命じたが、だれも気味わるがって行こうとはしなかった。

ついに芹沢中尉は、刀をぬいてその張り線を切ってしまった。

火災はなかなか止まなかった。防空指揮所の電線や、鉄板のペンキにいたるまで、黒い煙

をだしながら、ジリジリと燃えつづけていた。指揮所の鉄板も熱くなった。防火防水作業の

全般指導を一手にひきうけていた緒方美男二工曹など三人の専任応急員は、艦橋の下の士官

室通路で待機していたが、被爆とともにアッというまもなく姿を消してしまった。

前部の消防ポンプは、電源故障のため使えなかった。そこで後部のポンプを起動し、中部

に待機していた水雷科の発射管員が、ホースをかついできて繋《つな》いでいたが、前甲板の左舷側

から砲塔に届かせるまでには、だいぶ時間がかかり、火災はいっそうひどくなってしまった。

誘爆で甦る

被爆直後に生き残っていた二番砲塔の砲員は、無我夢中で後ろの扉をなかば押しひらき、

身体をくねらせて二人、三人とつづいて、上甲板の左舷側にとびおり、中部甲板にのがれた。

しかし、いま周囲の様子を見て我にかえると、その二番砲塔の弾薬が誘爆する危険がある

のに気がついた。

数人のものが、ふたたびよじのぼり、砲塔のなかへ決死的に飛びこんでいった。そして、

高角砲弾を手あたりしだいに、後ろの入口からじかに海の中へ投げすてはじめた。一本、二

本、三本。海面までとどかないで、甲板にドシンドシンと落ちて転がりだすのもあった。

砲塔の下の火災の煙が、その扉の入口から噴きだしている。艦橋の上から見おろしている

われわれも、気が気ではなかった。砲塔のなかは、電灯が消えているうえに、煙とガスが充

満していた。それで砲塔員たちは、防毒面をつけ手さぐりで、弾丸をひろって投げすててい

るのだ。

そのうちにやっと、消火ホースが砲塔に届いた。消火ホースはシュシュウと音をだしはじめ、後部甲板から海水がどんどん送りこまれてきたのをしめした。筒先から水のでるのが待遠しかった。

と、いきおいよく筒先からシュウーと放水しはじめた。二番砲塔の入口のまわりを一、二回ぬらしたが、すぐ筒先の方向がきまり、砲塔のなかに注ぎこまれた。その刹那、ふいにドカン！という弾丸の炸裂があった。そして、ホースの筒先をもっていた一人が放りとばされて、甲板の手摺にぶつかり倒れてしまった。

中にいて弾丸を投げすてていたものは顔色をうしない、足の踏み場も見ずに飛びだしてきたが、その人数は二、三人すくなくなっていた。ついに恐れていた二番砲塔の誘爆がはじまったのである。火の手は艦橋にまでおよんできた。

前部電信室の火災も消しようがなかった。航海士はホースを一本、艦橋脇の伝声管にはめこんで、それを通して電信室に注水してみた。ところが、海水が電信室内のベルをショートさせたため、リンリン鳴りつづけて止まなくなってしまった。

巨艦大和の最後

沈みゆく海の王者

いま屈してはならないのだ。このうえ一発でも被害を受けたならば、涼月は必ず沈没する。そうなれば、多くの生命が無駄に奪い去られるばかりだ。涼月を守らなければならない。すこしでも生きながらえて、敵を一機でも傷つけたい。断じて、士気を沈滞させるようなことがあってはならない。最後の最後まで、全力をつくして成敗をこころみるのだ！　私は何度もくりかえして、自分に言いきかせた。

「対空戦闘、射ち方はじめ！」

敵の爆撃機二機が、執念ぶかく大破炎上中の涼月に、止めをさそうとして隙をうかがっている。通信連絡の機械装置は、全部故障でつかえない。伝令によって、機銃台へ直接どなった。

左舷中部から、後甲板にいたるまでの二十梃の機銃は、猛然と弾丸を集中して送りこんだ。ダッダッダッダッ……いままでにもまして、力一杯の射撃であった。曳痕弾は束になって、敵機の行く手をおさえた。敵機はちょうど一五〇〇メートルの距離から突っこんでくる態勢にあった。しかし、強烈な射撃をうけて、ひるんだ敵機は二機ともクルッと向きをかえて逃げだした。

後部の砲塔は電源故障のため、人力操作である。必死の力で旋回をして、この目標に追いつくと、ドッドーン、ドッドーンと、追いうちをかけた。目測射撃であるから、効果は期待できなかったが、それでも敵機は威嚇され、一目散に逃げさってしまった。機銃掃射をうけて、四番砲塔の左砲一番砲手、山口兵長がたおれた。首の貫通銃創であった。

機銃員たちは訓練どおり、着実に射撃をしていた。機銃の故障は全然なく、弾丸はよく出た。足もとには空の薬筐《やっきょう》がポンポン投げすてられ、たちまち積みかさなっていった。そのために足の踏み場がなくなり、射撃のあいまに片付け作業もしなければならなかった。

ふと気がつくと、左舷約五千メートルのかなたで、大和が大傾斜していた。前檣は五十度

昭和20年4月7日、沖縄水上特攻作戦に戦艦大和を直衛、敵機の大群を迎えうって対空戦闘中の冬月

かたむいて、反対舷の赤腹が海面に見えはじめていた。こうなってはもはや、赤腹を上にしてクルリと転覆するばかりである。

涼月の運命を決する消火作業で、みんなが顔色をかえているときであった。大和を眺めているどころの騒ぎではなかったが、どうしても大和のほうに視線が走るのだ。いままで身近にいた戦艦大和である。さきほど衝突寸前でかわしたとき、おたがいに顔を見合わせた大勢の乗員たちは、一体どうしているであろう。

巨艦の最後を見とどけたい……と思っていたのであるが、なかなか転覆しなかった。私たちの甲板はジリジリと焼けて熱くなり、煙はこの旗甲板をも包もうとしていた。やがて大和は、六十度かたむいた。そして赤腹をいよいよ大きくむきだしてきた。それはまるで、大きな松茸の傘のような感じであった。

六十度かたむいても、まだクルリと転覆するところまではいかないようだ。こんな悠然とした転覆は見たことがなかった。これが、海の王者の死際《しにぎわ》なのか。しかし、七十度ほど傾いたころから、刻々と傾斜をますのがわかるような早さになった。そして前檣が大きく海面に伏して見えなくなると、赤腹がこれにかわった。

乗員は蟻《あり》のように、それによじのぼっていった。驚異的な性能をもつ大和も、ついに数十発の爆弾と、二十本あまりの魚雷には耐えられなかったのだ。午後二時二十三分、大和は大爆発をおこした。黄色味まばゆい、すばらしく大きな炎が、メラメラと燃えあがった。その下で、船体は消えるように水中に没していった。

爆発と同時に飛散し、跳ねあがった破片や死体が、そのあとから続々と海面に落下し、小さな水しぶきが無数にあがった。赤腹の上に蟻のようにはいあがっていた数百人の乗員も、一挙にふっとんでしまって、海面にはただ蒸気のような白煙が残っているだけであった。涼月の上甲板で消火していた人たちは、巨艦大和のあえない最後を、しばし呆然と見送ったのである。

黒煙、天に冲す

以下は、冬月から眺《なが》めた大和の最後である。

——大和が左に十五度くらい傾斜したときには、構造物のない甲板の上を、まともに歩くことが困難になり、乗員たちはみんな、這《は》って歩いていた。それが二十度、三十度とだんだん傾斜を増してくると、乗員たちはなんとかして、右舷側の手摺に取りつきたいとおもい、一生懸命になって這いあがろうと努力しだした。そして、うまく右舷に取りついたものはやれやれと思ったろうが、結局、彼らもまた後に爆死してしまった。

這いあがることができず、左舷に転がりおちたものは、ポロポロと海面に吸いこまれていった。大和の後方海面には、それらの人たちが点々と泳いでいた。冬月は、この海面の人たちをスクリューに巻き込まないように注意しながら、右に左に蛇行し、五、六ノットの速力で尾行していた。

大和が惰力で動いているあとを、冬月は五百メートルほどおいて続きながら、最後の警戒にあたったのだ。大和の傾斜が五十度になるまでは、傾き方がきわめてゆるやかだった。しかし、それからは急に傾斜の速度がはやくなった。乗員は懸命に、右舷の艦底の赤腹の上に這いあがろうともがいていた。しかし、傾斜が急であるため、ポロポロと左に落ちこんでいくものがふえた。

六、七十度の傾斜から急速に転覆して、大和はついに赤腹を見せるだけになった。冬月はそれまで大和の後方を追尾しつづけてきたが、転覆についで、そのまま静かに沈没するだろうと予想し、それを追って海面に浮かんでいる乗員の救助にあたろうとしていた。赤腹の上には、約二百名のものが這いあがっていた。

――ところが、突如として大和は、最後の大爆発を起こしたのである。大和からもっとも近い位置にいた冬月の防空指揮所では、ちょうど真正面にその光景がうかびあがったのだ。

大和は二番砲塔の位置にあたる艦底から、二回の爆発を起こした。その間隔は一秒の五分の一くらいだったろう。ボッ、ボーン！　という、大音響を発したのである。ちょうど鯨《くじら》が、潮《しお》を噴くのとおなじように、細い煙の柱がまっすぐ、上空に噴き上がったのである。そして、その煙は、ぐんぐんと高くのびていき、それにつづいて太い炎が、メラメラと空をなめつくすように上がった。

上空の煙は入道雲のようにたちのぼり、その下はちぎれて消えてしまった。いまにして思うと、そのかたちは原子爆弾がつくりだす原子雲に似ていた。炎の高さは八百メートル。直径は百メートルであった。

艦底に上がっていた二百人あまりの人たちは、じつに一五〇メートルから二百メートルの上空に撥《は》ねあがっていた。四体《したい》がそのままのものも多く、両手両足を大の字にひらき、ちょうど楠木正成のつくった千早城の藁人形が放りあげられたような光景であった。

乗組員の救助

重油におおわれた海面に浮かびあがった乗員の顔は真っ黒で、だれだか見当がつかなかった。ただ目ばかりが、ギョロギョロしていて不気味なほど異様であった。そのなかにまじって、川崎勝巳少佐が手を上げているのが見えた。顔は真っ黒になっていても、ピンとした鼻ひげでわかったのである。彼は大和の高射長であった。

泳いでいるもので、助けてくれと叫んだものは一人もいなかった。爆発の爆風、震動、轟音、それに大きな渦にまきこまれて意識不明になっていたにちがいない。が、全艦隊が沖縄へ突入の決死行であったのだ。出撃後は、まっすぐに沖縄へ向かう一心でいたから、このときになっても残った艦の前進を、無意識のうちに激励しているようであった。戦闘はこれからだといわんばかりに、彼らは真っ黒な海面から手をふって、われわれを見送っていたのだ。そして少しずつ沈んでいった。

冬月は、右舷梯をおろした。救助艇はロケット爆弾が艇の底を貫通し、破損していた。これも大いそぎで修理をして、救助に走らせたのである。内火艇やカッターもおろされた。そして激烈だった対空戦闘の疲労もわすれて、手当たりしだいに救いあげ、右に左に漕ぎまわって、戦友を一人でも多く助けようと、奮闘しつづけたのである。

ところが、これが人間の弱さというものだろうか。内火艇やカッターが近づいていくと、それまでは、しっかりしていた者が、われ先に取りつこうとする。そして泳げないものまでが、泳ごうとして夢中で手足をうごかす。そのために泳ぎつく直前でグッタリと力つき、沈んだものも少なくなかった。彼らにとっては、そのときまでが精一杯の頑張りだったのであろう。

救助艇は浮袋を投げて助けた。冬月の舷側では、綱をたらして摑まらせた。森下信衛参謀長は甲板に助け上げられると、目をみはって「グラマンはどうした。グラマンはどうした」と怒鳴っていた。

救助は夕刻までつづいた。そして総勢二六七名の大和乗員が救い上げられたのである。米飛行艇も夕刻まで、遠くのほうでグルグルとおなじところを旋回して着水し、泳いでいる搭乗員を救助していた。

大和よ永遠なれ

このときの米軍の攻撃が、いかに激しいものであったかを証明するためには、大和の性能を、ちょっと考えてみるだけでわかるのだ。

大和の防禦甲鈑は、これまでの常識をはるかにこえる厚さだった。爆撃機が投下する大型の一トン爆弾でさえ、五千メートル以上の上空から落とすのでなければ貫徹しなかった。

長門級の四〇センチ砲弾でも、四十五度以上の大きな角度で命中しなければ、防禦甲鈑をぶち抜くことはできなかった。舷側の防禦装甲も、おなじような威力をもっていたから、四〇センチ弾をよほど近くから舷側に射ち込むか、あるいは甲板にたいして、よほど遠距離から大角度で射ち込むのでなければ、船体の重要部に到着させることはできなかった。まして、三六センチ以下の砲弾では、防禦区画に入りようがなかったのである。

これまでの軍艦は、艦首の水面下の部分がひらたく、垂直にきりたっていた。ところが大和は、これとはまったく形が変わっていて、水面下が球面で、前の方に大きく丸くつきだし、流水抵抗が少ないように設計されていた。舵は、主舵の前方に小型の予備舵が備えつけられてあり、被害にたいする特別な準備の考慮がはらわれていた。

前檣頂部は水面上四十五メートルの高さにあった。九階建ての丸ビルの屋上が三十三メートルということであるから、これとくらべても、相当な高さである。見通しをよくして、遠距離射撃が有利にできるようにしたものである。

前檣頂部の、横に突きだして見える測距儀は、基線長が十五メートルであった。長門級の十メートル測距儀よりも、はるかに優秀な精度である。各砲塔も十五メートル測距儀をもち、全部に転輪水平儀が付属していて、つねに水平をたもち距離の測定を容易にさせていた。

探照灯は、反射鏡の直径が一五〇センチあった。長門級までの一二〇センチ探照灯にくらべれば、これも飛躍した大きさであった。しかし、このばかでかい測距儀や探照灯が、ようやく海上に姿をあらわしたときには、レーダーがそれにかわる時代になっていて、意義を失ってしまった。

砲塔一個の重量が三千トン。これだけでも、涼月より重かった。普通の駆逐艦のざっと二倍である。弾丸一個の重量は一トンあまりもあった。長門級四〇センチ砲弾八五〇キロの、約一倍半、涼月の高角砲弾にくらべると二百倍である。

主砲九門を四門と五門の二タ組にわけて、交互に一斉射撃をするようになっていた。二十秒の斉射間隔で、一門につき四十秒に一発のわりで弾丸が射ちだされるのだ。一トンあまりの弾丸を、四十秒ごとに揚弾するには、いちいち立てたり吊り上げたりする暇はなかった。弾丸は、一発ごとに鋼鉄製のトロッコの上にのっていて、そのレールが弾庫の甲板を縦横に走っていた。

弾丸は一個一個、鋼塊を真っ赤に熱して、何回も大鉄槌で鍛錬し、それから旋盤にかけて、精密にかたちをととのえるのである。弾丸の頭部のかたちは最高の機密で、関係者以外は、見ることもゆるされなかった。それは弾丸が、敵艦の少し手前に弾着しても舷側に被害をあたえるように、海面で弾丸を水平に走らせる独特のかたちが工夫されていたからである。

大和の徹甲弾は一トンあまりの総重量にたいして、その炸薬量は二十キロあまりしかなかった。弾丸を敵戦艦の防禦甲鈑をぶちぬいて、船体の中央部で爆発させるためには、強大な貫徹力が必要であった。そのために、主力艦以外に命中しても反対舷に貫通してしまうだけで、効果は少なかった。しかし、これが長門級の戦艦に命中すると、弾丸は艦の中央部で炸裂し、一発のもとに船体を切断するほどの威力をもっていたのである。

砲身は長かった。そして自分の重さに耐えきれないで、砲口が、いくらか垂れさがっていた。弾丸が射ちだされるときには、弾丸は砲身の垂れさがりを振りおこしながら飛び出すのだ。そのために、弾丸の射出方向は、砲口の向いているところよりも上のほうであった。砲口は、三センチ以上も垂れさがっていた。

最大射程四万メートルの射撃をするときは、砲身の仰角が四十六度半になる。空気の少ない成層圏飛行が大部分であるから、弾丸が成層圏に入るときに、四十五度の上昇角度となるようにしたのである。このとき、弾丸は富士山の六倍の高さを通過する計算になる。弾丸一発が海面に落下して、はねあげる水柱は直径五十メートル、高さは丸ビルの五倍、一五〇メートルに達するのだ。

このような巨砲の驚異的性能が、その本来の目的を十分に発揮できなかったことは、まったく残念なことである。大和の建造費は、そのころ千億円といわれている。じつに大艦巨砲主義時代の、最盛期における圧巻であったが、近代戦のテンポは、これを無用の長物として置きさった。しかし、ギリシャ、ローマ戦史の花形として、地中海を圧した木製戦艦や巨象の戦車、秦の始皇帝によって築かれた万里の長城にも比すべき、地上最大の武器として、ながく記録されるべきであろう。

死の後進行

盲目の航行

さて、連合艦隊司令部ではすでに作戦中止を発令し、各艦は、とっくに佐世保回航の指令をうけていた。しかし、涼月の電信室は全滅していたし、また消火作業の連続で、信号で状況を問い合わせるほどの心の余裕もなかった。

涼月は、一体これからどうすべきであるか。火災がおさまらなければ、むろん走ることができないのだ。舵機も、やられている。針路を保つコンパスは、後部にある応急用の磁気コンパス一個だけであったが、これは誤差が多くて頼りにならなかった。しかも、数百枚も積んでいた海図は焼けてしまい、方面ちがいの海図がわずかに五枚残っただけである。おまけに火傷をおって、身動きがとれないのだ。

むろん最初の計画であり命令であった以上、特攻隊として沖縄へ行くべきであろうが、コンパスがこんな有様では沖縄の方角さえわからなかった。

進むが是か、退くが是か。しかし、多数の乗員がまだ残っているのであるし、このまま進めば犬死になることは必至である。艦長は結局、退くことに決断を下した。

ところで、この艦を走らせて、果たして船体がもつだろうか？　艦橋から前部の船体はブラブラで、その上に重い砲塔が乗っている。右舷側は甲板から舷側艦底まで開放したように大きな口があいていて、その周囲の鉄板はめくれていた。これに海水がつよく当たれば、外鈑はたまらない。

それにもう、艦には浮力というものがほとんど無くなっているのだ。前部は波切り用に盛りあがった艦首上端を一メートルだけ残して、あとは水面下に沈んでいた。中部の煙突付近の上甲板でさえ、海面上に二、三十センチしか出ていないのだ。

前進の水圧で、丸出しになった罐室の壁が破れれば、それで沈没する。また艦が前のほうへ約十度ほど傾斜しているので、このまま前進すれば潜水艦のように潜ってしまう恐れもある。それに前進で走れば、火災の煙が後ろのほうへ靡《なび》いてきて、甲板にはいられない。

結局、後進で走るより仕方がなかった。もちろん、最低の速力である。水流がつよければ舵がとれないし、船体に少しの無理をあたえても浮力を失うおそれがあった。舵の応急操作には、大きな労力が必要であった。舵は人力でポンプを押しながら、その油圧で動かさなければならなかったからである。

たまたま近づいてくる駆逐艦があった。さっそく「われの進んでいる方向を知らせ」と手旗信号でたずねた。これにたいして返事がきた。涼月の進路は、北どころか南東にむいていたのだ。じつに危ないところだった。もしそのまま走っていったら、沖縄の方向へいくところであった。鉄の船体に影響されて、普段つかわない磁気コンパスが、ひどく狂っていたのである。

「後進により佐世保に向かう」と手旗で報告し、さっそく、ずっと左に九十度大旋回して、北東の方向を見さだめた。「これなら、九州か、わるくいっても朝鮮にぶつかるだろう」と。

僚艦と離れて

冬月が大和の救助をはじめていたところ、涼月は遙かかなたで朦々《もうもう》と煙をあげて燃えていた。涼月は艦橋に被害をうけて、航行不能に陥っているものと思われていたのである。

大和の救助がおわって、冬月が涼月の救助に向かおうとおもったのは、六時ごろであった。ところが、ついさっきまで燃えていた涼月が、どこにも見当たらなかった。しかし、たとえ航行可能にしても、低速にちがいないから、そんなに遠くまでは行っていないはずである。それに、航進するにしても沈没の危険を予期して、とりあえず東方の列島線にむかい、そこから列島線にそって北上するにちがいない。

冬月はそのように判断した。そして、東北方に重点をおいて、涼月の捜索をはじめたのである。月はない。真っ暗であった。二時間にわたって涼月を探しつづけたが、燃えている炎さえ見ることができなかった。

冬月は、方向探知機を輻射《ふくしゃ》してみた。が、涼月は無線兵器のすべてが使用不能だったし、応答などあるわけがなかった。冬月は信号用の探照灯を照らして、涼月の応答をもとめたが、これにもなんの音沙汰もなかった。司令の吉田正義大佐、冬月艦長の山名寛雄中佐は、あれこれと判断をつくして涼月のありかを求めたのであったが、ついに見当たらなかった。

午後八時、捜索を中止して、冬月は帰途についた。佐世保までの海面には、たぶん敵の潜水艦が、たくさん待ちかまえているものと予想し、冬月は二十四ノットの高速で走りつづけたのである。こんなわけで結局、涼月は完全に見すてられてしまったわけだ。

みごとな戦死者

渇きと飢え

戦いがおわって緊張がほぐれてくると、底の知れないような、深いかなしみが襲いかかってきた。水面下に沈んだ前部の各室は、一体どんなふうになっているだろう。ひょっとして、だれか生きている区画がありはしないか？

涼月は、ゆっくりと後進で走った。幹部は後甲板で操艦にあたっていたが、それも狂ったコンパス一個が頼りだった。

針路が右にそれると、「面舵」とつたえる。最後部の甲板の下には舵機室があった。そして、その中で四人のものが、ガタンガタンと手動ポンプを押していた。圧力の上がったところで、コックを面舵のほうにまわすと、舵はおもむろに右舷にまわるのだ。艦が後進なので、舵が右舷にまわれば、艦尾は左にまわりだす。

「舵中央」とつたえる。すると、またポンプを押して、しずかに舵を中央にもどす。こんな悠長なやり方だから、針路をたもつことは、なかなか難しかった。また舵をとりすぎると、舵面は艦尾方面からの水圧につよく押されて、ポンプ作業でもどすのがひと通りではないのだ。応急操舵の作業員たちは、二十分交替でがんばりとおした。

機関科の苦労も、並み大抵ではない。一時は後進一杯の操作に、応じなければならなかった。灯火もない暗黒の罐室、機械室で頑張りつづけていた。しかし、途中から応急灯の用意ができた。

夜になった。しきりに咽喉《のど》がかわく。はからずも、沖縄上陸のつもりで肩にかけていた水筒の水が役にたった。朝から食事をとっていなかったのである。私たちは後部の倉庫に残っていた固パンで、腹を満たした。

明るいときには、煙だけしか見えなかったが、夜になると、あちこちにチョロチョロ炎が浮きあがってきて、まるで提灯を点けて歩くにひとしかった。しかし、敵潜か敵哨戒機に見つかったらおしまいだ。

海が少し荒れたら沈没はまちがいない。が、さいわいなことに海面は油を流したように平穏だった。

咽喉《のど》がむやみに乾く。まるで咽喉のなかに、カンナ屑が入ったのではないかと思うような乾き方だった。水筒の水もたちまち飲みほしてしまった。新しく汲みに行きたいとおもう。しかし、そのすきに敵潜の攻撃をうけてはいけないとおもうと、席を立つことがゆるされないのだ。

「サイダーがありましたよ」と言われたときには、夢かとおもうほどに嬉しかった。だれかが一箱かつぎ出してきて、蓋をこじあけていた。見張りについていた人も、寄ってたかって栓をぬいた。私も手をふるわせながら、さっそく一本を口にあて、夢中で壜を傾けようとした。

しかし緊張がつづいていたため、頭のほうに血がまわっていて、肩や腕のほうは、疲れて、神経がにぶくなっていたのだ。

気張って、一挙にサイダー壜を逆さにしたから、たちまちサイダーはビシャッと鼻の中にまで、泡をたてて入ってしまった。そして思わず「ハー」と嘆声を発した。身体ぜんたいに、その味がしみわたるような気持であった。

戦後、北九州若松港の防波堤となった冬月(手前)と涼月(左)

サイダーの泡にひたって、われわれは夢からさめたように元気をとりもどした。

水気のあるものを口にしなかったことも、この激しい乾きの原因だった。しかし、それよりも決死行ということから、われわれが長い時間、精神的に束縛をうけていたこと。それに、激戦中の連続した緊張。また、そのあとで生死の境をさまよいながら、わずかな残された浮力にたよって、低速力の後進行をつづけてきた精神的な疲労——これがその大きな原因だったろう。

このサイダー獲得のかげには、沖田兵曹たちの奮闘があった。酒保物品をあつめることは、駆逐艦の苦心のひとつだったのである。

大艦巨砲主義、大艦優越思想——これが、酒保物品の配給にまで影響していたとは、まったく畏れ入ったはなしである。そのころ、稀少品となりつつあったウイスキーの角壜でも、大艦には、わりにたっぷり割り当てられていた。

「苦労の多い小艦にこそ、酒保物品をたくさん割りあてて、しかるべきだ」と、われわれは苦情をたびたび吐いたものである。大艦巨砲主義と、酒保物品の関係などというと、ばかに飛躍したはなしのようであるが、現実にはこのような問題があったのである。

死屍累々の甲板

午前一時。暗黒の海面を、涼月は前甲板にチョロチョロ火をはわせながら、後ろむきになってゆっくり北へ進んでいた。とつぜん左舷の後方から、数条の雷跡が走ってくるのをみとめた。

至近である。避けようがなかった。

「雷跡！」「配置につけ！」

私は寒さをふせぐために頭からかぶっていた雨衣をぬぎすて、立ちあがった。靄《もや》のかかった静かな海面に、さざ波をたてて三条の線が突進してきた。しかし、さいわいにも艦尾から二、三十メートル先のほうを通過していった。その上を、涼月は艦尾から横切っていく。みんな甲板から、この筋の起点をじっとにらんだ。悲壮な無言の情景である。

時間のズレが、奇跡的にわれわれの運命を救った。スクリューの回転が多いわりには、後進速度は遅いのだ。そのため敵潜は、魚雷の指向をあやまったのであろう。

艦尾の炎がいまいましかった。この火をめあてにして、敵潜が追撃してきはしまいか。早く明るくなるようにと、そればかりを念じた。

前部では防火隊を編成して、夜間も消火作業をつづけていた。足の踏み場がでこぼこで、かなり苦労したのである。ところが、薄明るくなってみると、足場にしていた入口付近には幾人もの人が折りかさなって焼死していたのだった。でこぼこは屍だったのだ。

「戦場に涙はないが、つくづく済まぬとおもった」と、防火隊を指揮していた黒仁田掌砲長は語っていた。

ようやく、ながい夜があけた。十時ごろ、「島だ！」という、叫び声があがった。みんなの喜びは言わん方なしであった。

しかし海図がないので、どこの島だかわからなかった。漁夫出身者を上甲板にかりだして、島を判定させた。たまたま機銃員の一等水兵が、このへんをよく知っていた。そして「あれは五島にちがいありません」と、確信ありげな返事であった。機銃員としては、のろまで気がきかないと、みんなから軽くあしらわれていた彼も、今日だけは、艦全体のいのちの綱になってしまった。藁をもつかむ気持で、彼のことばに従った。

針路をすこし東にかえて、長崎沖とおもわれる方向に指向した。小さい漁船から「われ貴艦の側方を護衛する」という手旗信号がきた。返事のしようがなく、苦笑していた。

——ようやく佐世保に入ったが、火災の煙はまだやまなかった。艦首から、いまにも沈みそうな恰好や、後ろむきに進んでいる姿がとくに目をひいた。

「われ、なんのかんばせあって、郷党にまみえんや！」

特攻出撃しながら、生きのびている。それを思うとしみじみ辛《つら》かった。けれどもこうなれば、最後の一兵まで無駄な消耗は避けるべきであろう。飛車も角もとられた。しかし投げないぞというのが、いつわらない気持であった。

ブイに繋《つな》ぎかけたころ、吃水が増しはじめて沈没しそうになった。何隻もの曳船がサイレンを鳴らしながら、あわただしく馳せ参じてきた。そのうちの一隻は、ドックの扉を開けにいった。そして扉をひらくやいなや、三隻の曳船が涼月を強引にドックのなかへ引っぱり込んでいった。

悲壮な最期

涼月はドックに入るとともに、だんだん沈みだし、静かにその底にすわり込んでしまった。ドックの排水がすすむにつれて、まざまざと被害の実状があらわれてきた。散乱している弾薬が危険である。暗くなったので、ドックの全排水は翌日にのばしてもらった。

翌日は、朝から片付け作業にかかった。おそらく、艦首付近の各室には死体が残っているにちがいない。いよいよ、その場面を見るということになると、背筋が棒のように固くなってくる。後ろ髪をひかれるような思いさえした。

まず、射撃盤室に入ろうとおもったが、ここは鉄板の屈曲がひどくて、扉のあけようがなかった。そこで焼き切ることにしたのだが、ようやく焼き切った扉を開けると、若くて可愛かった伝令がくずれおちるように倒れてきた。

射撃盤についていた小林高盛上曹、山口林三郎一曹、脇元二曹たちは、腰をかけたまま頭を射撃盤につけてうつ伏せていた。

被爆と同時に、射撃盤で頭を打ったのかもしれない。ひたすら射撃盤の操作に専念していたときの即死であり、いまもなお、それをやり続けているかのようであった。

電路員の田島兵曹は電気切断器、標示灯などの錯綜している発令所のなかで、やはり腰をかけたまま、盤にうつ伏せになって戦死していた。色が白く、おっとりした好人物であった。

下甲板はひどくふっとび、またへし折れていた。そして、それに引きかえて最上甲板は盛りあがっていた。左舷の甲板は、飴のようにまがっていた。それをつたわって一番砲塔に出たのは、かなり時間がたってからだった。

一番砲塔の左舷側の下にある居住区の扉を開けてみた。この甲板だけは、さほど影響がなかったものとみえて、ほとんど原型をとどめていた。が、私は階段をおりようとして、思わずハッとした。そのなかには、三人の屍があった。しかも隔壁には、ちゃんと丸太の突っかい棒がしてあり、楔《くさび》でとめてあった。鎹《かすがい》も、みごとに打ってある。

江藤二等主計兵曹が、短刀で咽喉をつきさし、見るもむざんな自害をとげていた。防毒面は腰にさげたままだった。

背中にサッと冷たいものが流れた。申し訳ないが、私はまともにそれを見ることができず、その場をはなれると、後部士官室にきてうつ伏してしまった。

江藤たちは炊事要員だったが、前部応急員という、戦闘任務も持たされていて、防火や防水の応急作業をおしえられていた。

防火では、弾火薬にたいする引火爆発をふせぐことが大事であること。扉を厳重に閉鎖すれば、区画ごとには被害を喰いとめることができること。そういことを何回となく繰りかえして、説明をうけていたのだ。また煙の中だと、防毒面はなくてはならないものであるし、かならず腰につけておくように注意されていた。

防水では被害を局限することが大事で、となりの区画に浸水があったならば、隔壁を補強するために丸太の突っかい棒をして、楔《くさび》や鎹《かすがい》ではずれないように固定することも、何度もくりかえし訓練をうけていた。

魚を焼いたり飯を炊いたりするのとは、だいぶ勝手がちがうである。丸太をかかえての作業や、弾丸をはこぶ彼の恰好は、スマートさなどは、さらさらなかった。やっかいな仕事だと、肚の中では思っていたに違いないのだ。

動作はにぶかったが、ユーモアたっぷりだった弾庫長も、いっしょに倒れていた。この一室を最後まで火災と浸水からまもって、そのあげくに斃れていたのだ。

軍港を死守した「宵月」防空戦闘始末

練度不十分で出撃もならず訓練と空襲に明け暮れた新造艦砲術長の手記

当時「宵月」砲術長・海軍大尉　荒木一雄

乙型駆逐艦（通称防空駆逐艦）宵月《よいづき》は、戦局が逼迫《ひっぱく》している昭和二十年一月三十一日、浦賀船渠株式会社（住友重工）浦賀造船所で竣工、その後、海軍にひきわたされて正式に艦長以下乗員が乗り組んだ。そして第一線任務につくことになったが、乗員は練度が不足なので当時就役したばかりの駆逐艦は、練度向上のため設けられていた第十一水雷戦隊に編入され、内海西部（当時のおもな海上訓練基地は呉で宵月の母港）に集合を命ぜられた。

そこで集合地にむかう準備のため横須賀に回航され、海軍工廠と吾妻島のあいだにあるブイに艦の前後を係留して準備にとりかかり、弾薬などを搭載した（一〇センチ高角砲の砲弾を逗子の池子弾薬庫から、機銃弾を軍需部地区にある弾庫から運んだ）。

しかし燃料については、当時の状況で補給の見込みがなかなかつかず、やむをえずそのまま（ブイ係留のまま）停泊訓練をおこないながら待機していた（宵月の燃料満載量は一千トンであったが、満載でなく呉に進出分も意のままにならなかったのである）。

二月十六日、かねて病のため交代を予定されていた初代艦長の中尾小太郎中佐にかわって、二代目艦長の荒木政臣中佐（私と同姓の艦長というのも奇縁であり、私の生徒時代の兵学校教官でもあった）が着任され、艦長室で事務を引継ぎの最中に空襲警報が出たので、さて初陣かと張り切って戦闘配置につきながら警戒していると、ラジオは艦載機の大群が北上、帝都にむかう模様であると報じていた。

だが、それに安心せずに電探と肉眼で見張りを厳にしていると、南から北の方角にむかって二〜三機ずつの編隊がぞくぞくと飛行しているのが見えた。距離はかなりあるので、対空射撃をはじめる必要はないと思って敵機の動きを見ていた。

すると高度はかなりの低空で、しかもジグザグ飛行と、軽快な運動をしているので、これは近寄ったときに機銃を主体にした対空砲戦をした方がよいと判断した私は、さっそく各部にそのむねをつたえた。

しばらくしていると、工廠方面、追浜方面の丘の稜線から急に飛びだしてくる小型機に注意しながら、各機銃群に陸上目標による射界を指示して、万全の態勢をとっていた。

そのとき東京方面爆撃の帰途であろうか、追浜方面から二機がこちらに向かってきたので、機銃に射撃を命じた。すると連装、単装計四十九門の機銃が、つぎつぎに怒り狂ったように火を吹いた。

その銃撃音は耳を聾《ろう》するほどで、初めのうちは目標が少ないので射弾がどこへ飛んでいるかがわかったが、しだいに目標が多くなり混戦になってくると、艦橋上部にある防空指揮所

呉で終戦を迎えた宵月。長10cm高角砲はまだそのまま健在である

にいる私には、いちばん近い目標についてはよく見ていても、遠ざかる目標までを見ている余裕はなかった。

約一時間ほどの対空戦闘で、目標の長追いによる弾薬の浪費を防ぐため、「射ち方待て」を令したが、その声も銃側にとどかないのか、なかなか射撃がやまなかった。しかし、そのうち敵機も燃料の関係か、南の方に避退、姿を消していった。

わが方は被害はなくぶじ戦闘をおわり、戦果について艦橋にいた水雷長、航海長、各機銃群指揮官に状況を聞いてみると、敵機二機が煙をひきながら山かげに消えたということで、本日の戦果は、撃墜グラマンF6F二機と報告することにした。

この戦闘概報の決裁を旧艦長にもとめて打電したところ、新艦長は「あとは私がひき受けました」と旧艦長に退艦をうながし、多忙な戦闘のあいまをぬって中尾艦長は、約二週間つとめた宵月艦長の職を去っていかれた。

その日の夕刻、横須賀鎮守府から「本日の戦闘にかんがみ、あす空襲のさい宵月は、陸上防空砲台の援護下に入れ」という伝達をうけたので、砲術学校沖を錨地にすべく準備をしていた。そして明くる二月十七日、また空襲警報がだされたので、昨夕選定した錨地に転錨して待機していると、昨日とおなじように小型機が来襲してきたが、陸上砲台の存在を知っていたのか、一〇センチ砲の射程外を北上してゆき、十六日の対空戦闘のような混戦にはならなかった。

ところで、横須賀通信隊が米艦上機と母艦との無線電話の平文通話を傍受したところによると「横須賀には巡洋艦一隻、空母一隻、在泊中」とのことであった。しかし当時、横須賀にはそれに該当する艦は在泊していなかったので、士官室で検討したところ、宵月が排水量三五〇〇トンで、小型巡洋艦夕張《ゆうばり》なみの大きさであったので、巡洋艦一隻は、宵月の誤認と判定してよかろうということになった。

また航空母艦については、在泊中の爆撃標的艦波勝《はかち》が標的艦のため上甲板をフラットにし、上から見ると航空母艦とまちがいやすいので、これを見あやまったものと推定しても差しつかえなかろうということで、この平文情報は、宵月の艦内かぎりでは一件落着となった。

大和特攻をはずされて

かくて空襲も一段落し、燃料の手配もおわって進出準備がととのった宵月（秋月型十番艦）は、ほぼおなじころに竣工した駆逐艦蔦《つた》（改丁型）と同行することになり、二隻はそろって二月二十日、横須賀を出港した。敵潜水艦を警戒しながら本州南岸を接岸航行し、伊予灘屋代島（周防大島）の安下庄泊地に仮泊し、二月二十三日に呉に入港、第十一水雷戦隊に合同した。

航行中の訓練を多くおこなうため、三月五日から主として安下庄を基地とした。三月十九日、呉に一時帰投しブイに艦の前後を係留し整備しているとき、呉軍港に約五〇〇機の小型機による空襲があった。呉軍港およびその近くには、巡洋艦青葉、大淀、利根、空母天城、龍鳳、戦艦伊勢、日向、榛名などが在泊していたので、敵機はまるで禿鷹が獲物を見つけたように、大きな目標の上空で乱舞していた。

われわれは、それらの敵機から味方艦を守るため、援護の高角砲による対空射撃を開始した。自艦に向かってくるのには、機銃対空射撃で応戦した。この日は朝から夕方まで、射ってはやめ射ってはやめの連続で、昼食も乾パンですます始末であった。高角砲弾は約三分の一を消費した。さきに述べたように、敵機の主目標は大型艦にあったようで、前記の各艦はいずれも損害をうけたが、宵月は至近弾こそあったものの、外鈑に小さな穴があったていどですんだ。

宵月は横須賀の空襲といい、呉の空襲といい、いずれもブイ係留中の対空戦闘であったが、敵機にはこちらの姿をさらけ出し、向こうは小型機で軽快に運動できるのにくらべ、さらにこちらは動けないどころか、陸上とちがって身を隠すところもなかった。そういえば艤装の初期のころ、艤装員宿舎の裏山と監督官事務所の近くの山に横穴を掘り、空襲警報のたびにどちらかの壕に避難し、早く竣工しないかな、そうすれば対空戦闘ができるのにと地団駄ふんだのが思い出される。

駆逐艦の外鈑は戦艦などとくらべると薄い。爆弾の直撃をうければもちろんのこと、至近弾でも場所や、破孔の大きさによっては沈没はまぬかれないだろう。かつてレイテ方面で作戦輸送に従事していた駆逐艦の中には、艦上機の銃撃で水線付近を横に穴をあけられ、そこから浸水し、浸水により傾斜が片舷に片寄って、ついには横転沈没した例さえあるとの話を聞き、銃撃は人員殺傷のためというこれまでの考えをあらためることの必要と、これを撃退

入渠中の宵月。船体中部から後部に復員人員収容用のデッキハウスが見える

する法について研究、当面の暫定対策を講ずる必要にせまられた。

四月六日、第二艦隊の旗艦である戦艦大和は、巡洋艦矢矧《やはぎ》、駆逐艦八隻（冬月、涼月、霞、磯風、浜風、雪風、初霜、朝霜）をしたがえて沖縄特攻のため呉軍港を出撃したが、宵月は残留を令ぜられ、花月《はなづき》（秋月型十二番艦）夏月《なつづき》（秋月型十一番艦）とともに内海西部の防空にあたることになった。残留の理由というのは、「宵月は新造艦のため乗員は、急きょ各部から寄せ集めて配員されたので、訓練不十分である」というのが真相のようであった。

私は他科のことはわからないが、砲術科についていえば、艤装中から高角砲関係者については横須賀砲術学校につれてゆき訓練をうけさせたが、機銃関係者、とくに射手には、照準器のLPP照準装置がとっさのときの対空戦闘に必ずしも充分でないということであったので、的針角という考えをとりいれた新型の環型照準器が考案され、それが単装機銃に主用されるための講習会がおこなわれることをおしえた。

それは横須賀砲術学校の主催で、湘南の茅ヶ崎海岸でおこなわれた。私は機銃群指揮官、機銃の長と射手などを連れて参加したが、その日に見たかぎりでは、艦全体としての防空戦闘ということになると、時間的不足からくる艦全体のチームワークがとれるかどうか、一抹の不安が上級司令部に感ぜられたものと率直に受けとめたわけであった。

長一〇センチ砲の見せどころ

こうして宵月は、沖縄戦不参加ときまった後はいっそう航行中の諸訓練を充実するため、安下庄、八島を泊地として連日出動してはげしい訓練をくりかえしたが、対空砲戦訓練をおこなうにも航空燃料の不足と、当時の緊迫した情勢下では、訓練用の標的機さえ得ることができず、実戦即訓練という考えでおこなわざるをえないのが実情であった。

ところで射手、旋回手の連係の照準操作には空飛ぶカモメなどを利用し、不十分ではあったが、すこしでも効果があればと思いながら行なっていた。そのころ士官室では、航行中に対空戦闘になった場合、対空砲戦か爆撃回避かで論争がつづけられていた。

私は砲術長なので、とうぜん対空砲戦主用論を展開すべきであったが、昭和十九年十月の捷号作戦で、戦艦武蔵がシブヤン海において対空砲戦を主にして戦ったものの、航空機の雷爆撃によってシブヤン海にその巨体を没した戦訓をも考えて、爆撃回避論者にまわっていた。そして艦長に「思う存分に回避して下さい。回避の転舵があってもわれわれは、対空砲戦で命中率をさげずにつづけられるよう訓練したい」と大ボラをふいた。

そこで多目標による同時襲撃にたいする目標配分や、高角砲、機銃の目標転換などの図上訓練をあわせて行なっているうちに、はや四月はすぎて五月十日、八島泊地を早朝に出港し、呉に向かったのであった。

松山沖の釣島水道をとおって柱島泊地に変針してまもなく、警戒警報がでた。電探室の一三号電探に捜索させると、電探は四国南方に敵の大編隊をキャッチした。刻々とはいる距離を聞きながら、ふと、これは呉工廠をねらっているなと判断したが、狭い海上での対空戦闘は得策でないと思って反転、伊予灘にでることとなり、諸島水道を南下してスピードをあげた。

ようやくにして伊予灘に出て、ここなら自由に動けるし、邪魔物はないし、さあどこからでもやってこい、訓練の総仕上げだとばかり、みな張り切って戦闘配置につき、見張りを厳にしていると、前方の水平線のあたりに豆粒のような小さな黒影が点々と見えてきた。見張員の報告をうけ、私も大型の一五センチ高角望遠鏡でたしかめると、B29にまちがいなかった。補助員の報告もおなじで、大型機の大編隊、高度は高いが長一〇センチの威力をしめすチャンス到来と高角砲を目標に指向し、射程内に入り次第ただちに射撃開始できるように準備した。

九四式高射測距儀から「目標よし」という声につづいて、測距離がどんどん入ってくる。射撃指揮官、高射機射手、旋回手も目標を確認、射撃準備がととのった。

近寄ってくるB29は三機横隊で、後方にぞくぞくとつづいている。機数は第一梯団だけでも五十機以上であった。そして後続の梯団は電探ではわかっているが、まだ肉眼でとらえることはできない。いよいよ第一梯団が射程に入ってきた。

対空砲火の火ぶたがきられた。弾着を見ていると、高度はいいところへいっているようだが、梯団の前方で炸裂している。と、梯団が高度をあげたのか、弾着がだんだん梯団の下方にうつってゆく。

そうしているうちに、バラバラと爆弾が投下されるのが見える。艦長は転舵を下令した。すると艦は、左に右に蛇行をはじめる。右舷後方に爆弾が落下して大きな水柱があがる。少なくともこれで第一梯団は、呉にいっても落とす爆弾はなくなったはずだ。

呉の被害がそれだけ少なくなると喜んで後続編隊を見ていると、第三梯団ぐらいから向きを変えて、東の方へ迂回して北上する動きを見せてきた。それらは射程外であるため第三梯団からあとはどうにもならないと思い、第二梯団に射撃をつづけたが、高度を高くしたためか、ぜんぶ梯団編隊の下方に弾着している。

さらに変針の影響か、左右もしだいにその変貌が増してくる。この間十分ぐらいであったろうか。編隊は北上してしまうので、のれんに腕押しの格好になった。そこで対空砲戦をやめ、編隊が視界外に去ったのを見とどけてから宵月はふたたび反転、呉にむかった。われわれの方には被害はなかったが、まだまだ訓練の必要を痛感して呉に入港した。

五月二十日、宵月は、第四十一駆逐隊に編入された。つまり防空駆逐艦の第一線駆逐隊にくわえられたわけだ。沖縄突入が取りやめの理由となった「訓練」について、ようやく合格点がもらえたのかという喜ばしい感慨にふけった。

原爆搭載機に涙をのむ

宵月は第四十一駆逐隊に編入とともに、第十一水雷戦隊からはなれたわけだが、当時の第十一水雷戦隊は海軍総隊から訓練部隊に軍隊区分され、第十一水雷戦隊司令官は二〇一頁の表のように軍隊区分していた。

しかしその日早朝、海軍総隊は、さらに軍隊区分の変更を命じてきた。

GB機密第二〇〇〇〇七番電　GB電令作第四一号
一、訓練部隊より第三十一戦隊および夏月を削除。
二、訓練部隊のつぎに海上挺身部隊（部隊指揮官、兵力、主要任務の順）を追加。
海上挺身部隊、第三十一戦隊司令官。第三十一戦隊（第十七駆逐隊欠）夏月、北上、波風。

邀撃、奇襲、作戦輸送。


したがって訓練部隊は、固有の第十一水雷戦隊だけとなった。そして訓練海面を舞鶴方面に指定されて、舞鶴に回航することになった。

さらに海上挺身部隊の訓練海面は、内海西部に指定されていたが、五月二十五日、夏月が第四十一駆逐隊に編入され、同隊は宵月、夏月、涼月（損傷。佐世保在泊）、冬月（損傷。門司在泊）の四隻とそろったが、行動可能なものは宵月、夏月だけであった。そこで海軍総隊は同日、つぎの軍隊区分の変更を令した。

GB第二五一二二一番電　GB電令第三十三号
第四十一駆逐隊を対馬海峡部隊に、潮風、朝顔および第五十二駆逐隊（柳、橘をのぞく）の駆逐艦二隻を呉鎮守府部隊に、第五十三駆逐隊の駆逐艦二隻を大阪警備府部隊に編入。

それで第四十一駆逐隊（夏月、宵月）は六月五日、呉を出港して対馬海峡部隊に合同するため下関海峡をへて鎮海にむかった。ところが宵月は午後三時半ごろ、周防灘姫島灯台の三二六度三・二浬（五・八キロ）の地点で磁気機雷に触雷して、補助機械の一部に損傷をうけて片舷航行となり、そのままでは任務に支障をきたすというわけで、呉に回航して修理することになった。

その日は下関海峡東口の部崎沖に仮泊し、明くる六月六日、呉に回航した。被害をうけた機械修理のために工廠岸壁に艉付係留をしていると、六月二十九日、またしてもB29の空襲をうけた。

敵機は、江田島方面からゆうゆうと編隊をくんで、岸壁に艦尾をつけている艦船の上空めざして向かってやってくる。高度はかなり高いようだ。宵月から見る左舷正横からおおいかぶさるような態勢である。

訓練部隊

第十一水雷戦隊司令官

軍隊区分	指揮官	兵力	任務
第一部隊	第三十一戦隊司令官	第三十一戦隊 花月第四十三駆逐隊 第五十二駆逐隊 第十一水雷戦隊の一部 第五十三駆逐隊（椿欠）	訓練 整備 特令により作戦参加
第二部隊直率		酒匂 宵月、柳、蔦 槇、夏月、楠、雄竹 響	
第三部隊	北上艦長	北上 波風	

まもなく宵月の八門の高角砲が一斉に火をふいた。一方、B29が落とした爆弾がバラバラと落ちてくる。しかし宵月は回避運動はできない。われわれが射つ高角砲の弾着は下方で炸裂し、いっぽうB29が投下した爆弾は工廠陸岸と艦船付近に弾着しながら、だんだんこちらに近づいてくる。

B29の編隊が直上を通りすぎた。すると左舷の真横五十メートル付近で弾着がとまる。

こちらの高角砲の発射で敵は投弾を早めたと思った。だが、戦艦日向は直撃弾をくらったようだ。

その後、第二波、第三波ともおなじような経過で、この日の対空戦闘をおわった。しかし宵月は被害をうけなかった。

七月一日夜、B29による夜間空襲があって、呉市街に焼夷弾がおとされたが、目標が視認できなかったため対空射撃はやらなかった。そして、七月二十三日、呉でブイに艦の前後を係留しているとき、こんどは小型機が来襲してきた。われわれは高角砲と機銃で対空砲戦をおこなっているうち、至近弾の破片が前甲板右舷で機銃群の指揮をしていた航海士・芳永少尉の右頬を裂き、芳永少尉は倒れた。わが艦にとっては、これが初めての戦傷者であった。

翌日の二十四日もきのうとおなじような対空戦闘で一日が終わったが、宵月は二十三日、二十六日の空襲時の至近弾による外鈑の破口修理のため、ふたたび工廠岸壁に艦尾を横付けした。

明けて二十七日、ふたたび小型機による空襲があった。しかし連日の空襲にかんがみて、弾薬の浪費をつつしむよう指示があったので、高角砲については、有効射弾の見込みがあるときに使用することとして、無駄な射撃をしないよう射撃指揮官に指示していた。

その後八月二日、宵月は命により曳航されて、東能美島南端の秀地の窪という入江の島岸にぴったり寄りそって錨泊、仮泊した。そして藁縄《わらなわ》でつくった網で全艦をおおい、青松葉で擬装をこらした。さらに付近の丘には、単装機銃で機銃砲台を急設して潜伏することになった。戦局がさらに急迫したため、敵の本土上陸作戦の日まで兵力を温存するという苦肉の策であったが、じつにあわれな状況であった。

八月六日の朝、警戒警報が出されたが、この宵月が発砲すれば姿がばれるので、対空砲火をやるわけにもいかず、山の上の見張りはいたずらに、大型機一機北上中を報告するのみであった。そのうち広島の市街の方に電気熔接の閃光の何百倍もの明るい、青白い大きな閃光が見えた。まもなく、にぶい爆発音が泊地で聞かれ、中空高くキノコ雲の立ちのぼったのが望見された。

のちにわかったことだが、これが世界で最初に投下された原爆であった。この広島への原爆投下のときに、単なる大型機一機のためにせっかくの擬装がばれるのを恐れて、対空戦闘もできなかったのは、やむをえないとは言いながら、防空駆逐艦の最後の敵機にたいしての、なんともいえない、皮肉を感ずるのである。

駆逐隊編成表（開戦時～終戦時）

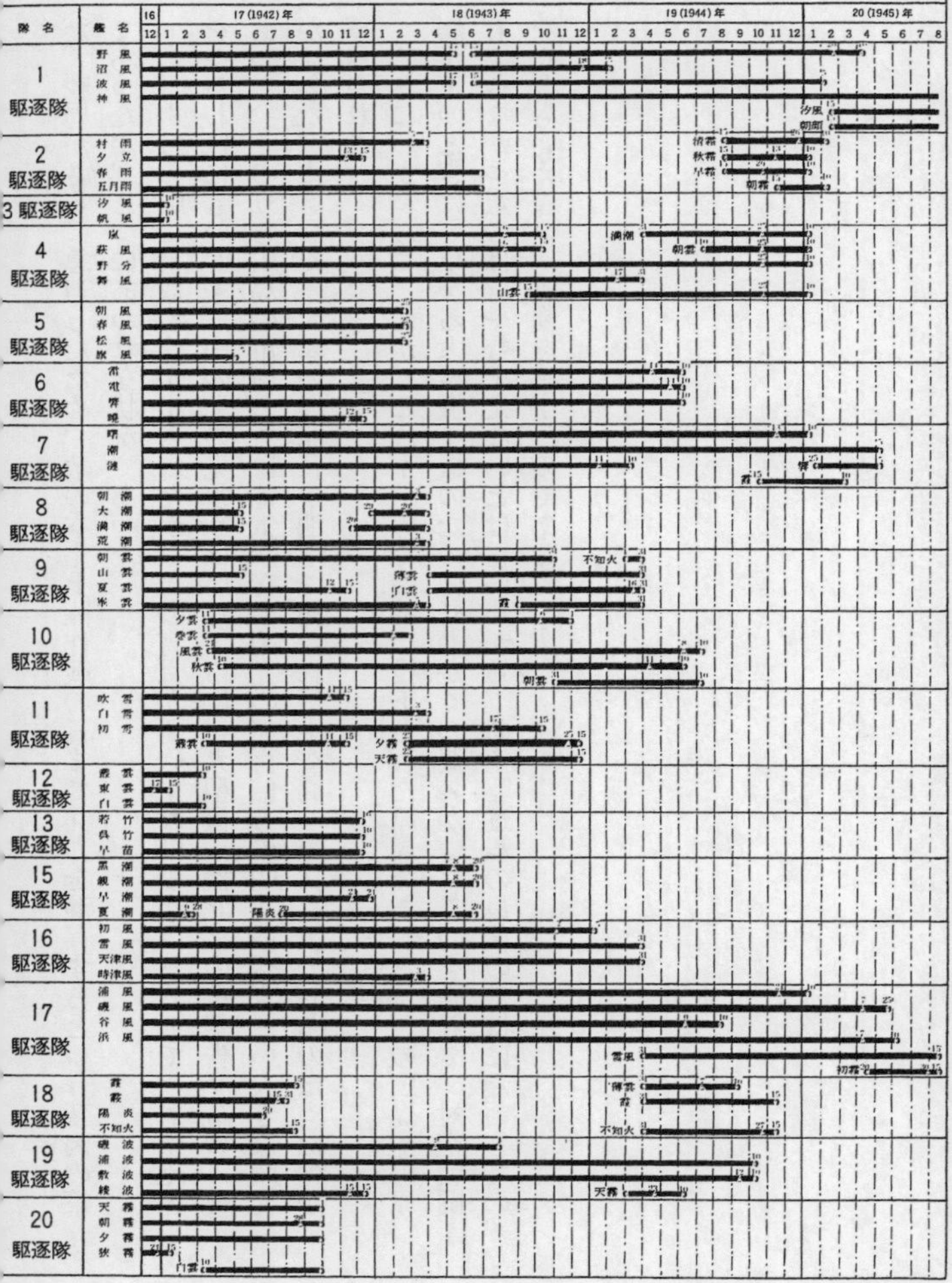

（出典：丸 Graphic Quarterly No13 1973年7月 潮書房発行）

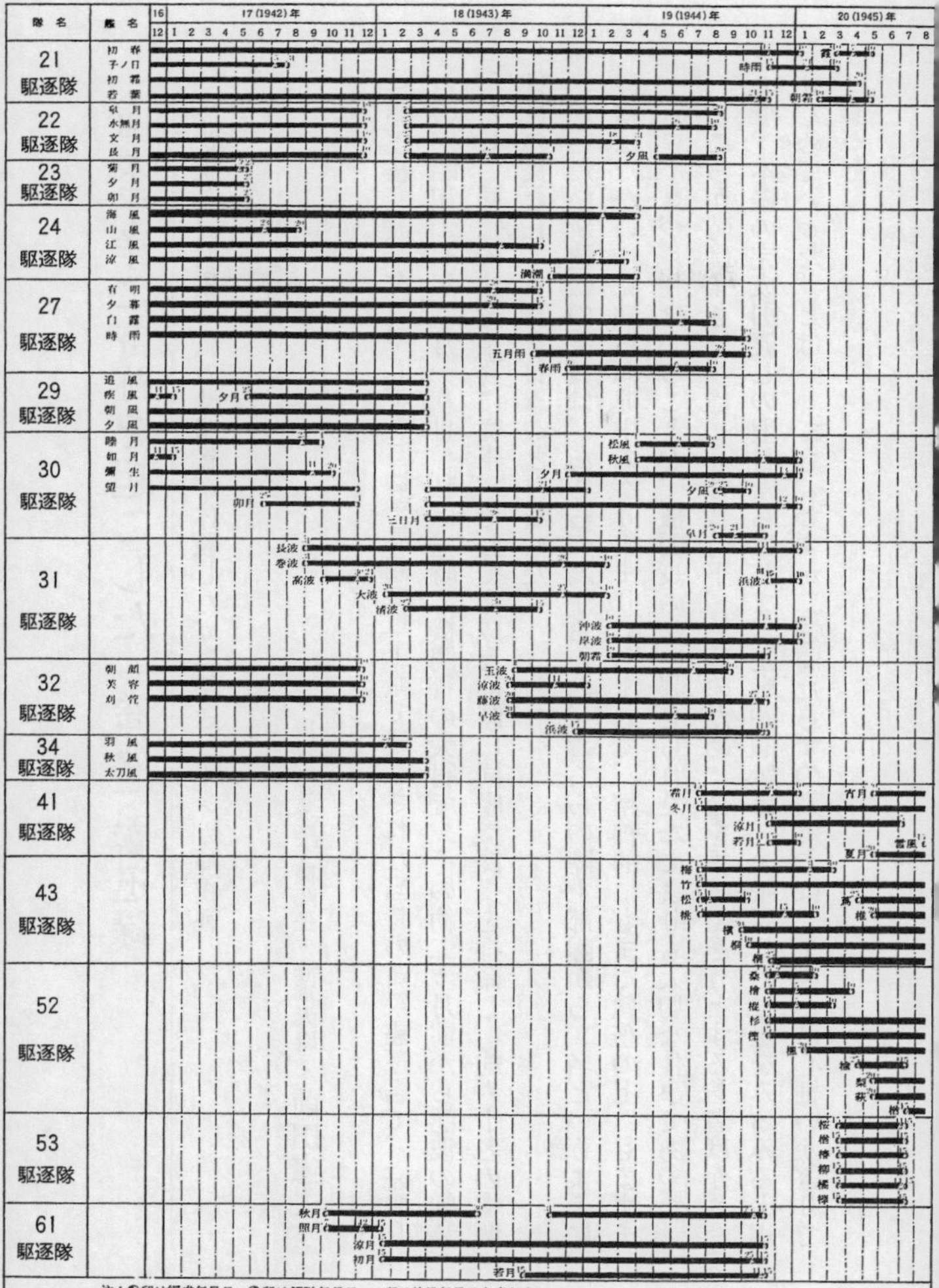

注：◐印は編成年月日、◑印は解隊年月日、△印は沈没年月日を表わす

南太平洋に奇跡を起こした「巻波」奮迅録

最新鋭夕雲型駆逐艦の機関長が体験したガ島輸送とルンガ沖夜戦

当時「巻波」機関長・海軍大尉　前田憲夫

駆逐艦巻波《まきなみ》（夕雲型五番艦）は、舞鶴海軍工廠で建造された当時の新鋭駆逐艦で、完成したのが昭和十七年八月十八日。私は当時、機関科の大尉で、その約二ヵ月前から巻波の艤装員として同艦の建造業務に従事、そして完成と同時に同艦機関長を拝命し、約六十名の機関科員の長として重責を負うこととなった。

だいたい新造艦の乗員は、あちらの艦から一名、こちらの陸上部隊から二名というように、最初はたがいに見知らぬ連中の寄り集まりであるので、精神的にもまた執務の上にもまずチームワークづくりをすることが、機関長の私に課せられたなによりも大切な仕事であった。ところが時はまさに一億一心の戦時下、お国のために命を投げだそうとする若者ばかりなので、本艦の完成引渡しの翌日からはじまった戦闘訓練は、全艦将兵の技量をみるみる上達せしめていった。とはいっても、わずか二週間たらずの訓練では、まことに心細いかぎりではあった。

本艦は八月三十一日、連合艦隊の夜襲部隊として最精鋭をほこった第二水雷戦隊に編入されることになり、そしてあわただしく臨戦準備をととのえて翌九月一日、単艦で舞鶴を出撃し、南太平洋で作戦行動中の本隊に合流するため初陣の壮途についた。

大東亜戦争はじまってまだ八ヵ月しかたっていないせいもあって、本艦の乗員はみんな戦争にいくのは初めて。士気こそ天をつく勢いがあったが、知らぬが仏というか、およそ悲壮感とかいう湿っぽいものは微塵もなかった。

本艦の士官室に兵学校を出て間もない、ちょっと剽軽《ひょうきん》な少尉の航海士がいた。本艦が小笠原諸島付近を南下中のある日のこと、ニヤニヤしながら士官室に入ってきた彼は、「機関長さっき天測をやりましたらね、なんとこれが本艦は無人島の上を走ってますわ」。

それをきいて私も負けてはおれぬと、「本艦のエンジンはまだちょっと心配だが、機関員が抜群に優秀だからなあ、島の上でも山の上でも走るさ」といった調子。

内地を出て約一週間の航海の後、本艦はトラック島に到着、ここで本艦と相前後して建造された同型艦の高波（夕雲型六番艦）と長波（夕雲型四番艦）とを合わせて三隻で一駆逐隊が編成され、いよいよ凄惨苛烈な戦闘場面に突入することとなった。

ちょうどその頃、アメリカ太平洋艦隊はオーストラリアを基地として南太平洋へ進攻する気配をしめし、そしてこれを迎え撃たんとするわが連合艦隊との接触が、時間の問題となっていた。

あの戦史に残る十月二十六日の南太平洋海戦とは、このときの海戦をいうが、この海戦の

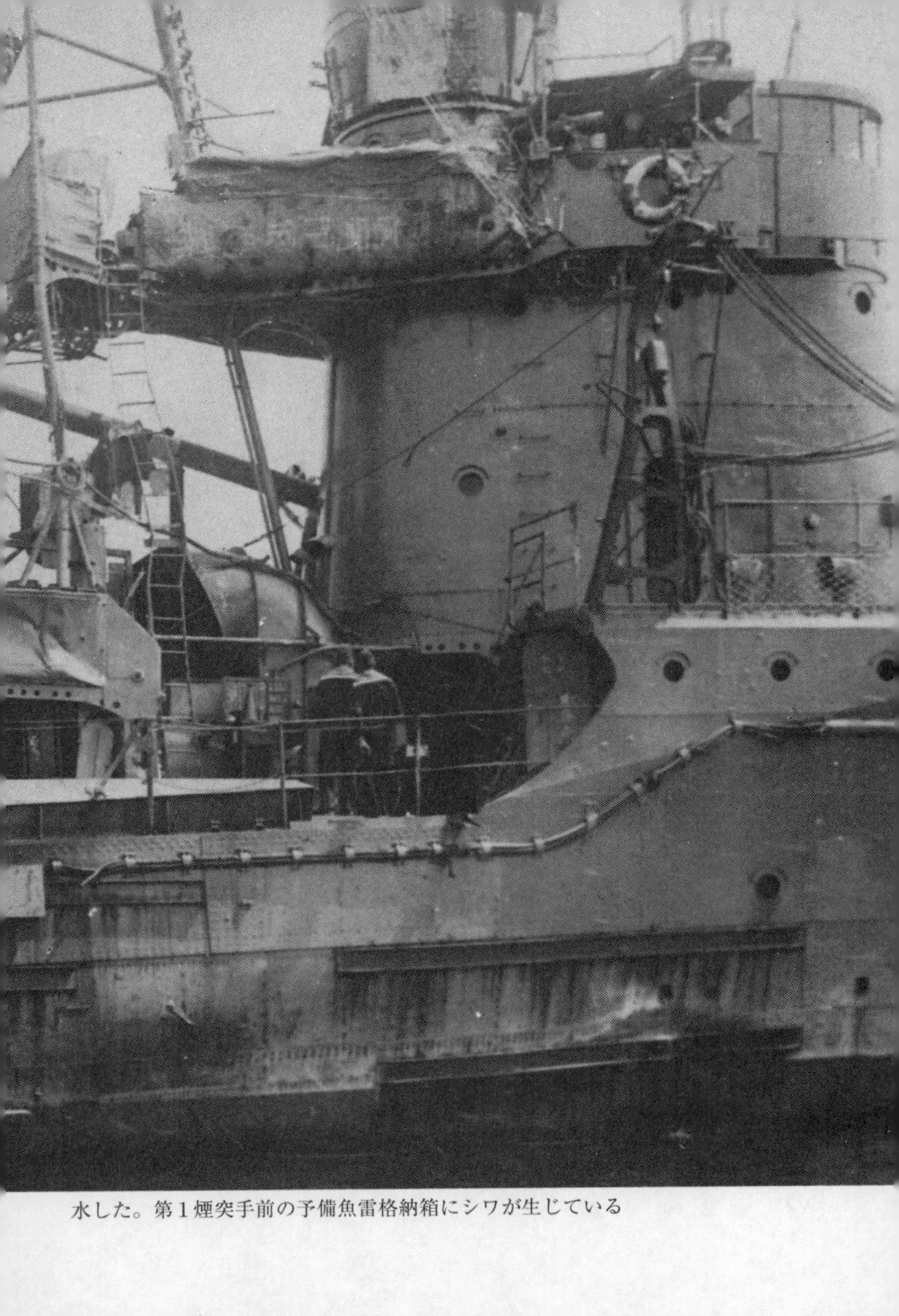

水した。第１煙突手前の予備魚雷格納箱にシワが生じている

昭和18年４月、舞鶴工廠に入渠中の巻波。ガ島撤収作戦で損傷し、第２罐室に浸

起こったちょうど五日前、わが巻波の機関科は米軍ならぬ機関故障という、米軍以上に苦手な敵に見舞われてしまった。だいたい艦艇だけでなく一般船舶の機関部は、戦時、平時を問わず、いつも機関の故障という敵に直面しているもので、この敵にうち勝つことこそ船の機関部に課せられた唯一絶対の使命といえるのである。

ともあれ、舞鶴を出撃いらい一時として頭からはなれなかった機関故障が、遂にしかも敵前においてエバポレータに起こってしまった。エバポレータとは海水からボイラー水用の蒸留水（飲料水ともなる）をとる装置であるが、これが故障してはボイラー水がとれなくなり、二、三日も航海すれば艦は完全に立ち往生してしまう。

とにかく事は緊急を要するので、ただちに修理作業にかかったが、敵艦隊といつ接触するかわからないという緊迫した情勢下において、わが艦隊は高速警戒航行を余儀なくされていたので、ボイラー水は目に見えて減ってゆく。

また付近の海面は敵の潜水艦が潜伏している公算がきわめて大きい。とはいえ、背に腹はかえられないため、艦長の決断によって本艦は節水のために速力をおとし、艦隊の隊列から一時離脱した。そしてエバポレータは機関員の不眠不休の努力によって修理することができ、本艦はふたたび艦隊の隊列に復帰し、その翌々日に起こった南太平洋海戦にやっと間にあえたのは、天佑神助のたまものというべきか。

南太平洋海戦は、わが巻波にとっては文字どおりの初陣であって、私たちが約一ヵ月ちかくこの海戦にかけた意気込みと期待のわりには、あっけない戦いであったような気がした。

それというのもこの海戦は空母対空母の航空戦が主体で、わが巻波が友軍の高速巡洋艦戦隊とともに敵陣に突っこんだときは、敵はわが航空部隊によって大破炎上された空母ホーネットを戦場に残したまま、すでに南方へ逃走していたからであった。

勢いに乗ったわれわれ追撃部隊は、ソロモン東端サンタクルーズ諸島付近まで敵艦隊を追跡したが、残念ながら燃料の補給がつづかず、中途で引き返さざるをえなかった。

こうして奇蹟は起きた

南太平洋海戦がおわって十一月上旬、巻波は僚艦とともにいったんトラック島に帰還した。そしてそれ以後、われわれの駆逐隊は輸送船団の護衛という新任務につくことになった。

じつはその頃、わが陸軍部隊が占領していたガダルカナル島（ガ島）に対する米軍の反攻作戦がしだいに激しくなってきて、とりわけ、米軍がガ島飛行場を占領してその上空の制空権を握ったことによって、ガ島に対するわが軍の補給作戦がだんだんと困難になりかけていた。

そういうときにわれわれ駆逐隊は、輸送援護の任務に従事することになったのであるが、この輸送援護とは、味方の輸送船団を主として敵の潜水艦または航空機の来襲から護衛することを任務とするもので、艦隊決戦のような華々しいものではなくて、どこまでも根気と忍耐のいる、たいへん地味な任務であった。

われわれはまず前進基地のラバウルに進出した。そして当初はここを根城にして、ニュージョージア島ムンダまたはコロンバンガラ島、中部ニューギニアのウエワクなどの基地への輸送護衛をやったが、当時すでにラバウル周辺には多数の敵潜水艦が遊弋《ゆうよく》していて、一歩ラバウル港外に出るとかならず一、二隻の敵潜水艦の魚雷攻撃をうけたものだ。

しかし、われわれが従事した護衛作戦にかんするかぎり米軍の潜水艦は、それほどの脅威ではなかった。それは彼らの魚雷の性能がわれわれの想像したものとは遙かに劣っていたうえに、魚雷の射法そのものも、あまり感心したものでなかったからだ。

ところで、話は前後するが、たしか十二月中旬のこと、わが巻波が任務をおびてラバウル港外に出たところ、敵の潜水艦は本艦に向け四本の魚雷攻撃をかけてきた。そして巻波が、この雷跡を発見したのは、本艦の艦長・人見豊次中佐の卓越した回避運動をもってしても、とうてい間に合わないまでの至近距離であったので、この状況を艦橋で目撃していた先任将校の余田大尉は、もうそのとき万事休すと観念していたという。

私はそのとき機械室で機関の運転指揮をとっていたので、その詳細は知る由もなかったが、あとで彼から聞いたところによると、先任将校がもはや最後と観念したつぎの瞬間、敵の魚雷は私のいた機関科指揮所のすぐ下をくぐりぬけて反対舷へ走り去ったということであった。おもえば敵潜水艦の艦長が魚雷の深度調整をまちがえたおかげで、私はもちろん駆逐艦巻波の命は、からくも助かったというわけである。

われわれはくる日もくる日も船団護衛。そして敵潜水艦狩りに明け暮れた。われわれがラバウルに進出した十一月上旬ごろは、敵機の空襲はほんの稀《ま》れにB17による偵察があった程度であったが、その後はしだいに敵機の空襲が激しくなり、そのため船団護衛は、対潜戦闘と同等かあるいはそれ以上に、対空戦闘が余儀なくされるようになった。

本来、輸送船は軍艦にくらべてたいへん足が遅いので、これを護衛する駆逐艦も、やむをえず普通十ノット以下に速力を落とさなければならない。しかしいつ敵潜の魚雷攻撃や、敵機による空襲をうけるかもわからないため、いつでも高速力が即座に出せるよう、機関の準備をしておかなければならないし、また艦橋では見張りを厳重にし、つねに水ももらさぬ警戒体制をしいていなければならないので、乗員の精神的、肉体的苦労は並み大抵ではなかった。焦燥といらだちは、だんだんと乗員の間にひろがっていった。

なんとか海上決戦にでも参加して胸のスカッとすることはないかと、だれもが心に思っていたものだ。ところが幸いなことに、このうんざりした気分を多少ともやわらげる事件が持ちあがった。

それはある夜、巻波がラバウル港内に停泊中、十数機のB17の空襲をうけて猛烈な対空戦闘をやったが、じつはその翌朝のことである。本艦から約三百メートルくらいの距離にある海岸の草原に、負傷しているらしいアメリカ兵がひとり横たわり、そして二、三人の現地人が、この米兵をさかんにいたわっている様子を巻波の見張員が見つけた。

知らせをうけた私もすぐ艦橋へかけのぼって、双眼鏡を手にして見ると、まぎれもないアメリカ兵だ。しかも四、五人の現地人が彼の手足をさすったり、また肩をもんだりして、手厚い看護をしている。

ところはラバウルの日本軍陣地内であるので、私はあの米兵は前夜の空襲時、わが対空砲火でやられた敵機から落下傘で飛びおりた搭乗員ではないかと思ったが、まもなく艦長から敵兵逮捕のための陸戦隊用意が下令された。そして陸戦隊の隊長にあの剽軽な航海士がえらばれた。

たった一名の、しかも丸腰らしい米兵を捕らえるのに、総数二十数名の臨時編成の陸戦隊員は、武装もものものしく二隻のカッターに分乗し、そして上甲板に鈴なりになった本艦乗員からしっかりやれの応援に送られて、まさに敵前上陸の構えである。

ところが、終始双眼鏡にかじりついていた私が、ちょっと目をはなした瞬間に異様な光景が展開されているのに、私は目を瞠《みは》っておどろいた。よく見ると、つい先ほどまで米兵をいたわっていた現地人たちの態度が、いつの間にか、がらりと変わって、こんどは横たわっている米兵をさかんに小突いたり蹴とばしたりしているではないか。

私は直感的に、ハハー彼奴《あいつ》ら、わが陸戦隊の来襲に気づいたんだなあと思ったが、なおよく見ると振りあげた手の高さのわりには、振りおろす手に力が入っていない。そのとき艦橋で双眼鏡を手にしている連中の間から、どっと爆笑がおこった。

そして約一時間ほどかかった米兵逮捕劇はぶじにおわり、隊長の航海士は、まるで鬼の首でも取ってきたような意気揚々ぶりだったが、それにも増して喜んだのは巻波の一般乗員で、とにかくアメリカ人を見るのは生まれてはじめてという連中が少なくないうえ、地味な輸送作戦でうんざりしていたときだけに、この〝米兵逮捕劇〟は乗員の士気を高めるに大いに効果があった。

捕虜は先任将校の余田大尉のあざやかな万国共通会話術（手まね足まね）によって簡単な取調べののち陸上の警備隊に引き渡されたが、彼はやはり前夜ラバウル空襲にやってきたB17の搭乗員（銃手）で、年齢は二十歳、まだ童顔の消えうせない大学生であった。

苦肉の策だった東京急行

われわれが経験した輸送援護作戦のなかで、規模がもっとも大きく、また被害甚大で痛恨のきわみであったのは、十一月十日からはじまったガ島に対するわが陸軍大部隊の輸送作戦であった。

この作戦ではわが巻波は僚艦数隻とともに十一隻の輸送船団の護衛任務をおび、十一月十日ショートランドを出撃してガダルカナルへ向かったが、そのころ敵はガ島周辺に、空母をともなう有力部隊を配置しているとの情報が入っていた。もちろんわが方も戦艦および巡洋艦戦隊の精鋭が、敵艦隊の制圧部隊としてすでにソロモン群島北方海域に進出していて、輸送船団がガ島に達する以前にガ島沖に突入し、われわれの前路掃討をすることになっていた。

例によってわれわれは足ののろい輸送援護の長旅をつづけたが、ソロモン水道の中ほどコロンバンガラ島付近にさしかかったころ、突如として敵機の大編隊が、南方の空からわが輸送船団に襲いかかってきた。

強敵ござんなれ、とわが護衛駆逐艦群は、激しい対空砲火をこれに浴びせたが、勇敢な敵機群は弾幕をくぐってわが輸送船団に向かって急降下爆撃、ものの一時間もたたないうちに、十一隻のうち七隻の輸送船が命中弾をうけて大破炎上、私は輸送護衛をやるときは時どき艦橋にいたが、このとき眼前に展開された輸送船の炎上する惨状には、思わず目をおおった。

そして、敵機の攻撃が下火になったとき、われわれは炎上する輸送船から、いったんボートに乗り移った陸軍将兵をせまい本艦に救助収容することに全力をあげたが、巻波の艦内は、収容した陸軍将兵で、たちどころに一杯になり、身動きもできないまでの状態となった。

そのあと残存の輸送船とわれわれ護衛駆逐艦群は、夜間に入ってガ島に突入し、残存の陸軍将兵をガ島へ揚陸することに成功はしたが、それより先、すなわちわれわれのガ島沖突入の直前、ガ島沖で日米両艦隊のすさまじい夜戦がくりひろげられた。

私はこの状況を艦橋から、つぶさに目撃することができたが、目もさめるような赤、青などの着色曳光弾があたかも夏の夜の花火大会のように飛び交うなかに、あちらに二隻、こちらに一隻と被弾炎上の船が続出。それにまったくの混戦の夜戦であったので、敵味方の区別はわからなかった。

なかに一隻、艦首を上にして真っ逆様に沈没していく軍艦の姿が、敵艦の発砲の閃光でチラッと目に映ったとき、いつかは辿るであろうわが身の運命の、あまりの酷《むご》たらしさに、私はしばし呆然としていた。

ところで私は、一駆逐艦の機関長にすぎず、当時の一般情勢の詳細については知るべくもなかったが、しかし朧《おぼろ》げながらの推察はしていた。すなわちこの大輸送作戦は、ガ島沖にお

ガダルカナルめざして高速航行中の甲型(陽炎型および夕雲型)駆逐艦

ける日米両艦隊の夜戦に関するかぎり、わが方は決して不利ではなかったけれども、しかし輸送船の大半がやられてしまって、所期の輸送の目的を完全に果たしえなかったという点で、決して成功とはいえなかったのではないかと。またガ島の戦局は、なんとはなしにわが方が不利になっていくような気がしないではなかった。

このようにしてガ島をめぐる日米両軍の海上戦闘は、いよいよ熾烈《しれつ》さをくわえてきたため、この大輸送作戦を最後に、ガ島への補給は、足のはやい駆逐艦自体が、輸送船にかわってこれをおこなう必要が出てきた。そしてわが巻波も十一月中旬には、この輸送駆逐隊にくわわっていた。

そこで一回の輸送に従事する駆逐隊は、

だいたい十数隻の編隊で構成され、前進基地のショートランドを、午前十時ごろ出撃し、約三〇〇浬の距離にあるガ島へフルスピードで突っ走り、夜の十一時ごろガ島沖へ達して、すぐ物資の陸揚げをするというやり方であった。そして米軍はこの輸送駆逐隊を称して〝東京急行〟といった。

いわゆる東京急行作戦は、当初はたいへん順調であって、われわれの士気もますます盛んであったが、日がたつにつれて、この作戦にも困難の度合が目にみえて増してきた。それというのも、昼間航行時の敵機の空襲および夜間ガ島沖における物資陸揚げ時の敵の魚雷艇の襲撃は、回をかさねるにしたがって強力となり、わが駆逐艦の損害もしだいに大きくなってきた。

そのうえ、この作戦実施にあたっての最大の関心事は、作戦実施の当夜ガ島沖に敵の有力な艦隊がいるかどうかということであったが、しかしその懸念はまもなく現実となってあらわれた。

激しかったルンガ沖夜戦

時は十一月三十日であった。

わが巻波にとっては、数回目の東京急行作戦であったと記憶するが、この日も例によって、物資を艦内せましと満載する輸送隊と、敵の艦隊を撃破して輸送隊の物資揚陸を援護する身軽な警戒隊の二隊に分けられ、そしてわが巻波はこの日は警戒隊の方に編入された。

あわせて十数隻からなる輸送隊と警戒隊のわが駆逐艦群は、二列の縦陣をつくり、司令官田中頼三少将の座乗する旗艦を先頭に午前十時、ショートランドを抜錨、しだいに速力をあげて、一路ガ島へむけ、ソロモン水道を南へ南へと突っ走った。

いつもならば、そのまま真っすぐ、ガ島へ突入するところであるが、われわれがショートランドを出港してまもなく、味方偵察機から、ガ島の沖合に敵の巡洋艦および駆逐艦など十数隻の有力部隊がいるとの情報が入ったので、わが艦隊はいったん針路を東に変更し、そしてガ島の北方海域から一挙にガ島沖へ突入する計画が立てられた。

たしか午後二時ごろと記憶するが、田中司令官から全艦隊の将兵に対し、つぎのような信号が発せられた。「わが艦隊は今夜、敵の有力部隊と会敵の公算きわめて大なり、皇国の興廃まさにこの一戦にある。全将兵はおのおのその部署を死守し、もって奮励努力せよ」と。

この信号はただちに艦長から、巻波の機関科にも艦内拡声器によって伝達されたが、これを聞いてわれわれはかねて海の強者としての待ちに待ったものであったが、それが現実に来たとなると、にわかに緊張し身心が硬直するのをおぼえずにはいられなかった。

わが艦隊がガ島北方海域に到達するころ、すでに日はとっぷりと暮れていた。そしていつしかわが艦隊は九十度変針して、一挙にガ島突入の態勢に入った。

全艦戦闘配置につき、私は運転指揮官として機関科指揮所に陣どった。タービンは唸りをあげて回転する。会敵を目前にしてまちがっても船足に支障をきたすことがあってはならじと、操縦ハンドルをしっかり握り、そして計器をにらむ運転下士官のまなざしも、真剣そのものであった。

嵐の前の静寂がしばらくつづいたので、私はあるいはこの世の見納めになるかもしれない外界の景色を一目見ておこうと、機械室直上の上甲板に上がってみたが、見えるのはただ暗黒の海面と、艦尾に吹きあげるウェーキの白波に映えて不気味に光り輝く夜光虫ばかり。

私は上甲板で生ぬるい南海の空気を胸いっぱい吸いこんで、ふたたび自分の持ち場に帰った。そのとき、とつぜん上甲板の静寂をやぶって艦内拡声器がけたたましく鳴りひびいた。「前方に敵艦隊発見！ 左戦闘用意」そしてまもなく「左砲戦魚雷戦」。速力はフルスピード。とつぜん機械室の騒音をついて耳にひびいたのは、敵艦隊が撃ちはじめた大砲の発砲音。いよいよ敵艦隊との一騎討ちがはじまったのだ。

われわれはいままで従事した輸送護衛の任務において、敵機と敵潜水艦にいやというほど悩まされてきた。しかし今はちがう。いまこそわが巻波は水上射撃と魚雷戦に持ちまえの腕を十二分に発揮できるのだ。いや発揮しなければ嘘だ、と私は自分で自分にいい聞かせた。

彼我両軍の発砲音はいよいよ激しく、機械室の私の耳をつんざく。とくに本艦の発砲時の艦の振動は、あわやタービンを噴きとばすかのいきおいだ。

極度の緊張の中にあって、いまに敵弾が機械室に飛びこんできてエンジンが破壊されはしないか、いまに舷側に穴があいて海水がドッと浸入してきやしないかと思うと、やはり私は心の動揺を覆いかくすことはできなかった。

戦闘開始後三、四十分くらいたつと、ようやく上甲板は静かになった。戦闘が終わったのだ、そう思って私は部下のひとりを上甲板に上げて様子を見にいかせたところ、本艦は単艦で、北方にむけて戦場を離脱しつつあるようだとの報告を持っておりてきた。

そんなバカなと、私は単身艦橋へいこうと一歩上甲板にあがったとき、これはどうだ、艦尾の方向に炎々と燃える艦が、暗い海上に一つ二つ三つ……どの艦も天に冲する炎をあげて燃えさかっているではないか。私は、あの燃える艦はどうか敵の艦であってくれと、祈る思いを胸にこめて艦橋へ駆けのぼった。

この海戦はルンガ沖夜戦といわれるが、この海戦の戦果は敵の巡洋艦、駆逐艦あわせて四、五隻の撃沈破、これに対し味方の損害は、わが駆逐隊の一番艦であった高波一隻であった。

私は機関科なるがゆえに、交戦中のくわしい戦況の推移についてはなにもわからなかったが、後日、高波のただ一人の生存者（高波航海長でただ一人、三十数時間泳いでガ島に辿りつき、その後、味方潜水艦にてぶじ帰還した）の話によれば、わが僚艦の高波は敵の集中砲火をまともにうけて、艦橋、機関室の中枢部につぎつぎに被弾し、なお敵弾をうけて片腕がふきとんだ艦長は、艦が沈む最後まで艦を指揮して大砲を撃ちまくり、ついに大半の乗員とともに沈みゆく艦と運命を共にされたという。

後に機関室で聞いた話だが、前方の高波が被弾落伍したため、そばにつづいていた巻波は単艦で敵陣に突っこんで魚雷を射ちまくり、敵艦隊を串刺しにするという大奮戦をした、と――。

それ以後、わが巻波は文字どおり苦難と死闘の連続のもとに、ひきつづき東京急行作戦に従事したが、明けて昭和十八年二月一日のガ島撤収作戦において、敵機の爆撃により大被害をうけ、艦は沈没寸前の状態にまで追いこまれた。

しかし応急処置の結果、やっと沈没をまぬがれた本艦が、その後、修理のため一時舞鶴へ帰還したとき、私は転勤のため巻波を退艦したので、その後の巻波のことについてはよくわからない。

ただ人づてに聞いたところでは、修理を終え、ふたたび南方海域に出陣した巻波は敵艦と交戦中、敵の砲火をうけて奮闘むなしく二〇〇名の乗員もろとも南溟の海に沈んだという。

いま生き残って、ここに健在であるわが身を思うとき、人の世の無常と、いまは亡き戦友にたいする哀惜の念、胸につまるのを覚えるものである。

強運艦「長波」快心の中央突破四十八時間

三十一駆逐隊の巻波高波と共に戦った不屈の五ヵ月間と秋月型照月の最後

当時「長波」機銃長・海軍二等兵曹　初田太四郎

昭和十七年八月中旬、駆逐艦長波《ながなみ》（夕雲型四番艦）は北方キスカへの物資輸送と船団護衛の任をおえて、横須賀へ帰投した。そして、訓練に従事しつつ待機していた。九月になり、第三戦隊の金剛と榛名を護衛して、トラック島に進出することになった。トラックでは僚艦の巻波、高波と合同して、第三十一駆逐隊を編成した。

十月十三日、戦艦金剛、榛名を直衛して、ガダルカナル島ヘンダーソン飛行場の砲撃に参加した。そのさい長波は敵魚雷艇と交戦して、これを撃沈している。長波としては初めての戦闘であった。

初田太四郎兵曹

時あたかも、ガダルカナルをめぐる日米攻防戦の真っ最中で、喰うか喰われるかの激烈なソロモン海域であった。十月十五日には重巡鳥海、衣笠を直衛して、再度のガ島砲撃がおこなわれた。このときは、長波みずからも一二・七センチ砲をガ島めがけて射ち込んだ。制空権をうばわれたソロモン海においては、足のおそい輸送船では犠牲が増すばかりであった。よって、ここに快速をほこる駆逐艦が補給輸送に動員されることになったのである。しかも、いずれ劣らぬ新鋭駆逐艦ばかりであった。

各艦はラバウルを中継点として、最前線のブーゲンビル島南端沖のショートランド泊地に集結してきた。いずれも歴戦の艦で、外舷は薄よごれ、見るからに頼もしさを感じさせた。このショートランドでは、毎日のように定まった時間に、B17の偵察と爆撃をうけた。「定期便がきたぞ、そろそろ昼食の時間だ」と煙草盆で一服していると、敵さんがやってくる。みなは一斉に部署につく。ショートランド泊地は狭いようで、案外、広く感じられる。湾内での各艦は、錨もいれずに潮の流れにまかせている。対空戦闘と爆撃の回避運動にそなえているのである。

この定期便が去ったあと、スコールの通過した海に強い陽射しを浴びながら、出撃準備にとりかかる。そして夜のとばりが降りるころ、陸軍部隊と物資を満載した各艦は、一斉にショートランドをあとにする。一列単縦陣で、粛々とガダルカナル島をめざすのである。長波のガ島行きは、きょうで何回目であろうか。どうか今回も成功するようにと祈るのは私ひとりだけではあるまい。われわれ下士官兵には、戦況のことは何もわからない。良かろうと悪かろうと、ただ命令一下、己れの部署を守りぬくだけである。

艦はいつしか、速力第二戦速に増速している。今回の航路は、中央航路をとっているらしい。この中央航路がいちばんの近道らしかった。それだけに、敵の制空権内に入るのも早いことになる。

いつしか夜が明けた。きょうも波静かな海が一面につづいている。艦は一路、南へむけて突き進んでいく。めずらしく敵機の来訪がない。去る十月十三日と十五日の二回にわたるガ島飛行場砲撃で、敵の航空態勢は壊滅的な損害を受けたというが、そのためであろうか。ほかには魚雷艇がいるが、こんなものは恐れるに足りない。恐いのは飛行機だけである。

私は見張りの疲れをいやすため、少しの時間でも体を横たえる。機関科以外の兵科は、上甲板で休むのがつねである。真っ黒に日やけした機関科の甲板助手の安田一水（一等水兵）が、前部魚雷発射管の蔭でうとうとしている。さすがに疲れたのであろう。日ごろは、新兵や若い兵たちに恐れられている安田一水も、寝顔は無邪気なものである。

さて、艦は刻々とガ島へ近づきつつあった。午後十一時ごろ、いよいよガ島の黒い島影が眼前にせまった。「上陸用意」の命がくだる。大発やカッターに乗りこむ陸軍部隊のあわただしい動き。

「第一小隊、××軍曹につづけ――」と号令をかけながら、上甲板より飛びうつる。

「ありがとうございました」「元気で」

たがいに声を交わしながら、大発やカッターは暗い海を対岸めざして進んでいく。私たちは彼らのぶじの上陸を祈りつつ、真夜中十二時ガ島をはなれる。

「よかった、成功だ」みなの顔は、やれやれと安堵のためにほころんでいる――。

装発射管２基と予備魚雷格納箱など艦全体の配置や形状がよくわかる

高速船団の惨劇

こうした成功は、しかし、そうたびたび続くものではない。十日もすると、ふたたびヘンダーソン基地から敵の飛行機が飛び上がりはじめた。予想外に早い復元力であった。制空権はまたもや敵の手中に帰したのである。それ以後は、出撃のたびに、一隻、二隻と損傷艦が出るようになった。

十月二十五日ごろだったと思う。突如として出撃の命がくだった。第三十一駆逐隊は長波、巻波、高波の順にショートランドを出撃した。これが南太平洋海戦であった。

そして十一月七日、月の出ない暗夜をねらって、またもやガ島輸送が決行された。陸軍部隊と物資を積みこんで、前回同様の中央航路をとった。

敵制空権内に入って約一時間後、早くも敵機

昭和17年６月末竣工時の長波。12.7㎝連装主砲塔３基や第２煙突前後の61㎝４連

の来襲があった。上甲板にいる者は、居住区に入るように指示される。私は自分の部署である二五ミリ三連装機銃（四基）の配置につく。近距離の敵機にたいしては、かなりの威力があり、また自信もあった。

敵機は二十機あまりであった。この戦闘では、乗組員に四名の戦死が出た。陸軍部隊にも数名の負傷者が出たようであった。小雨降るショートランド泊地で、これら戦死せる戦友たちの水葬がおこなわれたが、これから先の輸送作戦を思って、暗然となったものである。

十一月十二日、ここショートランドに高速輸送船団十一隻が待機していた。重火砲、弾丸、二万人の将兵一ヵ月分の食糧、それに一万四千名の陸軍部隊が乗りこんでいた。長波は、他の駆逐艦十一隻とともに、この護衛の任につくことになった。

同時に、このとき再々度のガ島砲撃部隊として、戦艦比叡と霧島を中心とする挺身攻撃隊（ほかに軽巡一、駆逐艦十一）が編成され、北方航路をとって出撃していった。

一方、われわれは中央航路をとって、一路、ガ島をめざした。先頭は第二水雷戦隊旗艦である、わが長波である。暑さのきびしい午後だった。われわれは十三日の早朝にガ島に到着する、と聞いていた。しかし、挺身隊の飛行場砲撃が頓挫《とんざ》したらしく、船団はふたたびショートランドに戻ることになった。そして改めて十五日の揚陸がきまった。

高速船団とはいえ、十二ノットほどである。駆逐艦にくらべれば、なんともノロく感じられた。これで果たして、無事にガ島に辿りつくことができるものかどうか。不吉な予感が胸をよぎる。はたして、十一月十四日は悲惨な日となった。一五〇機の敵機におそわれ、輸送船はつぎつぎに大破撃沈されて、わずかに四隻が残るのみとなった。その四隻はガ島へのし上げて、かろうじて幾許《いくばく》かの物資が揚陸されたのみであった。

その夜、ガ島海域で戦艦同士による第三次ソロモン海戦が生起して、わが霧島が自沈した。二水戦の駆逐艦群は、敵の制空権外の一五〇浬《かいり》地点へ全速で突っ走った。

十一月二十八日、旗艦長波に各駆逐艦の指揮官が集まった。私は舷門にいて、近寄ってくる各艦の内火艇を見まもっていた。また、新しい作戦がはじまるのだろうか。

この作戦会議で、ドラム缶輸送（ドラム缶に米や弾薬をいれて輸送する）が計画された。誰が考えたのか、うまいアイデアだと思った。たしかに窮迫したガ島の陸海軍将兵に一刻も早く、一俵の米、一箱の弾薬を補給することが急務であった。

「この作戦が成功しなかったら、ガ島二万の将兵は戦うはおろか、ただ死を待つほかはない。ガ島はいまや餓島なのである」長波艦長の隈部伝中佐のよく透る声が、そう告げていた。

ドラム缶無情

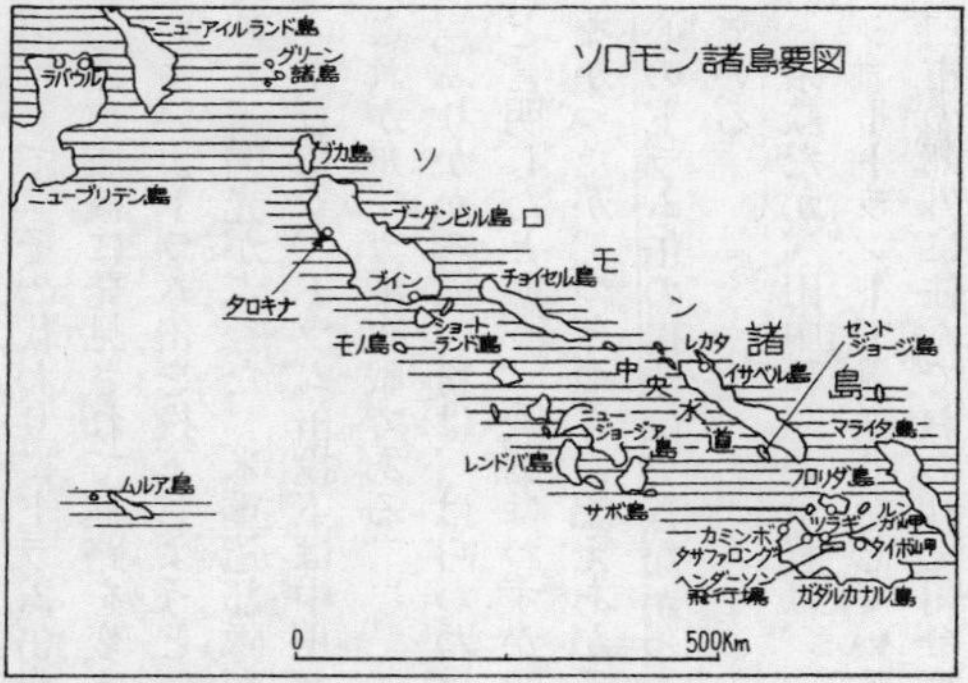

さて、第一回のドラム缶輸送作戦は、十一月三十日に行なわれた。これには警戒隊として長波、高波、第一輸送隊として親潮、黒潮、陽炎、巻波、第二輸送隊として江風、涼風の八隻が参加し、輸送隊は各艦二百個以上のドラム缶を積載していた。

午前零時ごろ、ショートランド泊地を出港した。晴れわたった夜空は、さすがに涼気をさそった。十八ノットの速力である。長波が横須賀を出港していらい、誰ひとりとして内地へ便りを書いた者はいない。書いても届かないからである。しかし、俺は絶対に死なない、だから艦も沈まない、と自分の艦には全幅の信頼を寄せていた。たがいに自信をもって責任を果たし、命令を忠実に実行する〝下士官兵魂〟に燃えていた。

警戒艦以外の六隻は、すべて九三式酸素魚雷八本を陸揚げして、その代わりにドラム缶を積みこんでいた。

敵哨戒機に発見されて進路を変えたりしたために遅れ、午後十一時すぎガ島へ接近して、いよいよドラム缶を投下しようというとき、突然、まわりの海が割れんばかりの砲声がとどろき、閃光が走った。米重巡部隊が待ちうけていて、一斉に砲門をひらいたのだ。

やむなく、ドラム缶投下は中止となり、戦端がひらかれた。長波も応戦を開始した。——これがルンガ沖夜戦である。

「ふりかかる火の粉は、はらわねばならぬ」旗艦長波の艦橋で田中頼三司令官が、きっぱりと言明したという。戦闘はわずか四十分ぐらいだったと記憶している。勝敗の詳細はわからなかったが、つぎつぎに燃えあがる敵艦を遠望していると、勝った、と思った。しかし、肝心のドラム缶の揚陸はできなかった。なお、この海戦で、僚艦高波（夕雲型六番艦）を失っている。

余談だが、田中頼三司令官は、一ヵ月後の十二月三十日に二水戦を去っていかれた。私もショートランドで見送りをしている。そして戦後、二十一年たった昭和三十八年八月に、山口市の郊外に住んでおられた司令官を訪ねる機会を得た。

「長波の人か、よく来てくれました」と、まるで永年の知人に会ったかのごとく、親しく声をかけていただき、恐縮した。私が提督がソロモンを去ったあとの二水戦や長波のことを話すと、じっと聞き入り、最後にポツリと、「優秀な若い部下や良い駆逐艦乗りが、みなお国のために死んだ」とさびしげに話された。ガ島へのドラム缶輸送作戦については多くを語らず、ただ、「無謀な作戦だった」と一言洩らされたのが、印象的だった。

さて、夜戦には勝ったが、本来の目的が達成できず、そのうえ僚艦高波を失ったとあっては、単純には喜べなかった。

とにかく、くる日もくる日も、やって来るのは敵機ばかりであった。わが艦隊の戦艦や重巡、空母は遠くソロモン海を去ってしまっていた。無敵の零戦隊も、五百浬もはなれたラバウルにあり、ここまでは足がとどかないのである。

いまは、このソロモン海に釘付けになっているのは、駆逐艦ばかりであった。月の出ない暗夜がつづくかぎり、われわれは艦が沈むまで、ガ島に向かわなければならない。

十二月三日は、いつものように中央航路をとって、三十ノットの高速でガ島をめざした。先頭が親潮で、以下、黒潮、陽炎、長波、巻波、江風、涼風、嵐、野分、夕暮と総数十隻が、一本の棒のようにつづいている。

やがて空襲圏内に入った。雲がひくく垂れはじめた。しかし、西のほうの水線上がわずかに明るみ、その雲間を透して美しい夕陽が望めた。どうか、きょうは敵機が来てくれるな、と念じていたが、やっぱり、やって来た。

二十数機のグラマンの編隊である。「対空戦闘」のラッパが鳴りひびく。各艦いっせいに砲撃を開始する。巻波が爆撃の水柱にかくれた。やられたか？　いや、大丈夫だ。走っている、射っている。やがて敵機は去り、何事もなかったように薄闇がせまってくる。この間、ほんの十分か十五分ぐらいであろうか。

十隻の駆逐艦は、変わらず単縦陣で南下していく。あと三時間ほどでガ島に到着する。暗黒の海に各艦の引くウェーキがほの白く浮かび、夜光虫が美しくまたたいている。

やはり巻波が、少々やられたらしい。しかし、航行には差し支えないとのことで、安堵する。あと一時間という地点まで接近した夜十時半ごろ、サボ島、ツラギ方向に、低空で飛ぶ敵機を発見した。いよいよ泊地だ。艦は原速十二ノットに減速する。敵機は旋回しつつ、揚陸泊地にせまってくる様子だ。

「ドラム缶投下準備」の号令がかかり、つづいて、「カッター降ろせ」「ドラム缶落とせ」と同時に命令がくだる。

後甲板の作業員は息つく間もない。艦はほとんど停止の状態である。分隊士が「静かに静かに、飛行機に聞こえるぞ」と触れまわっている。

ドラム缶は五十缶ぐらいずつ継ぎ合わせてあり、その縄の先端をカッターや小艇がひいて行き、それを海岸の部隊に引き渡すのである。海岸では、目標の目印に小さなライトを振りまわしている。

カッターはその光の方向をめざして、懸命に漕いでいく。艦が停止している一時間あまりのあいだの作業である。時間は待ってくれない。誰ひとりとして声を交わす者もいない。早く早く、と心ばかりがせく思いである。

私はこの日、艇長となってガ島に接岸した。そして、綱の先端を陸戦隊と思われる人に手渡した。「頑張ってくださいよ。三日したら、また来ます」と言いおいて、カッターは全速で帰艦する。

百メートルも離れると、前方の海上は暗闇で視界ゼロである。そのため、自艦を見つけるのが、また一苦労である。艦はすでに前進微速で動いている。ようやく辿りつくと、「総員カッター揚げ方」の号令と同時に、艦は前進原速で航走をはじめる。

そうして一刻も早く、少しでも遠くへ、ガ島をはなれるべく全力をかたむける。艦は早くも三十ノットに増速している。どうやら、きょうは成功したらしい。あの米や味噌、弾丸などが陸揚げされたのだと思うと、ホッと肩の荷がおりた気持になる。

どうか夜明けまでの四、五時間のうちに、全部が陸揚げに成功してくれるように、と念じつつ、こちらは一路、ショートランドへ向けて邁進《まいしん》する。

新鋭の秋月型防空駆逐艦「照月」沈没

ところで、わが駆逐艦長波は、運不運という点では、明らかに強運の艦であった。したがって自分たちの艦は絶対に沈まない、という信念のもとに、艦長をはじめ乗組員のつよい信頼によって結ばれていた。いわば天佑神助を信じていた、といってもいいであろう。

ガ島へ出撃するごとに三直警戒、二時間の当直見張りが課せられる。とくに艦橋の見張員は、一ッ時も眼鏡より目がはなせられない。海上にただよう靴下一足でも発見するくらいである。眼のつかれることは、大変なものである。

二時間の当直のあとは、四時間休む。しかし、その間に食事をしたり、また、いろいろな作業や雑用もあるので、正味三時間ぐらいの休憩である。もっとも休憩といっても、かならずしも寝ることとはかぎらない。うだるように暑い艦内である。そうそう気持よく眠れるものではない。ぼんやりしているうちに、いつの間にか交替時間がきてしまった、ということもある。そして、これの繰り返しであった。

それでも、少しでも涼しいところを見つけて、つとめて眠ろうとする。そうしないと、体がもたないからである。この要領をつかんだとき、はじめて前線の駆逐艦乗りとして、一人前に見てもらえるようになる。前線に出撃中は、士官も下士官も、兵も、みな同じである。日ごろの訓練どおり、全力をあげて戦うのみである。そうしたファミリー的雰囲気が駆逐艦乗りの特質であり、いつも明るさにあふれていた所以《ゆえん》である。

つぎの十二月七日の輸送は、明らかに失敗であった。作戦参加の九隻中、陽炎型駆逐艦野《の》分《わき》が敵の爆撃により大破して、航行不能となった。そして、これの警戒と曳航のため、やむなく途中からひき返す羽目になった。この四ヵ月間の輸送作戦中、何隻の艦がソロモン海に沈んだであろうか。私の記憶でも、七隻は数えるはずである。

十二月十日、ショートランド泊地に見なれない艦が入ってきた。それは軽巡にしてはやや小さく、駆逐艦にしてはすこし大きすぎた。前後部に四基の主砲をもち、二五ミリ機銃三連装六基のほか、連装も単装もそなえている。

これが、新鋭の防空駆逐艦照月《てるづき》(秋月型二番艦)であった。見るからに力強く、頼もしさを感じさせた。そして、二水戦の司令部旗艦が長波よりこの照月に移されることになった。

明くる十二月十一日は、はやばやと出撃である。新旗艦の照月を先頭に、各艦ともドラム缶二百個あまりを積んで、いつものごとくショートランドを後にした。

わが三十一駆逐隊は、いまでは長波のみとなっていた。高波は十日前に戦没し、巻波は中破の身でトラックに回航されていた。そこで、新たに江風をふくめて三十一駆逐隊を編成していたのである。

油を流したような海に、太陽が頭上からカッと照りつける。潮風に灼《や》けた真っ黒い顔の戦友たちや、ランニング一枚の兵隊も、みな首からお守袋を下げている。故郷の母からの贈り物か、それとも兄妹や恋人からもらったのか。それに千人針の腹巻である。弾丸が当たらないように誰もが巻いている。誰ひとりとして、死にいそぐ者はない。私とておなじである。数知れない対空戦闘のたびに、お守りと千人針をしっかりと握りしめたものである。

さて、艦は昼さがりの海を、南へ南へと急行していた。すでに敵の制空権内に入っているにもかかわらず、この日はめずらしく敵機の来襲がない。なんとなく気持がわるい。

いつしか、陽は西のサンタイサベル島の山かげに没した。それからまた数時間。すでに九時に近かった。そろそろガ島に近づくころである。何回もきているガ島であるのに、この夜にかぎって、なんとなく無気味な予感がした。何事か起こるのではないか、とあやしく胸がときめいた。

十一時近くになり、艦は原速に落ちた。やけに静かだった。いつものように「ドラム缶投下用意」「カッター落とせ」の号令と同時に、所定の作業がはじまった。一糸乱れぬ進行ぶりである。

作業はちゃくちゃくと進み、まもなく終了というころになって、突如、旗艦照月の方向で戦闘が開始された。すわ敵艦か、と艦橋近くから望むと、敵魚雷艇数隻が襲撃してくるのが見えた。「各艦、見張りを厳重に」の命がくだる。

揚陸は成功したらしい。わが艦の主砲は前後部とも敵魚雷艇に指向していた。火災を起こした魚雷艇が見える。しかし、照月も後部に敵の魚雷を受けたらしく、火災を起こしている。時刻は十一時をはるかに廻っていた。もう引き揚げの時間である。

そのとき、私は照月が後部から沈みつつあるのを目撃した。初陣の照月が沈む。まるで悪夢を見ているような光景であった。と、まもなく、舷門付近が急にさわがしくなった。機銃台より見ると、二水戦司令部が移動してきたところであった。司令官も参謀も、ソロモンの海を泳いだらしい。

すでに艦は前進を開始していた。田中司令官は長波に移乗するとき、爪竿でしたたか頭を叩かれたという。「まごまごするな」の声も飛んできたというから、ちょっとした笑い話である。

この話は、昭和四十一年十一月におこなった長波の慰霊祭に参列されたときにうかがった。長波におればいいものを、内地からきた照月には何かうまい食い物があるのだろう、と思ったのが失敗だった、といって苦笑された。

とにかく、この照月の損失は大きな痛手であった。たとえ輸送作戦が成功したといっても

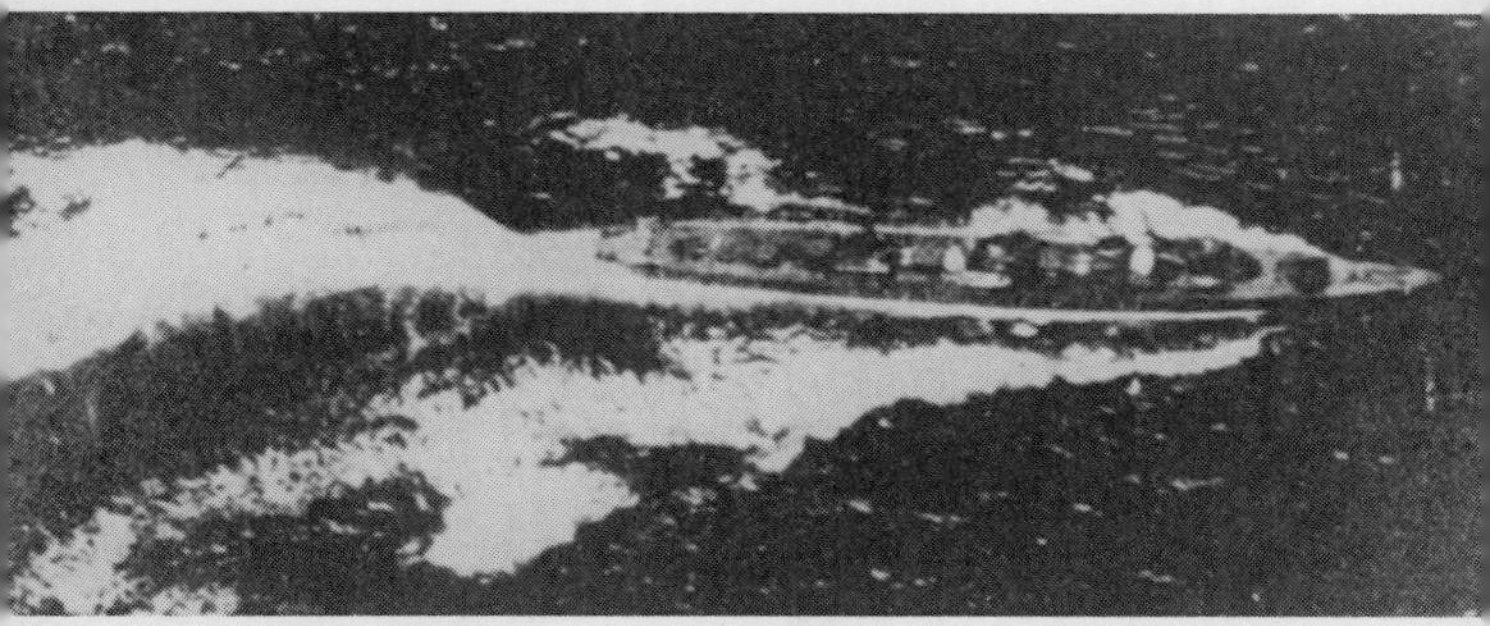

昭和18年11月、ラバウルで空襲を回避する長波。第一砲塔は右舷に旋回

である。まことに戦場は無情である。それがひしひしと胸にせまり、あす知れぬ運命といったことが、つよく実感されたのである。

長波がソロモン海に進出してから、はや四ヵ月。その間、ガダルカナルへの兵員物資輸送が六回、そしてドラム缶輸送が六回、計十二回におよんでいる。よく脱落することなく、無事でこれたものである。この間には、十月二十六日の南太平洋海戦にも参加している。

「海軍軍人として、駆逐艦乗りは華々しい戦士だ」と私は誇りをもって、ショートランドの兵器整備の兵隊に話したことをおぼえている。

このあと十二月中旬からガ島近海は月明かりとなるため、ガ島輸送作戦は一時中止となった。その間を利用して、他のソロモン基地やニューギニアへの補給輸送がおこなわれた。まことに駆逐艦は、休む暇なく戦場へ狩り立てられたのである。どの艦もみな外舷はハゲ、爆煙や海水にひたされて、見るからにうす汚れた姿をしていた。

これが、最前線における駆逐艦の本当の姿なのであった。

長波もニュージョージア島ムンダ基地へ二度、ブーゲンビル島へ一度輸送をおこない、いずれも成功している。敵機も魚雷艇もおらず、ガ島輸送にくらべれば、気分的には楽なものであった。

その後、長波は船体後部に異常振動を感じるようになり、昭和十八年一月上旬、ついにトラックに回航して、工作艦明石の点検をうけることになった。原因は、スクリュー軸の摩耗ということであった。五ヵ月におよぶ荒仕事の疲弊が出たのである。

しかし、修理の完全を期するため、ラバウル中継でトラックから内地の母港舞鶴に帰還することになった。ときに昭和十八年一月中旬のことであった。思えば、わずか五ヵ月が一年にも二年にも感じられるような、苛烈な日々の連続であった。

ようやく内地へ帰れる。しかし、その喜びとは裏腹に、泊地に残る僚艦や戦友のことを思うと、なんだか済まないような気持であった。

ああソロモンの空に　ちぎれ雲が飛ぶ　散りし戦友《とも》の魂が

オルモック急行「浜波」砲塔に声絶えて

長波、朝霜、島風、若月らと行を共にした第三次多号作戦の悲惨

当時「浜波」乗組・海軍中尉　中沢五郎

史上最大の海戦であり、おそらく世界最後の艦隊決戦となるだろうといわれた捷一号作戦（比島沖海戦）をおえた栗田艦隊の諸艦は、昭和十九年十月二十八日、ボルネオ島ブルネイ港に帰投した。

そんな駆逐艦浜波《はまなみ》（夕雲型十三番艦）に坐乗していた第三十二駆逐隊司令の大島一太郎大佐に対して、第二水雷戦隊司令部から「多号作戦（レイテ島輸送作戦）参加のため、急速マニラに進出すべし」という新任務の命令がとどいた。そこで昭和十九年十一月一日の午後十二時、われわれは直ちにマニラに入港し、第三桟橋に横付けして、急いで燃料弾薬や糧食の搭載を行なった。

中沢五郎中尉

マニラ内港は浅いため、この頃すでにあちこちに沈められた商船のマストだけが、海面に突き出ているのが見えていた。だが、マニラ湾はずっと西に広くひろがっていて、うっすら

と紫色にかすんで見えるバターン半島につづく湾口は、水平線の彼方にあって見えなかった。

この日、第一から第五桟橋までいずれもレイテ島輸送用の商船が横付けして、荷積みに忙しく立ち働いていた。

しかし、十一月三日、敵の機動部隊がルソン島の近海を遊弋《ゆうよく》中であるとの情報が入った。そこで朝食が終わると同時に桟橋の横付けをはなし、内港内に投錨した。そして対空砲火の集密威力を発揮するため、在港艦船で密集隊形をとって空襲にそなえた。

それからしばらくたった頃、二水戦の司令官（早川幹夫少将）が駆逐艦島風に乗艦して入港してきて、こんどの第三次輸送作戦は、二水戦司令官指揮のもとに実施されるということを告げた。この日は朝から積乱雲が発達し、どんより曇って蒸し暑く、空襲でもありそうな天気だった。しかし、来襲機は一機もなかった。

ところが、翌日の午前八時ごろ、浜波の電探が右三十度に飛行機の大編隊をキャッチした。まもなくキャビテ軍港の背部にある丘陵の山頂すれすれに、ゴマをふり撒いたような敵機の一群がやってくるのを発見した。

それらの一群がキャビテ軍港の方角から進入してくると、間髪をいれず遠雷のように味方の対空砲声が聞こえてきた。敵はＦ６Ｆの編隊らしいが、海には出ずに陸づたいに右まわりに飛行場に殺到してきた。

この日の攻撃は、どうやらニコルス飛行場が目的らしい。つづいて第二、第三の編隊もあらわれたが、いずれも飛行場に突っ込んだ。このとき、左手の山の上に空戦らしい彼我の飛

18年10月、宮津湾外で全力公試中の浜波。夕雲型は交流電源を採用している

行機によるからみ合いが見えた。

しかし、三十分ほどで敵機は去ったが、あとの攻撃にそなえて午前中は配置についたままであった。午後からは警報も解除になり、第三南遣艦隊司令部で多号作戦の打ち合わせがあった。この日の空襲によるわが方の損害は、さいわい軽微の模様であった。

だが、そのつぎの日、偵察らしい五、六機の敵機がやってきたため、翌日は大がかりな空襲が予想された。そこで外港に退避する予定で、出港準備をしていた午前八時三十分、電信室の受信機に突如としてルソン島南部のバコロド見張所よりの防空情報がはいった。それによると、「二百機ていどよりなるF6F、TBFの大編隊上空通過、進行方向北〇八〇〇」というのであった。

揚錨するのももどかしく、急速出港をして外港にむかった。そのとき、海岸見張所の檣《ほばしら》（マスト）を見ると「B」旗が二旒連綴《れんてい》されていた。これは「空襲警報」をしめしているのであった。

午前八時四十分になって、バターン半島上空の高積雲の下に、点々と敵機がその姿をあらわした。と、同時に艦内には対空戦闘のラッパが気ぜわしげに鳴りひびいた。なにしろこの日は、TBFがきていることから察しても、艦船攻撃が目的らしく、真っ直ぐにこちらへ向かってやってくる。

そのとき突然、左艦尾の見張員が「艦尾大編隊、近づきます」と大声で叫ぶのを聞いた。そのためあわてて艦尾を見ると、前方の敵にばかり気をとられていたので気がつかなかったが、艦尾の編隊はもう間近に迫っており、しかも先頭機はすでに降下態勢をとっていた。「最大戦速、取舵《とりかじ》いっぱい、射ち方はじめッ」と、艦長がさけんだと同時に、旋回流をのこしてキューと艦が右舷に傾いた。そして艦首方向に爆音を聞いたと思ったとたん、艦尾百メートルくらいの航跡流の真ん中に、船体までびりびりと響くような轟音とともに、真っ白い水柱があがった。

つづいて二機、三機と合計六機が突っ込んできた。われわれは右に左に傾きながら旋回回避運動をして、火ダルマのように射ちまくった。幸い艦に至近弾は一発あったが、被害はなかった。

あたりを見わたすと、内港に停泊している艦にも相当数の敵機が突っ込んでゆく。まるで打上げ花火のような弾幕のなかで、旋回する敵機がちかっと光ったのが印象的であった。

それから、約二十分の攻撃で敵機は東方に去っていったが、あとには軽巡木曾がやられたらしく、黒煙をあげている。ほかには大した被害はなかった模様である。ほっとして見上げた湾口のマリベレス山頂には、うっすらと絵のような綿雲がかかっていた。

運命の第三次多号作戦発令

十一月九日、武器弾薬と糧食を満載した大型輸送船五隻（せれべす丸、泰山丸、三笠丸、西豊丸、天照丸）を、駆逐艦島風を旗艦とする二水戦司令官指揮のもとに、駆逐艦浜波、長波、朝霜、若月と掃海艇三十号、駆潜艇四十六号の計七隻で護衛して、午前五時、いまだ夜のとばりにつつまれたマニラ湾を出撃して、レイテ島のオルモックへ向かった。

昨夜からの時化《しけ》模様は今日もつづいて、風速十五メートルの西風はヒューッと不気味な音を立て、漆黒の海には白波がくだけ散るほどうねりが高かった。船団の速力は八ノットとまるで牛歩航行だが、この時化だと敵機や敵潜もやってくることができず、安全である。しかし、もの凄いがぶり方で、何かに掴まっていないと、海中に放りだされそうである。

そのとき、旗艦島風の前檣に変針信号が揚がったが、旗旒が風にあおられて、揚旗線が弓のようにしなっている。それもそのはずで、陸海軍気象班の観測によれば「今日、明日は時化模様、明後日はよい天気」とのことで、われわれはこの時化を利用して敵の目をかすめ、オルモックに突っ込むという計画であった。

この頃になっても、左手に見えるはずのルソン島も細雨にけむって見えず、遅々とした船団は進んでいるのか停まっているのか、まるでわからないほどであった。

しかし、そのつぎの日は気象班の予測とちがい、朝から雨は止み昼ごろには雲もきれて、青空さえ見えはじめた。そして風もいくぶんおさまったが、波はあいかわらず高かった。われわれはやっとルソン島をまわったところで、針路を東にとった。そのとき突然、この頃からしだいに雲も切れて、またギラギラと南の太陽が顔を出しはじめた。

「上空、ノースアメリカン一機同航」と、甲高い見張員の声がして、天を見上げると、なるほどノースアメリカンが二機、断片的に散らばった雲に身をかくしつつ、旋回しながらついてきていた。

あれはたぶん触接機である。そうなると、この分では明日は確実に敵サンがやってくるとホゾをかためた。それにしても、この船団の速度のなんと歯がゆいことか。

マニラを出港して三日目の十一日、夢のような夜航海に、私は旗甲板に出てついうとうととしていたら、けたたましく鳴りひびく「配置につけ」のブザーにたたき起こされた。このとき、時計は二時すこし前であったが、もう左手に薄ぼんやりとしたレイテ島の北端が見えていた。ブザーは一体なにごとかと思えば、敵の魚雷艇が出現したというのである。

青い探照灯の光芒のなかに、高い艦尾波を立てて全速で突っ走ってくる三隻の魚雷艇が見えた。

と、そのとき、デーンと一瞬昼間のような明るさになったと思ったとたん、魚雷艇の左側に二本の水柱があがった。どうやらそれは、島風の初弾らしい。つづいて浜波や朝霜が射ちだし、たちまち魚雷艇をはさんで五、六本の水柱があがった。

すると魚雷艇は、急に面舵《おもかじ》に転舵して反転してしまった。それを見てスワ魚雷発射かとおどろいたが、それらしいものもなく、そのうちいちばん前の魚雷艇がサーッと煙幕を展張して、たちまちその中に姿を消してしまった。

と、その煙幕の右側に真っ赤な火柱があがるのを見てわれわれは「やった、一隻轟沈だ」と歓声をあげた。そのあと朝霜が速力をあげて、煙幕のあとを追ったが、結局、狭水道の向こうに見失ってしまった。しかし、わが方に被害はなかった。

今日の正午には、オルモックにとっつく予定だが、昼間にそなえて、寸暇をおしんで旗甲板の折り椅子でしばらく眠ることにした。

修羅場にひびく絶叫の声

ちょっとまどろんだだけと思ったのに、もうレイテ島のなだらかな山稜が、夜明け間近の東の空にくっきりとその姿を浮かべていて、朝の冷気が心地よい。

チャートをのぞくと、目的地オルモックはもう目の前である。だが、いつ敵機の来襲があるかもしれないので、総員配置についたまま戦闘配食となった。

午前十時、船団は左に転舵し、オルモックへの最後のコースにはいった。まもなく、艦橋の電探室からの電話がけたたましく鳴りひびいた。そのとたん、サーッと艦橋に緊張がみなぎった。そして「右八十度、大編隊らしき反射波、感五、近づいてくる」との報告がはいると、ついに来たかと思うまもなく、ただちに旗艦にも報告し、艦内は対空戦闘準備にかかった。

砲塔および機銃群は旋回俯仰の試動をし、水雷科員は万一にそなえ魚雷射出準備、応急員は前部士官室に集合して、機銃の弾倉に弾薬を装塡した。そのような中にも、電探室からは刻一刻、近づいてくる反射波の模様を知らせてきた。

艦橋は、嵐の前の静けさとでもいおうか、静かななかでも見張員だけが全身を目と耳にして、眼鏡にかじりついている。そして午前十時三十分、ついに前、後、右と同時に三編隊を発見し、ただちに対空戦闘を開始した。

そのとき旗艦からの「薬煙幕張れ」の信号があったため、各艦は戦速にあげ、真っ白い煙幕を張って、それで商船を隠蔽した。敵機はすでに頭上に殺到していたため、各砲や機銃は猛然と火をふいた。

「右艦尾降下」「左艦首突っ込んでくる」「左舷魚雷むかってくる」と轟々たる銃砲声にまじって、見張員の血をしぼるような声がつぎつぎと聞こえてきた。

また艦橋では、「面舵《おもかじ》いっぱい、もどせ、取舵いっぱい」と叫んでいるが、それでもたちまちにして五、六発の至近弾によるどす黒い水が艦をおおってしまった。そのとき、敵機の爆音が艦橋の前をよぎった。

煙幕に見えかくれする商船にも、敵機が突っ込んでゆくのが見えた。そのとたん、いちばん後尾にいた商船付近の白い煙幕が、パッと明るくなったが、どうやらその商船は被弾したらしい。

と、突然、私はカーンと腸《はらわた》が飛びだしたか思うようなもの凄いショックをうけて、倒れてしまった。一瞬、あたりが真っ暗になったような感じで、やられたと思った。

そのとき、操舵室からの伝声管が「舵故障、舵故障」と連呼しているのをきいて、私は気をとりなおしたが、艦橋前の左舷に直撃弾をくらったらしい。それもどうやら士官室付近で炸裂したらしく、ムーッと息づまるような硝煙が鼻をついてきた。

しばらくして気がつくと、島風も被弾したらしく火災が発生していた。そして商船も三隻しか姿が見えず、しかもそのうちの一隻は火につつまれていた。そのとき突然、「右艦首魚雷、魚雷」と見張員の声がして、あわてて転舵しようとしたが、応急操舵もまにあわず、航海長が「舵が利きません、舵が利きません」と叫んでいる。

と、その瞬間、ガツンとなにかに衝突したかのように艦が身ぶるいしたとたん、真っ赤な火とともに浜波の艦首が噴きとばされてしまった。

それでも本艦の機銃や高角砲の銃砲声よりひときわ甲高い、敵機の機銃掃射の音が、前後左右に交錯したため、私は思わず艦橋にふせたが、このとき、水雷幹部員と信号員がやられてしまった。

またも、右舷中部に直撃かと思われるような至近弾があったあと、硝煙くさい海水がドーッと艦橋を覆って流れこんできた。と、みるみる艦の行き足がなくなってゆき、機関指揮所とのあいだの電話伝声管で連絡をとろうとしたが、いずれも切断されて不通になっていた。

またもやガーン、という響きとともに、左舷に至近弾があって、烹炊所がやられたらしい。しかも司令が腰に弾片を受けてたおれ、また艦長も左足首を吹き飛ばされてしまった。この頃から敵機の機銃掃射がひどくなったようであった。

最後の万歳

至近弾によるうねりのため、艦が左右に傾斜するたびに、艦橋には鮮血をまじえた海水がただよい流れていたが、敵機はあきらかに停止した本艦の艦橋をねらっていた。それを裏づけるように敵機は、水平に艦橋のまわりを廻わりながら機銃を射ってきた。

艦というものは動かなくなったら、なんと心細いことであろうか。全く泣けてきそうだった。そのとき、機関長が真っ黒い顔に目玉だけぎょろつかせて報告にあがってきたが、それによると、「蒸気パイプが破裂、ただいま修理中ですが、復旧のメドはいまだ立ちません」というのであった。

言い終わらぬうちに、またものすごい艦橋への機銃掃射があった。そのたびに血糊にぬれた敷板に折りかさなって伏せるのであるが、このとき航海長が右肩をやられた。また、すぐ隣りに伏せていた水兵長が右頰をえぐられ、そしてコンパスの横で傷者の手当をしていた信号員が、敵弾によってがっくりとそのまま、その上にかさなって倒れた。

それでもなお、敵機の機銃掃射は執拗につづいていたが、戦闘がはじまってからどのくらいの時間が経過したであろうか。ふとあたりを見ると、腰をいためて床の上にあぐらをかいていた司令が、コンパスを頼りにしてゆっくりと立ちあがった。

司令は、いくぶんすすけた青白い顔であたりを見回し、落ちついた声で、「さあ、これが最後だ、みんな元気を出して万歳をしてゆこう」と、ふしぎと銃砲声のとどろくなかでも、その声ははっきりと聞きとれた。

それからは元気な者はもちろん、傷者も立てる者はものにつかまって立ちあがり、「天皇陛下万歳」という司令の音頭で、みんなは声をかぎりに万歳をさけんだ。その声はレイテの美しい海に吸い取られるように波間に消えていった。

またしても機銃掃射があったが、だいぶ衰えてきたようだ。左舷の記帳台に寄りかかってこちらを向いている兵隊は、顔の半分がべっとりと血にまみれていて、だれだか見当もつかない。

午前十時五十分、ようやく敵機は去った。そうなると、先ほどまでの猛烈な爆裂、それに銃砲声はどこへいったやら、あたりは急に気味の悪いほどの静けさになった。まるでスーッと、どこかちがった世界へ持っていかれた感じだ。

私はいそいで旗甲板に飛び出してみた。ところがなんとしたことか、五隻の商船と朝霜（夕雲型十六番艦）の姿はすでになく、旗艦島風は本艦とおなじように艦首をもぎとられ、艦橋も破壊されて、小火災が発生していた。本艦の右舷近くに海防艦、その向こうに若月（秋月型六番艦）が炎々たる猛火につつまれており、海防艦はすでに艦尾を海水に洗われていた。

浜波では一、二番砲は全滅したが、ただ後部の三番砲だけがいまだ発砲可能であった。しかし、これとても右八十度、仰角六十度くらいに固定されたまま、ときどき思いだしたようにドカーンとやっているだけであった。

機銃群はさっきのものすごい機銃掃射のため、前、中、後部とも総くずれとなっていた。とくに前部は直撃弾のため人員、機材とも吹き飛んでなにもなかった。中部三番の機銃には、左肩が血まみれの掌砲長が一人で西の空をにらんでいる。また機銃員がかさなりあって倒れている機銃台の雨どいからは、鮮血がしたたって、上甲板が血ぬられていた。

「クソッ」と唇をかんで思わず見上げた空には、一点の雲もなく、真っ赤な南の太陽がまぶしく輝き、ロッキードが二機だけ高く飛びかっていた。

徐々に浸水しつつある浜波の沈没はまぬがれ得ないので、機密図書を始末するため、いそいで艦橋にとってかえすと、司令と航海長がチャートをひろげて、さかんにコンパスでなにかを測っている。

その間に、比較的被害の軽かった機械室や罐室では、機関科員が先任将校の指揮で傷者の手当や、脱出用の筏《いかだ》や糧食の準備をすすめていた。

このあと、第二波の襲来は必至と見なければならない。それまでに退避をおえなければ、全滅もまた必至となるだろう。気持だけがあせった。それからの私は、艦橋の機密図書をと

第３次オルモック輸送に出撃した朝霜。浜波沈没に際して乗員救助にあたった

りまとめ、士官室の分を始末するため、信号員をつれて爆風のため飴《あめ》のように曲がったラッタルにぶらさがって上甲板におりたが、そこはきな臭《くさ》い、血なまぐさい異様な臭《にお》いがあらためて鼻をついた。

破壊されて入口もよくわからない穴から、一歩艦内にはいれば、そこは目もおおわんばかりの惨状を呈していた。すなわちここで弾薬の装塡をしていた応急員や待機者が、艦橋左舷の直撃弾のために飛び散っていたのである。そして、飛び散った木片や機密図書にまじって彼らの手があり、足らしきものがあって、そこはまさに地獄絵であった。

あまりにも凄惨な状態に呆然と立っている信号員をはげまし、懐中電灯でたしかめながら夢中で機密図書をひろいあつめ、袋に入れて柱に結びつけたのであった。そして、これからレイテ島へ上陸するとなると、日本刀は持って行こうと、士官室前のラッタルからめくれあがった床の鉄板をくぐって下の部屋へ日本刀を取りに降りようとしたが、すでにどす黒い海水が浸水してきていて、どうにもならなかった。

そのとき突然、海の向こうで人の呼ぶ声がするので、なにごとかと思えば、朝霜が本艦の右舷をまわりながら、「貴艦の左舷に横付けをする、いそいで横付け準備をしてください」とメガホンで叫んでいた。これでどうやら朝霜は健在らしい。だが、さっきまで炎々と燃えていた海防艦の姿はすでになかった。

浜波では防舷物、突張り棒と、横付け準備がととのったので、「横付け用意よし」と、手旗信号とメガホンで叫ぶと、これをうけて朝霜は大きく右に転舵して、たくましい機械の音がしだいに近づいて、本艦にぴたりと横付けになった。じつにみごとな操艦であった。

「司令は健在か、艦長は早く本艦に乗りうつれ。急げ、飛行機がくるぞ、急げ」と朝霜の艦橋からさかんに叫んでいる。甲板上の兵隊も口ぐちに「急げ、早くしろ」と叫んでいた。

だが、腰の傷をおして旗甲板にうつり、折り椅子に腰をかけて腕組をしながら、じっとこの様子を見ていた司令が、しずかに首を前後にふっていたが、声を大にして、

「艦内につたえよ、総員退去。まず傷者から退艦、急げ」と叫んだため、ただちに艦内に伝令が走りまわり、同時に朝霜から担架をもって五、六人が乗りうつってきた。この間にも、朝霜の艦橋では「急げ急げ」とメガホンで叫びつづけていた。

こうして傷者の移乗がはじまったが、司令と艦長は元気な若者の背中にくくられて艦橋からおりてきた。重傷者は担架で運ばれたが、戦友に背負われたり、戦友の肩をかりて足をひきずってくる傷者など相当いたが、いずれの顔もほっとしているようだった。

そのあと元気な者は手分けして、残留者はいないかと艦内を見てまわった。傷者の移乗も終わり、健在者も乗りうつり、先任将校が最後に移乗して「総員終わりました」と艦橋にむ

かって報告するのを合図に、「横付け放せ、取舵いっぱい、最大戦速」と命令すると、朝霜は急速に左に転舵して、左まわりに大きく浜波を一周した。

つい今しがた移乗したばかりの浜波の乗員は、傷者も甲板にすわってじっと喰い入るように、浜波を見つめている。

いまのいままで、生死を共にしてきた駆逐艦浜波が、そして、ついさっきまでその艦の上で共に戦ってきたいまは亡き戦友が、水漬く屍――この美しいオルモック湾に永久にその姿を消そうとしている。それぞれが、それぞれに万感をこめて、静かに訣別の敬礼をおくっていた。

夕雲型駆逐艦十九隻&島風の太平洋戦争

戦史研究家　伊達　久

夕雲（ゆうぐも）

昭和十六年十二月五日、舞鶴工廠で竣工し、横鎮（横須賀鎮守府）部隊で開戦を迎えた。

昭和十七年三月十四日、第十駆逐隊に編入され、秋雲と同行動をとり、六月五日のミッドウェー海戦、八月二十四日の第二次ソロモン海戦、十月二十六日の南太平洋海戦に参加した。十一月よりガダルカナル島輸送作戦に三回従事した。十一月十二日から十四日にかけての第三次ソロモン海戦に参加、以後東部ニューギニア輸送作戦に従事した。

昭和十八年二月、ガダルカナル島撤収作戦に二回従事し、ついでパラオ~ウエワク間の船団輸送の護衛を終えたのち、ソロモン諸島中部コロンバンガラ輸送作戦に従事した。五月九日、内地に帰投し七月末、アリューシャン列島キスカ撤収作戦に参加した。十月六日、第二次ベララベラ海戦に参加したが、駆逐艦の雷撃をうけて沈没した。

巻雲（まきぐも）

昭和十七年三月十四日、藤永田造船所で竣工、第十駆逐隊を夕雲と編成し、ミッドウェー作戦、第二次ソロモン海戦に参加、ついで南太平洋海戦において陽炎型の秋雲と協同して炎上中の空母ホーネットを撃沈した。ガダルカナル島輸送作戦に四回従事した。第三次ソロモン海戦では飛行場射撃隊の直衛として参加、東部ニューギニアのブナ輸送に三回従事した。昭和十七年十一月二十九日、ブナ東方において空襲をうけ、至近弾によって火災をおこし中破。昭和十八年二月一日、ガダルカナル島第一次撤収作戦に従事中、サボ島の南方で触雷により沈没した。

風雲（かざぐも）

昭和十七年三月二十八日、浦賀船渠で竣工、第十駆逐隊に編入され、訓練を終えたのち夕雲と同行動で六月のミッドウェー作戦、八月の第二次ソロモン海戦、十月の南太平洋海戦に参加した。十一月六日よりガダルカナル島輸送作戦に三回従事した。十一月の第三次ソロモン海戦に参加、ニューギニア東部ブナへの輸送作戦に五回従事した。

昭和十八年二月、ガダルカナル島撤収作戦に警戒隊として三回従事した。以後、夕雲と同行動で輸送作戦に従事し、四月二十八日、内地に帰投した。七月末、キスカ撤収作戦に従事した後、十月六日、第二次ベララベラ海戦に参加した。

十二月十七日、横須賀に回航されて石川島で修理を行ない、秋雲とともに瑞鶴を護衛して昭和十九年三月十五日、シンガポール南方スマトラ東岸沖のリンガ泊地へ進出し、五月まで輸送作戦に従事した。六月八日、ミンダナオ島ダバオよりビアク輸送作戦に向かう途中、ダ

全力公試中の早波。夕雲型は速力改善のため陽炎型よりも艦尾を50cm延長した

バオ湾口で潜水艦へイクの雷撃をうけて沈没した。

長波（ながなみ）

昭和十七年六月三十日、藤永田造船所で竣工後、横鎮部隊として訓練に従事していたが、八月三十一日、第三十一駆逐隊に編入された。九月十一日、トラックを出撃してソロモン方面作戦に従事し、ガダルカナル島輸送作戦に七回従事した。十月二十六日の南太平洋海戦、ついで十一月三十日のルンガ沖夜戦に増援部隊の旗艦として七隻の駆逐艦をひきいて参加したが、同海戦で敵機の攻撃をうけ軽微なる損傷をうけ、昭和十八年三月十七日、舞鶴に回航され修理をうけた。

昭和十八年七月末、アリューシャン列島キスカ撤収作戦に従事したのち、十一月七日、ブーゲンビル島タロキナ輸送作戦に従事した。十一日、ニューブリテン島ラバウルで敵機の攻撃をうけ、後部に被弾して航行不能となり、曳航されて呉に帰投して昭和十九年五月末まで入渠した。

七月、リンガ泊地へ進出し、諸訓練、整備をおこなった。十月の比島沖海戦では栗田艦隊に属したが、ボルネオ北北東方のパラワン島沖で高雄の警戒艦を命ぜられ、十月二十五日のサマール沖海戦には参加しなかった。十一月十一日、レイテ島オルモック第三次輸送作戦中、敵機の爆撃をうけて沈没した。

巻波（まきなみ）

舞鶴工廠で昭和十七年八月十八日に竣工し、八月三十一日に第三十一駆逐隊に編入され、長波とおなじく九月十一日、トラックを出撃して、ガダルカナル島輸送作戦に九回従事した。十月の南太平洋海戦、ついで十一月末のルンガ沖夜戦に参加した。

昭和十八年二月一日、ガダルカナル島撤収作戦で被弾により損傷し、舞鶴に回航されて九月十五日まで入渠した。以後、上海～ラバウル間の輸送作戦に従事し、十一月、ブーゲンビル島輸送作戦に従事した。十一月二十五日、ブーゲンビル島北端沖に位置するブカ島への輸送作戦の途次、敵駆逐艦五隻と遭遇してニューアイルランド島南端沖でセントジョージ岬沖海戦となり、駆逐艦の魚雷と砲火をうけて沈没した。

高波（たかなみ）

昭和十七年八月三十一日、浦賀船渠で竣工。十月一日に第三十一駆逐隊に編入され、十月十一日よりガ島輸送作戦に三回従事した。十月二十六日の南太平洋海戦では第四戦隊、第五戦隊の直衛として参加した。十一月三十日のルンガ沖夜戦において、敵の圧倒的集中砲火をうけて沈没した。

大波（おおなみ）

昭和十七年十二月二十九日、藤永田で竣工。昭和十八年一月二十日、第三十一駆逐隊に編入され、愛宕の警戒艦としてトラックへ進出し、ガダルカナル島撤収作戦支援のためソロモン北方海面を行動した。

昭和十八年二月より十月末まで、主としてトラックにおいて船団護衛に従事した。十一月二日、基地物件を輸送してラバウルへ進出したが、連日空襲をうけた。六日、ブーゲンビル島タロキナ輸送作戦に従事した。十一月二十五日、ブカ輸送作戦の途次、巻波と同じく駆逐艦の攻撃をうけ、ブカ島の二八度四十浬の地点で沈没した。

清波（きよなみ）

昭和十八年一月二十五日、浦賀船渠で竣工。二月二十五日、第三十一駆逐隊に編入され、二月二十八日、横須賀を出港する船団を護衛してトラックへ進出した。以後、マーシャル諸島クェゼリン、ニューアイルランド島カビエンなどに船団護衛を行なった。七月二日ソロモン諸島方面へ進出し、七月十二日、コロンバンガラ島沖夜戦に参加した。七月二十日、コロンバンガラ輸送作戦中、ベララベラ沖において敵機の攻撃をうけ沈没した。

玉波（たまなみ）

昭和十八年四月三十日、藤永田で竣工した後、三ヵ月を内海西部で訓練していた。七月八日、日進を護衛してトラックへ進出、以後、昭和十九年四月までトラックを主として、内地〜内南洋の護衛に従事した。五月十五日、ボルネオ北東端沖のタウイタウイに第三航空戦隊を直衛して進出し、六月十九日～二十日のマリアナ沖海戦に参加。七月七日、シンガポールより旭東丸を護衛してマニラへ向かう途中、マニラ湾西方において潜水艦ミンゴーの雷撃をうけて沈没。全員が戦死した。

涼波（すずなみ）

昭和十八年七月三十一日、浦賀船渠で竣工後、二ヵ月間を内海西部で訓練に従事した。十月十五日、戦艦山城を護衛してトラックへ進出し、陸軍部隊をトラック東方のポナペへ輸送した。十一月五日、ラバウルへ進出したが連日のように空襲を受けた。十一月十一日、米空母機動部隊の第二次ラバウル空襲のさい、ラバウル港外で空母機の爆撃をうけ沈没した。

藤波（ふじなみ）

藤永田造船所で昭和十八年七月三十一日に竣工後、二ヵ月間を内海西部で訓練に従事した。涼波と同行動をとって十一月五日ラバウルへ進出し、十一月六日、タロキナ輸送作戦に従事した。十一日ラバウルで敵機の攻撃をうけたけれども被害なく、トラックに帰投した。以後、内南洋各地で船団護衛に従事した。

昭和十九年五月十八日、タウイタウイへ進出し、六月のマリアナ沖海戦に参加。七月二日、シンガポールより涼波とともに旭東丸を護衛してマニラへ向かった。呉に帰投後、マニラまで船団護衛をしてシンガポール南方スマトラ東岸沖のリンガ泊地に進出した。比島沖海戦では栗田艦隊に属し、十月二十五日のサマール沖海戦に参加したが、十月二十七日、シブヤン海において航行不能になった早霜の救難に急行中、空母機の攻撃をうけて沈没した。

早波（はやなみ）

舞鶴工廠で昭和十八年七月三十一日に竣工した後、十二月まで藤波と同行動をとった。昭和十九年一月よりパラオ、サイパン、ボルネオ方面の船団護衛に従事したのち、四月にリンガ泊地へ進出して訓練に従事した。五月、ボルネオ北東端沖のタウイタウイ泊地へ進出。六月七日、タウイタウイの二〇三度四五浬《かいり》地点で、潜水艦ハーダーの雷撃をうけて沈没した。

浜波（はまなみ）

昭和十八年十月十五日、舞鶴工廠で竣工後、二ヵ月間を内海西部で訓練に従事した。十二月二十五日、呉を出港する船団を護衛してトラックへ進出し、トラック〜パラオ間の護衛に従事した。

昭和十九年四月、リンガ泊地で訓練したのち、五月、タウイタウイ泊地へ進出し、六月十九日から二十日にかけてのマリアナ沖海戦に参加。七月八日、呉を出撃し陸軍部隊を輸送してリンガ泊地へ進出し、十月の比島沖海戦では栗田艦隊に属してサマール沖海戦に参加した。十一月十一日、第三次レイテ輸送作戦中、オルモック湾で敵機の攻撃をうけ沈没した。

沖波（おきなみ）

舞鶴工廠で昭和十八年十二月十日に竣工したのち二ヵ月間を内海西部で訓練に従事していたが、昭和十九年二月十日、第三十一駆逐隊に編入され、二月二十四日、船団を護衛してサイパンに向かった。

以後、トラック、サイパン、トラックへ船団護衛を行ない、五月十九日、タウイタウイに

昭和19年２月、艤装工事中の秋霜。主要構造物の取付けはほぼ終了している

進出し、六月のマリアナ沖海戦に参加した。七月九日、第四戦隊を直衛して呉を出港しリンガ泊地へ進出した。十月の比島沖海戦では栗田艦隊に属してサマール沖海戦に参加した。十一月十三日、マニラ湾において空母機の攻撃をうけ沈没着底した。

岸波（きしなみ）

昭和十八年十二月三日、浦賀船渠で竣工。昭和十九年二月十日、第三十一駆逐隊に編入され、二月二十四日、呉を出港し、沖波と同行動で船団護衛に従事した。

五月一日、リンガ泊地へ進出して出動訓練に従事していた。十四日、タウイタウイへ進出してあ号作戦部隊に編入され、六月のマリアナ沖海戦に機動部隊前衛として参加した。七月九日、沖波と第四戦隊を直衛してリンガ泊地へ進出し、比島沖海戦では栗田艦隊に属して十月二十五日のサマール沖海戦に参加、妙高を護衛してシンガポールへ回航した。十一月二十六日、八紘丸を護衛してシンガポールを出港し、十二月一日マニラへ着き、三日、マニラを出港してシンガポールへ向かう途中の十二月四日、潜水艦フラッシャーの雷撃をうけ、北緯一三度一二分、東経一一六度三九分の地点において沈没した。

朝霜（あさしも）

昭和十八年十一月二十七日、藤永田で竣工。昭和十九年二月十日、第三十一駆逐隊に編入され、沖波と同行動で船団護衛に従事した。

昭和十九年四月十四日、サイパンよりシンガポール南方スマトラ東岸沖のリンガ泊地へ回航した後、五月十九日にはボルネオ北東端沖のタウイタウイへ進出し、六月十九日から二十日のマリアナ沖海戦に参加した。

七月九日、沖波と同行動で呉を出港してリンガ泊地へ進出し、十月の比島沖海戦では栗田艦隊に属したが、ボルネオ北北東方のパラワン島沖で高雄が損傷をうけたので警戒艦となってボルネオ北岸ブルネイに引き返し、十月二十五日のサマール沖海戦には参加しなかった。ついでレイテ島オルモック輸送作戦に従事した。十二月二十六日、ミンドロ島サンホセ突入作戦（礼号作戦）に参加した。

昭和二十年二月二十三日、シンガポールより伊勢、日向を護衛して呉に入港。四月七日、大和を基幹とする水上特攻隊として沖縄に向かう途中、空母機の攻撃をうけ沈没した。

早霜（はやしも）

昭和十九年二月二十日、舞鶴工廠で竣工。五月十六日、戦艦武蔵や第二航空戦隊を護衛してタウイタウイへ進出。六月のマリアナ沖海戦では長門の直衛として参加。七月一日、第五戦隊を直衛して呉を出港、マニラをへてリンガ泊地に進出した。十月の比島沖海戦では栗田艦隊に属してサマール沖海戦に参加した翌日の二十六日、ミンドロ島南方において空母機の攻撃をうけ沈没した。

秋霜（あきしも）

藤永田で昭和十九年三月十一日に竣工。五月十六日、隼鷹と瑞鳳を護衛してタウイタウイ泊地へ進出し、五月二十五日には機動部隊補給部隊をミンダナオ島ダバオへ護衛した。六月十九日から二十日のマリアナ沖海戦では第三航空戦隊の直衛として参加した。七月一日、朝霜と同行動でマニラをへてリンガ泊地に進出し、十月の比島沖海戦では栗田艦隊に属してサマール沖海戦に参加した。その帰路、早霜の護衛と能代の乗員を救助した。

十一月十日、第四次オルモック輸送作戦に従事したが、被弾により艦首を切断され、辛うじてマニラに帰投した。だが十三日、空母機のマニラ空襲のさい、マニラ桟橋で爆撃をうけ沈没した。

清霜（きよしも）

浦賀船渠で昭和十九年五月十五日竣工。六月末、父島輸送作戦に参加、ついで硫黄島輸送作戦、沖縄輸送作戦に従事した。八月七日、呉を出港してマニラをへてパラオ輸送に従事したのち、リンガ泊地へ進出した。

比島沖海戦では栗田艦隊に属し、シブヤン海において沈没した武蔵の乗員を救助して、引き返したため十月二十五日のサマール沖海戦には参加しなかった。十二月二十六日、ミンドロ島サンホセ突入作戦で、爆撃をうけて重油タンクに命中大火災となり、大爆発を起こして沈没した。

島風（しまかぜ）

昭和十八年五月十日に舞鶴工廠で竣工後、第十一水雷戦隊に編入されたが、訓練するまもなく、横須賀より基地物件を搭載して千島に輸送作戦を行なった。

七月一日、第二水雷戦隊に編入されて、アリューシャン列島キスカ撤退作戦に参加した。

九月十五日、横須賀を出港し、摩耶、鳥海を護衛してトラックへ進出し、その帰途、大鷹を護衛して横須賀に帰投した。

十月四日に横須賀を出港し、こんどは冲鷹を護衛してトラックに進出し、それ以後、マーシャル方面の作戦を支援、トラック、ラバウル方面の護衛任務を三回おこない、十一月十五日、翔鶴、高雄、愛宕を護衛して横須賀に帰投した。十一月二十六日、ふたたび翔鶴を護衛してトラックへ進出し、以後、昭和十九年三月末までトラック方面で艦船護衛に従事した。

昭和十九年四月、入渠整備した後、大和を護衛してマニラをへてシンガポール南方リンガ泊地に進出した。六月十九日から二十日のマリアナ沖海戦には大和、武蔵の直衛艦として参加したが、損傷をうけることなく六月二十四日、柱島に入港し、七月にはふたたびリンガ泊地へ進出して訓練などを行なった。十月二十五日の比島沖海戦では栗田艦隊に属して参加したが、損傷をうけなかったのでそのままマニラに残った。

十一月九日のレイテ島第三次輸送作戦に従事中、十一月十一日、オルモック湾で敵機の爆撃をうけ沈没した。

追随をゆるさぬ最高速艦「島風」の最後

乗員四五〇名のうち生存者たった三名という制空権なき輸送作戦の結末

当時「島風」機関長・海軍少佐　上村　嵐

駆逐艦島風《しまかぜ》については、あまり世上に知られていないようである。それにはこんな理由がある。

島風は戦争の真っ最中である昭和十八年五月、ときの舞鶴海軍工廠で完成されたもので、他に同型艦は一隻もいない。また、同艦は高速の試作艦として建造されたことも最初で、当時の海軍軍人ですらあまり見る機会にめぐまれなかった艦であるためだ。

したがって、現在生存者のなかで、その全貌を知っている人はきわめて少ない。それに、同艦に関する正確な記録や写真はあまり残っていないため、戦後、他艦にくらべて発表される機会が少なかった。

上村嵐少佐

島風の定員は、たしか四三〇名であった。第二水雷戦隊の旗艦として、低速船団五隻を護衛してレイテに向かい、最後にマニラを出撃したときは、司令部要員をあわせて総員四五〇名ぐらいをかぞえた。

だが、これだけの人員を擁しながら、生存者はたったの三名であった。

私はそのなかの一名にあたるわけだが、いかに激闘の戦歴を歩みつづけたか、この一事をもってしても明白であろう。そしてその激闘史を飾るものは、島風という駆逐艦が、他の追随をゆるさぬ名艦であることを物語るにほかならない。

戦後、大和、武蔵が世界最大の名艦であったことは、造船技術の限度一杯のものであることからも当然であるが、島風は世界最高の速力を出した最初にして最後の駆逐艦として、名艦史の一ページを飾るものと信じられる。

戦後判明したことであるが、米海軍は同艦を巡洋艦として誤認していた模様である。公試排水量三〇四八トン、全長一二九・五メートル、航続距離十八ノットで六千浬《かいり》であるが、その最大の特長は、なんといっても全速四十ノットという高速力で、米海軍のみならず列国海軍のどこにもこれに比肩する艦は見当たらない。

排水量三千トンの駆逐艦が、四十ノットを出すためには、大馬力のエンジンを必要とする。同艦装備のボイラーは蒸気圧力四〇キロ／平方センチ、蒸気温度四〇〇度Cで、当時の日本海軍艦艇のなかでは随一の高温高圧であった。タービンの出力は七万五千馬力もあり、駆逐艦でありながら戦艦装備のものよりも大きかったのである。

つぎに兵装関係では魚雷発射管として五連装三基、酸素魚雷十五本が装備されていたが、これも大きな特色であった。

船型は他の駆逐艦に比較して一段と大きく、全体的な構造はいかにもスマートで、艦首がするどく切れており、波の抵抗を極力少なくしてあった。

現代にも並ぶものなし

私が島風に着任したのは、昭和十九年の四月であるが、当時われわれ若い士官の間では、同艦の優秀な性能にほれこんで、その乗組になることを希望する者が非常に多かった。そのため、私も機関長に発令されるや勇躍赴任して、こんどこそ大いに暴れて先年のうらみを晴らしてやるぞという気概にみちていた。

というのは、私は以前、巡洋艦由良《ゆら》の分隊長として勤務中、昭和十七年十月二十五日、ガダルカナル島沖において敵機のため撃沈されたことがあったからである。

当時の島風駆逐艦長は上井宏中佐であったが、この人は戦争にはとくに強い人であった。また乗組員もすべて呉鎮守府の優秀メンバーを選抜したといわれるだけあって、その練度はすばらしいものがあり、いかなる非常事態に対してもびくともせず、即応できるだけの実力を持っていた。

昭和十九年十月二十五日早朝、比島沖海戦のさい、全軍の先頭をきって突っ走り、敵機動部隊を急追し、猛烈な砲撃戦を展開して多大の戦果をあげたのだが、ちょうどこの日が、奇しくも先年、巡洋艦由良の機械分隊長としてガダルカナル島攻略戦のさい、敵機の攻撃をうけて敗退した当日であったため、仇討ちができると夢中になって、機関長でありながら、つい高速発揮により燃料消費の計算を忘れて帰途燃料を不足させたことがあり、艦隊司令部に心配をかけたことなど、忘れることのできない思い出である。

またシブヤン海で戦艦武蔵がやられたとき、本隊より「島風はすみやかに本隊に合同せよ」との打電をうけるや、ただちにこれを追って相当はなれていた本隊に、またたく間に追いついたときなど、わが艦ながらその高速ぶりをあらためて感歎したこともあった。

またマニラ湾待機中、敵機の雷撃をうけ、高速発揮によって寸前にこれを回避し、魚雷が舷側すれすれに通過して行ったことなども、島風の思い出になっている。

戦後、私は海上自衛隊に勤務したが、島風ほどに高速を発揮できる艦は見当たらなかった。また世界の五大海軍国といわれる英、米、仏、伊、ソの現有駆逐艦ですら、四十ノットの高速を出しうるものはないようである。

これらの事実から駆逐艦島風こそは、世界最高の速力をもった最優秀国産艦、とくに小型艦の代表的存在であることを忘れてはならない。

島風に賭けられた多号作戦の成否

比島沖海戦については、戦後発行された日米両国の各種戦記物によって、ひろく世に紹介され有名になっているが、比島沖海戦後ひきつづいて実施されたレイテ島輸送作戦については、作戦そのものが地味であった関係もあって、いまだにその実相が明らかにされていない。

この作戦は多号作戦とよばれ、レイテ島タクロバン地区に上陸した米軍にたいし、同島オルモック側からわが陸軍部隊を揚陸して一大反撃をくわえ、これを奪回して米軍の侵攻を坐折せしめるため、同島で苦戦中の陸軍守備部隊を強化しようとする、陸海軍連合の輸送作戦であった。

この作戦はマニラに司令部を有する海軍の南西方面艦隊（長官大河内伝七中将）の手によって指揮されたものである。

当時すでにレイテ島付近の制空権は完全に米軍の手にあって、日本軍の占領していたマニラ地区は連日、敵機の空襲下にあった。島風は第二水雷戦隊の旗艦として、司令官である早川幹夫少将指揮のもとに、レイテ沖海戦直後にボルネオ島北岸のブルネイ湾からマニラに進出を命ぜられ、この作戦に従事したのである。

当時、第二水雷戦隊は性能優秀な残存駆逐艦のみで編成されたきわめて有力な戦隊で、その戦闘力は艦隊随一であった。しかし味方の援護機もつかぬきわめて不利な情況下では、その実力を発揮するすべもなかった。

苦しい作戦をむりやり強行

マニラ出撃前夜、艦隊司令部における作戦会議においては、日ごろ温厚沈着をもってなる早川司令官まで、色をなしてその無謀作戦に反対し激論がかわされたが、大河内長官の断によって決行されることになった。

第三次多号作戦に出撃、レイテ島オルモック湾で敵機の攻撃をうける島風。兵装や構造物の配置がよくわかる

マニラ湾待機中の連日にわたって、執拗《しつよう》な敵機の来襲をうけたが、そのたびに危うくこれを脱出し、十一月九日早朝、第三次輸送部隊（陸軍部隊と多量の弾薬糧秣を満載した船団五隻をもって編成されていた）を護衛し、必死の覚悟をもってマニラ湾を出撃、レイテ島オルモック湾の揚陸地点に向かった。

味方航空機の援護もなく、敵の制空権下に進出し、しかも敵潜水艦の跳梁《ちょうりょう》がはなはだしい海面における強行作戦になんの期待がもてようか。

しかし作戦は、個人の感情などかえりみる余地もなく、まっしぐらに強行された。

明くる十一月十日には早くも敵大型機の触接をうけ、不吉な思いを抱きつつ進撃した。十一日にいたるや、暗夜のなかに突如として敵魚雷艇の襲撃をうけたが、百戦練磨のわが部隊はたちまちにしてこれを撃退した。

しかし朝になって、レイテ島オルモック湾を見ていよいよこれからだと、全員、戦闘配置についたまま重苦しい雰囲気に満ちているうちに、思い違わず、敵機はレイテ山上から雲霞《うんか》のごとくに来襲した。

ときに午前十時、島風はただちに三十五ノットに増速、対空戦闘を開始した。

それからはまったく無我夢中で、至近弾による大激動、反撃砲火のものすごい音響、機銃のけたたましい音など、まるで艦全体が音響でおどらされているような感じであった。

しかし島風の機関は、この激戦の中でも遺憾なくその実力を発揮してくれた。第一波空襲に対する反撃は、全砲銃火をもって猛烈をきわめ、敵機にたいして相当の被害をあたえたが、敵の戦意もするどく第二波、第三波と息もつかせぬ連続空襲に、味方の被害も急激に増大して、ついには応戦もまばらとなった。

島風は高速回避によって直撃こそ受けなかったが、至近弾は無数のうえに、機銃のものすごい掃射をうけて、船体は穴だらけとなり、機械室で倒れる者も出てくるありさまで、蒸気噴出個所は続出するし、みるみるうちに海水は浸入するやらで、応急処置のいとまもなく、戦力は急速に低下していった。

私は幸運にも機関科操縦室で指揮をとっていたため、なんらの負傷もうけなかったが、艦橋との連絡もとれなくなり、いよいよ最後かと決意したとき、「総員退去」の口頭連絡をえて「機関科員総員上甲板」を令したのち、単身、機械室にのこって機密書類などを処分した。

このときの気持はまったく悲壮そのものであった。いちばん最後に機械室から上甲板に上がってみると、船団は全滅、僚艦は朝霜一隻をのぞいて他は全部撃沈されていた。露天甲板は一面の血の海と化し、戦死、重傷者入りみだれて、その凄惨なさまは表現の言葉もなく、今日でも私の眼に痛く焼きついている。

敵機は島風を巡洋艦とみて最大の攻撃をくわえたらしいが、その優秀な性能のため敵機による撃沈をまぬかれた。

すでに手足の自由な者はわれ先に、海中に投じて洋上にただよいつつあった。

敵機の機銃掃射の合間に、艦橋に上がってみると、司令官早川少将はすでに戦死され、上井宏艦長は左足を、松原先任参謀は右腕をやられて、ともに重傷であった。左近砲術長は戦死、航海長は胸部貫通で顔面蒼白のままその場にうち伏して虫の息、祐城砲術参謀、本間通信参謀はともに海中に投じて、わずかに鈴木機関参謀のみが健在であった。

艦はすでに止まって動かず、艦内の各所では火災を発生し、機銃弾はところかまわず炸裂するありさまで、まったく手のつけようもなかった。その間、乗組員救助の目的をもって、健在の駆逐艦朝霜《あさしも》が島風に横付けを決行しようとして近接したが、そのたびに敵機の低空掃射をうけて三回とも成功せず、松原先任参謀から「帰れ」の合図があるや、急遽反転、マニラをめざし高速をもってみるみるうちに退避してしまった。

ついに快速艦も姿を消す

私は、今はこれまでと判断したが、松原、鈴木参謀と協議してともかく洋上にある多数の生存者を救助するため、オルモックにある友軍に連絡をとることにした。

そして艦上に残っている軽傷者を指揮して、内火艇の降し方にかかり、苦心惨憺やっとカッター一隻の浮上に成功した。

これに重傷の上井艦長と松原参謀を収容し、わりあい元気な軽傷者たち二十一名を乗艇させ、半数は漕ぎ、半数は海水を掻《か》い出しながら、オルモックをめざして離艦し、空襲下の捨《す》て身《み》の脱出をはかった。

ときに午後二時すぎ、戦闘開始後、四時間あまりの経過であったが、じつにその時間はながく感じられた。

艦内に残った重傷者に対しては万一にそなえて、ブイあるいは筏《いかだ》をあたえておいた。

それから三時間あまり、半数は漕ぎ、半数は海水を掻い出しつつ、最寄りのメリダ岬に向かったとき、島風は後部付近の大爆発により一瞬にして、その姿を海中に没した。ときに午後五時三十分であった。

ここに日本海軍最精鋭の駆逐艦として全艦隊に勇名をはせた島風は、建造されてからわずか一年六ヵ月にわたる奮戦の幕を閉じ、ついにレイテ島オルモック湾において、その姿を消したのである。かくして、多号作戦における第三次輸送部隊は、夕雲型駆逐艦の朝霜一隻のみを残して、他は全部、敵機によって悲運の最後を遂げたのである。

暴れん坊〝駆逐艦気質〟メモランダム

乗艦島風を偲びつつ任務に柔軟に対応した駆逐艦乗り独特の気風に迫る

元「島風」機関長・海軍少佐　上村　嵐

わが海軍の駆逐隊は、通常、四隻の同型駆逐艦をもって編成されていた。そして各種の訓練において、編隊航行や陣形運動はオチャノコサイサイで、なかでも高速を発揮しての襲撃運動をもっとも得意とした。

とくに夜間襲撃訓練のさいは、艦長以下、全乗組員が全神経を集中して配置をまもり、目を皿にして見張りをつづける。そして敵を求めて高速でつっ走り、至近の距離まで肉薄して「赤赤」(緊急左四十五度一斉回頭)などを行ない、狙いを定めて魚雷をぶっ放すのである。そして襲撃が終わると、さっと避退し、ふたたび隊を組んで次の訓練に備えるといったような、凄まじい戦術行動をとるのが駆逐艦の姿であった。

そんな厳しい訓練をやっているうちに、駆逐艦乗組員のなかに自然発生的に生まれた職人気質《かたぎ》みたいな独特の気風が、いうなれば「駆逐艦気質」である。

ところで、戦前の海軍においては、なにごとも艦隊第一主義であった。したがって陸上のあらゆる部隊、機関、学校などは、いずれも艦隊支援のために運営されていたといっても過言ではない。

この艦隊における訓練の主役は、なんといっても大艦巨砲をもってする豪快なる遠距離砲戦と、駆逐隊の肉薄強襲による魚雷戦のふたつであった。

艦隊勤務を経験した者にはすぐわかることであるが、平時でも、艦隊にはつねに元気はつらつたる気風が充満していた。停泊地においては、右舷を見ても左舷を見ても、また艦首を見ても艦尾を見ても、ことごとくわが僚艦で充たされている。そして、ひとたび訓練が開始されるや、大砲はぐるぐると大きく旋回し、魚雷はすばやく発射され、潜水艦は一瞬にして潜航、浮上をおこなう。また航空機は寸秒のうちに飛来し、短艇は特艇員によってみごとな撓漕《とうそう》ぶりを示す。これすべてが充実した訓練のたまものであった。

これが、いわゆる艦隊気分である。

艦隊は艦種別に戦艦部隊（第一艦隊）、巡洋艦部隊（第二艦隊）、駆逐艦部隊（水雷戦隊）、潜水艦部隊（潜水戦隊）などに区分されていた。いずれも前述のとおり、わが海軍の精鋭部隊であるが、艦種別に乗組員の気風には、若干の相違がみとめられたのである。

私は海軍時代に六種類の艦に乗った。それは練習艦（八雲）、航空母艦（龍驤）、潜水艦（伊七〇潜）、戦艦（長門）、巡洋艦（由良）、駆逐艦（島風）の六つである。

これらの艦は、いずれも艦隊所属であったが、それぞれに特有の気風（特色）があった。そのなかで、もっとも船乗りらしい気分を味わうことができたのは、なんといっても駆逐艦に乗っていたときである。

ところで、駆逐艦の主力兵器といえば、これはいうまでもなく魚雷である。そこで艦長には、いわゆる水雷屋(水雷術専攻者)出身の人が充当され、水雷関係の乗組員にも、優秀な水雷のマーク持ちが配員されていた。ここで、ちょっとわが海軍の術科(マーク)に関連した人間関係について説明しておこう。

海軍においては、士官と下士官兵を問わず、各自の専攻術科や専門技術、あるいは勤務体験などから、各系統ごとにいつのまにやら、それぞれちがった人的連係が育って、それがいくつかのグループに分類されていた。

兵科関係についていえば、鉄砲屋(砲術関係者)、水雷屋(水雷術関係者)、通信屋(通信術関係者)、潜水屋(潜水艦関係者)、飛行機屋(操縦、偵察関係者)などである。また機関科関係では、機械屋、電気屋、工作屋、整備屋、燃料屋などである。

これらのグループには、いつのまにやら、それぞれ独特の気風がつちかわれていた。

女にゃ弱いがケンカは強い

駆逐艦気質というのは、その中のいわば水雷屋気質のことである。なぜかといえば、前述のとおり駆逐艦の主力兵器は魚雷であり、艦長もまた水雷屋出身者が充当されていたからである。そのうえ駆逐隊司令には、駆逐艦長の中で出色の者がえらばれ、また水雷戦隊司令官には、駆逐隊司令のなかから成績抜群のものが任命された。

水雷屋の連中は、いつも敵に肉薄して魚雷を発射することだけに専念し、そこに海の男の誇りを感じ、小をもって天下の安危に任ずる、と自負していた。また駆逐艦そのものが小型で、高速を発揮することができたので、海の男の荒くれ魂にピッタリくるものがあった。そんな関係で水雷屋のなかには、勇敢にして豪胆なサムライが多数いたのである。

さて、駆逐艦気質の本論にはいるとしよう。

まず駆逐艦の特性であるが、駆逐艦は水上決戦部隊中でもっとも小型であり、高速を発揮しうる軽快な艦種である。ちなみに、私の乗っていた駆逐艦島風は、四十ノットの高速を発揮することができた。当時、これは世界最高の速力であった。その反面、風浪など外界の影響をうけることが大きく、よく前後左右にがぶった。

乗組員は士官も下士官兵も、ともに少数であったが、その保有する魚雷の力は強大である。これで襲撃に成功すれば、独力で敵の主力艦を撃沈することができた（駆逐艦島風には、六一センチ五連装の発射管が三基装備されていた）。

そんなわけで、駆逐艦の乗組員は大艦の乗組員にくらべ、杓子《しゃくし》定規的な堅苦しい気分はなく、軽快艦艇に独特の、塩気のきいた逞しさを身につけていた。

艦内生活も明朗親密で、家庭的雰囲気に満たされて活気があった。くわえて肉薄必中の水雷魂の伝統を堅持して、それぞれの配置で腰だめを排し、労苦をいとわず、地道な努力を傾注する気風があった。同時に、先輩が後輩にたいして身をもって指導育成するというよき美風があった。これがいわゆる駆逐艦気質である。

艦で39.9ノットを記録。公試排水量3048トン、全長129.5m

18年５月、公試運転中の島風。米主力艦の高速化に対抗して試作された高速駆逐

士官もまた、その配員が少なかったので、大艦にくらべて個々の負担は重たかった。とくに一艦の全責任をおう艦長の負担は、その最たるものであった。それだけに、艦長がみごとな統率を発揮すると、一致協力してすばらしい戦力を発揮し、多大の戦果をあげることができた。

戦時中、海軍部内において、よく〝原為一家《はらため》〟とか〝松原一家〟などと艦長の名前をとって呼称していたのは、いずれも駆逐艦のことであり、いわば、一種の駆逐艦気質の表現だったのである。

もっとわかりやすくいうならば、若いころから小艦艇に勤務して、家族的な雰囲気のなかで生活を共にして、虚飾をこらさず、心の交わりと相互扶助の精神によってはぐくまれた独特の気風を、駆逐艦気質といったのである。

べつな言い方をすれば、「上にあって令する者はおごらず」、そして「下にあって服する者は怖《お》じず」、しかも上下の序は画然として存し、親愛の情、油然としてあふれる、とでもいうべき気質のことである。

以上は、いわば駆逐艦気質のよい面である。しかし反面、駆逐艦は大型艦に比して居住区も小さく、艦内生活は窮屈であった関係上、乗組員の態度や服装には多少、だらしない面が見うけられた。帽子はつぶれ、帽章には青錆がついている。あから顔（塩やけした顔）に眼光だけは鋭く光り、見るからに気迫が充満している。

こうした、いかにも船乗りらしい風貌が、水雷屋の印象であった。そして上下のあいだに親分子分の、いわゆるヤクザ気質に似た一面があった。休養地などで上陸したさい、その土地の暴力団と喧嘩して、それをやっつけたなどという武勇談が発生したのは、たいがいこの駆逐艦の連中であった。酒には強く女には弱いが、喧嘩には強い、といわれたものである。

つぎは精神面のことであるが、海軍においては当然のことながら、昔から船乗り精神（シーマンシップ）が強調されていた。その代表的な言葉として、「スマートで目先がきいて几《き》帳面《ちょうめん》、負けじ魂これぞ船乗り」というのがあるが、これはまさに駆逐艦気質の一面を表現しているといっても過言ではあるまい。

その意味するところは、次のとおりである。

まずスマートとは、カッコイイということではなく、頭の回転が早く身のこなし方が敏捷である。無駄やソツがない。スピーディである。やることなすことが洗練されている、ということである。

目先がきいているとは、先見の明がある。先手をうつ。視野が広い。注意周到であるということである。

几帳面とは、だらしがないの反対で、キチンとしている。清潔である。責任観念が旺盛である。他人に迷惑をかけないということである。これは単に物についてだけではなく、人間の心についてもいえることである。

負けじ魂とは、困苦欠乏に耐える。根性、ファイト。なにくそ、と頑張るということである。

以上、四つの気質がないと一人前の船乗りではないというわけだが、逆にいえば駆逐艦気質には、この四つの要素がふくまれていたといえる。

日清戦争いらいの突進スピリット

それから海軍では、艦の出入港については非常に関心をもっていた。これは港における出入港にかぎったことではなく、作業地における錨泊についても同様である。

この出入港の指揮をみごとにやってのけたのが、ベテランの駆逐艦長（駆逐艦気質の持ち主）である。入泊に例をとるならば、適当な速力を保持しながら予定の錨地に進入し、投錨したらもたつくことなく、勢いよく錨鎖をくり出す。

頃合いをみて「後進微速」をかけ、ついで「停止」を令すれば、艦の行《ゆ》き足《あし》はゼロとなり、しかも走出錨鎖長は予定どおり、錨位はドンピシャリである。そこですかさず、「止め切り、前部員そのまま、解散。機械、舵よろしい」といった具合である。

つぎに海軍では、現在のようにレーダーのない時代であるから、航行中は人間による見張りを重視した。とくに駆逐艦では、転瞬のあいだに行動を決断しなければならないことが多いので、見張りについてはきわめて鋭敏であった。海戦においては、敵に先んずること、すなわち機先を制することが戦勝の因となることが多いのである。

機先を制するための第一の要素は、見張りである。したがって見張りに従事する者は、敵の生命をうばうか、自分の生命をとられるか、二つに一つであることをわきまえ、つねに緊張した気分で勤務せねばならないわけである。

その見張りについて強調した言葉に、「見張り十則」というのがあるが、これもいわゆる駆逐艦気質のひとつであるといってよいであろう。

①黙って見張れ油断大敵　②任務は一心、見張りは八方　③口をきくな、耳をそばだて、目をみはれ　④敵見ゆに、己が受持よく見張れ　⑤左警戒、右見張れ　⑥見ようと思えば闇でも見える　⑦煙、白波ちょっと見てとどけ、また、よく見てよくとどけ　⑧他人も見張っていると思うな　⑨「ハテナ」と怪しくばすぐとどけ　⑩先制も保安も、一に見張りから。

さらに海軍では、海上武人の心得として「船乗り標語」というのがあった。私はこの言葉も、いわゆる駆逐艦気質の一面を表現していると思うのである。

①海の上には待ったなし　②同じ航路も初航路　③危険と思えばまず停止　④悔は努力の不足から　⑤荒天に無理してまで上陸無用　⑥最後の努力より最初の注意　⑦掃除はつねに上から下へ　⑧注意と果断は運用の妙薬　⑨慣れるは失敗のもと　⑩濡れた索具はよく乾して　⑪人に頼らず自力本願

また、「海軍軍人のたしなみ十ヵ条」というのがある。

これは艦内生活における注意事項を述べたものであるが、私はこれも、いわゆる駆逐艦気質の一面を述べていると思う。

①ハンドレールに摑《つか》まるな（危険であると同時に見苦しい）②上甲板に腰をおろすな（だらしがない）③艦橋に敬意をはらえ（艦の聖壇である）④風上で唾《つば》するな（人にかかる）

⑤階段は駈け足で（スマート第一）⑥カッターのガンネルに腰をおろすな（みっともない）⑦短艇内ではかならず腰をおろせ（重心をさげる）⑧索のエンドをたらすな（しまりがない）⑨監督者は頭巾をかぶるな（号令が聞こえず、また視界がせばまる）⑩マウシングを忘れるな（安全どめがはずれることがある）

最後に、海軍における駆逐艦乗りのベテランとして有名であり、現在も健在である東日出夫氏（海兵五二期出身）から聞いた話だが、同氏は現在も、毎日、起床後の洗面のさいは、駆逐艦に乗っていたときとおなじように、洗面器一杯の水だけで、歯みがき、口すすぎ、洗面、洗身を済ましておられるそうである。

駆逐艦気質いまだ死せず、というべきか。

また、故嶋田繁太郎氏（海兵三二期）は、「水雷屋には日清戦争いらい、伝統として突進精神があった」といわれ、大西新藏氏（海兵四二期）は、「水雷屋は早くから小艦艇の長となり、艦艇長として戦術場面を馳駆《ちく》する。そして、態勢判断の修練を積むので、いつのまにか戦術家になっていた。そして操艦も上手で、統率者としてのコツどころを体得していた」と言っておられるが、いずれも駆逐艦気質を表現したものだと思うのである。

駆逐艦ものしり雑学メモ

「丸」編集部

一八九三年（明治二六）日清戦争の前である。英国はハボック号（二四〇トン）を試作したが、これが駆逐艦第一号であった。四年後、日本は三三〇トン内外の駆逐艦四隻――叢雲《むらくも》、雷《いかづち》、東雲《しののめ》、電《いなづま》を英国に注文したが、これが日本駆逐艦の最初のものである。

日露戦争時代には三八〇トン級の駆逐艦が自力で建造され、戦後は六〇〇トン級の桜《さくら》、橘《たちばな》をへて、さらに一千トン級の出現を見るにいたった。その後、第一次大戦の要求で造られた駆逐艦榊《さかき》級は、遠く地中海に遠征して連合国との協同作戦に参加し、勇名をとどろかせた。

大正四年（一九一五）に英国で建造した浦風《うらかぜ》は、外国で建造した最後の駆逐艦である。大正八年建造の八〇〇トン級の樅《もみ》時代から重油専焼罐とタービンが採用され、ついで若竹《わかたけ》級を造ったが、大正十三年以後は千トン以下の二等駆逐艦の建造は中止となり、一等駆逐艦だけ造ることになった。

一等駆逐艦の建造は明治四十四年（一九一一）の海風《うみかぜ》級（一〇三〇トン）が最初であり、磯風《いそかぜ》級、江風《かわかぜ》級をへて峯風《みねかぜ》級（一二一五トン）の建造となったが、昭和二年（一九二七）には神風《かみかぜ》級（一二七〇トン）および睦月級（一三〇〇トン）の出現を見るにいたった。

昭和三年、ついに吹雪《ふぶき》級が建造された。一七〇〇トン、三十八ノット、一二・七センチ砲六門、発射管三連装三基というこの特型駆逐艦は断然列強をリードした画期的なもので、世界海軍の注目のマトとなった。一五〇〇トン駆逐艦時代の尖端をいく花形である。

さらに十年後の昭和十四年には、日本は太平洋戦争の中心となった二千トンの陽炎《かげろう》型十九隻を続々と建造中であった。日本は開戦後に六十三隻の駆逐艦を就役させたが、その内訳は二七〇〇トンの防空直衛用秋月《あきづき》型をはじめ、戦時急造型の一三〇〇トンの松《まつ》、橘級三十二隻がその主力だった。こうして第二次大戦中は二七〇〇トン時代となり、その排水量はまさに当初の駆逐艦の十倍に達した。

二次大戦と日本の駆逐艦

太平洋戦争が終わったとき、残っていた日本の駆逐艦はわずかに八隻にすぎなかった。これが開戦時、最新鋭の特型駆逐艦を主力としてもち、その後、戦時建造六十三隻をくわえた世界に冠たる日本駆逐艦約一五〇隻の末路だった。日本の駆逐艦は終始、文字どおり善戦健闘した。しかし、ついに戦局を好転することも支えることもできず、潰え去った。

最初の半年間は、日本駆逐隊の黄金時代であった。一隻も失わず、その精強ぶりを誇ったのであった。つぎのソロモン戦では、そろそろ苦戦がはじまった。昭和十七年八月二十五日の第二次ソロモン海戦で睦月《むつき》がB17の爆撃をうけ初めて沈み、昭和十七年十月十一日夜のサボ島沖海戦では吹雪《ふぶき》が瞬時に姿を消した。恐るべきレーダーの出現である。

ガダルカナル攻防の半年間に、日本は十四隻を失い、米国は十六隻を失ったが、すでに大消耗戦の負担は日本の国力の限度を越えはじめた。さらに一年後、日本は三十隻を失い、しかもガダルカナルを手放さざるを得なかった。この一年半のソロモン攻防戦で、日本は実に、延べ一七〇隻の駆逐艦をくり出して四十五隻を失い、損傷二十三隻を出してしまった。一方、米軍はわずかに六隻を失ったにすぎぬ。

日本は懸命の造船努力で保有隻数の低下を喰い止めようとしたが、昭和十八年末までに沈没累計は五十五隻に達し、損害はふえる一方だった。米軍の本格的反攻がはじまったのである。

ついに昭和十九年四月――マリアナ海戦の二ヵ月前、最悪の事態がやってきた。保有隻数と沈没隻数七十隻がこの時期に交差したのである。回復できぬ危険点が現われた。のるかそるかのレイテ海戦に投入された駆逐艦二十六隻は、昔日のものではなかった。それに両軍の兵力の開きはあまりに大きかった。昭和十九年十月からの四ヵ月間に、駆逐艦の喪失累計は一二〇隻を上まわった。

大型化した駆逐艦

十九世紀末に魚雷を主兵器とする水雷艇が出現して、大艦に脅威をあたえるにおよび、これを駆逐するために一段と大型で砲力の強い航洋水雷艇が建造され、駆逐艦とよばれた。

近代駆逐艦の始祖は、一九〇二年（明治三五）に英国で造られたリヴァー型（六〇〇トン、二十六ノット）である。米国は米西戦争（一八八九年）ごろに四二〇トン級をつくり、フランス、イタリアも同じようなものを造った。ドイツは長いあいだ駆逐艦とよばずに大型水雷艇とよんだ。

第一次大戦までにこの艦種は、排水量は七〇〇トンから一千トンに達し、平均六門の発射管のほかに小口径砲数門をそなえた。大海軍国と小海軍国では駆逐艦の用法に差があるのは当然で、英国や米国は守衛的であり、ドイツや日本は攻勢的である。

第一次大戦後、駆逐艦の砲力が重視され一二センチ砲四門となり、艦型も大きくなり一四〇〇トンになった。とくに英国は嚮導駆逐艦という新型（駆逐艦と巡洋艦の中間）を建造し、一五〇〇トンに達した。仏伊の海軍もこれにならって大型化に乗り出し、フランスのごときは二二〇〇トンのものを造った。しかし、全体としては一五〇〇トン時代が十年間つづき、そのなかで、日本の吹雪型が断然、他をリードしていたことは周知の通りである。

一方、一九三五年（昭和一〇）になると、多年、沈黙をまもっていたドイツ海軍が、一躍二三〇〇トン級の超大型艦の建造に乗り出した。イタリアがこれにつづき、英国が立ち上がり、フランスも競争にくわわり、二千トン駆逐艦時代が到来した。

こうして第二次大戦はあらゆる種類のものが参加することになった。戦時中、駆逐艦は二

19年５月、竣工引渡式をおえ横須賀回航中の夕雲型最終19番艦・清霜。全長119.03m、公試排水量2520トン

三〇〇トン内外に増大し、日本の秋月型（二七〇〇トン）を筆頭とし、ドイツは二六〇〇トン、英国は二三〇〇トン、米国は二二〇〇トンと二四〇〇トンを多数建造し、その黄金時代がきた。

艦名はこうして付けられた

日本の駆逐艦の名称は、吹雪とか、夕立とか、まことに天象気象をうまく組み合わせて、駆逐艦にふさわしいこと天下一品である。ところが、一五〇隻以上にもなると、つける名前も種切れになってきた。仕方がないので最後の方になると、二等駆逐艦のお株を頂戴して植物の名前をつけることになった。

だいたい二等駆逐艦（全部で九隻）は若竹《わかたけ》とか芙蓉《ふよう》とか優美な名がついていたのが、今度は一等駆逐艦に、初梅《はつうめ》とか桑《くわ》とかいう名前がついたので混同しそうになってしまった。

外国では、艦船名に人名を使うことが非常に多いが、アメリカ海軍でもこの例にもれない。この国では駆逐艦名には抜群の功績のあった海軍、海兵隊および沿岸警備隊の勤務者、海軍長官および海軍次官、国会議員および海軍と密接の関係のある発明家の名をとっている。一方、護衛駆逐艦の方は、二次大戦の戦闘行為で戦死した前記の人々を記念して名前をつけたりしている。

英国の場合はなかなか複雑であるが、面白いことにはアルファベットがずらりと並んでいることである（ただし、K、N、X、Y以外のもの）。たとえば、マルヌ、オンスロー、ローヤルのごとく、同型六〜十二隻の頭文字に全部SとTがついている。このほか、提督名もあれば部族名もあり、米国から譲渡をうけたものは都市名とか、五百隻に近い大量の駆逐艦を実にうまくさばいているところはさすがと言わねばならぬ。

ドイツは人名のものと、Z番号のものと二種類になっている。イタリアは人名のほかに虎とか豹とかいう名がついている。フランスは台風があったり猛獣名があり、勇気という抽象名詞があったり、ありとあらゆるものを付けているあたり統一性がない。オランダも勇将の名が多い。

台風には弱い駆逐艦

駆逐艦は暴風雨で沈むことがあるか。時は昭和十九年十月のレイテ沖海戦の約二ヵ月後、ルソン沖でものすごい台風に見舞われた無敵のハルゼー艦隊は、全艦隊を木の葉のように翻弄されたあげく、三隻の駆逐艦——ハル、モナガンおよびスペンスは風浪のために転覆してしまったのである。

これより先、昭和十年に日本では、第四艦隊事件というのが起こって、駆逐艦二隻の艦首切断事故、その他の大損害が発生したことがあった。その前年には、水雷艇友鶴《ともづる》の転覆事件が起こったばかりだった。

モナガン号はガダルカナル戦からレイテ戦までの歴戦艦であったが、沈没の第一艦となった。生き残り六名が救助された。スペンスは二千トンの新鋭艦だったが、七十五度の傾斜をついに復原しえず沈んだ。一人の士官が奇跡的に救出された。ハル号は旧式艦で、郵便物を艦隊に配ってあるく任務を持っていたが、この故郷からの便りは一部をのぞき、同艦と運命を共にし、数名の生存者があっただけである。

米国海軍では、その数ヵ月前——一九四四年(昭和一九)九月にワリントン号が、バハマ諸島付近で暴風雨により沈没している。アメリカの駆逐艦のあるものはトップヘビーの悪名をもっていた。開戦後、レーダーとか対空兵器を無闇に積みこんだので、この傾向はますますひどくなった。おまけに燃料タンクが空になったら、どうにもならなくなる。

台風がおさまってから、ハルゼー提督は〝第一次ソロモン海戦以後に受けた最大の損害だ〟と嘆声をもらしたという。アメリカ海軍は極東の台風の威力をそれまで体験したことがなかったから、油断をしていてこんな惨憺たる目にあったのである。そして、こんどは沖縄でまたしても、二度目の台風にやられたのだった。

駆逐艦があげた戦果と損失

第二次世界大戦における駆逐艦の活躍の有様を一言でつくせば、彼らは他のどんな艦種にもまさって働いたということである。つまり、複雑になり多方面にわたったあらゆる海上作戦に、駆逐艦が参加しなかったものはほとんどないと言ってよかろう。

さて、駆逐艦はどれほどの戦果をあげ、どれだけの損失をうけたであろうか。五〇〇隻を失って三五〇隻の戦闘艦艇を沈めたというのが結論である。

20年５月竣工の改丁型駆逐艦・樺。復員輸送後、解体のため三井玉野に接岸中

まず、損失の方から調べることにして、この損害はどの海域で、どんな作戦の結果、起こったものであろうか。海洋別でいえば、太平洋方面で二〇五隻、大西洋方面は一二六隻、地中海方面が一六九隻の計五〇〇隻である。

さらに作戦別でいえば（この分け方には異論もあるが）船団護衛作戦が首位であるが、これは第一次大戦と第二次大戦の性格の大きな特質をしめすものである。第二次では、駆逐艦は艦隊随伴兵力として艦隊戦闘におけるジュットランド海戦のような大規模な用法はなく、海戦といっても上陸作戦が海上交通を中心とする多数の海戦の合計である。

護送作戦で一一七隻、上陸作戦で九十二隻、諸海戦は八十八隻、対空直衛が六十七隻、その他三十六隻、計五〇〇隻である。

戦果についていえば、その九割は潜水艦の撃沈であり、駆逐艦は潜水艦にとって海上の最大の苦手であることを実証したのである。

駆逐艦の御先祖

駆逐艦という呼び方は、そんなに古くはない。それらしい小船は、明治十三年(一八八〇)にはじめて水雷艇と呼ぶことにきめられたが、このときから軍艦の枠外に出されており、魚形水雷使用の主旨にしたがい特種の構造を有し戦闘の役務に堪える艇をいう、と別に定義を下してある。

水雷艇のもう一つ前は、水雷艦だ。排水量四〇トン。かわいらしい艦だった。しかし、明治二十一年に二〇三トンの小鷹をつくったところが、水雷艦では変だとあって、水雷艇になったわけだ。

明治三十一年になると、イギリスに注文した叢雲《むらくも》ができてきた。これは水雷艇を追っかけるもので、水雷艇駆逐艦といったが、舌を嚙みそうなので水雷駆逐艇に切りつめ、それをさらに駆逐艇と縮めた。

駆逐艇第一号が叢雲である。このときの水雷艇は、いまでいう高速魚雷艇のようなものだ。駆逐艇が駆逐艦になったのは、明治三十三年。はじめ軍艦の中に入れてあったが、明治三十八年に独立させた。

このころはズッと水雷艇と駆逐艦がならんでいた。しかし大正十三年に水雷艇という名前をけずり、駆逐艦一本になっていた。

が、昭和五年にまた水雷艇が復活した。これは昔の意味の水雷艇ではなく、ロンドン条約の逃げ道として、制限外ならばいくら建造してもいいだろう、と名付けたものである。

御紋章のない駆逐艦

駆逐艦は、日本海軍でいうと軍艦ではない。驚くべき話だが、本当だからしようがない。軍艦とは戦艦、巡洋艦、航空母艦、水上機母艦、潜水母艦、敷設艦、海防艦、砲艦、練習戦艦、練習巡洋艦だけであって、駆逐艦はタダの駆逐艦だ。軍艦ではない。軍艦でない艦には駆逐艦のほかに潜水艦、水雷艇、掃海艇がある。駆逐艦の艦首に菊の御紋章がないのは、そういうわけだ。

駆逐艦の艦長は、だから「艦長」ではなくて「駆逐艦長」なのだ。軍艦の艦長にあたるものは駆逐隊の「司令」である。むろん駆逐艦の中では、そんな面倒くさいことはいわず、「艦長、艦長ッ」と呼んでいたけれど。

ついでながら、海軍艦船の中には艦艇、特務艦艇、雑役艦があるが、この特務艦艇をわけると、工作艦、運送艦、砕氷艦、測量艦、標的艦、練習特務艦、特務艇は敷設艇、掃海特務艇、潜水艦母艇となる。

揚子江にいる豆粒みたいな河用砲艦が、ちゃんと御紋章をつけているのに、島風みたいに二千何百トンもある大駆逐艦が御紋章なしだ。駆逐艦乗りには嫌な感じがしたものだ。だが、彼らは転んでも只では起きなかった。軍艦乗りに会うと、こういって肩を聳《そび》やかしたものだ。

「お前たちは御紋章だろ。コラ。行儀よくせんか」と。

駆逐艦は少数精鋭で忙しい

駆逐艦は速力が早く、非常に軽快な小艦である。はじめは水雷艇をやっつけるために造られたもので、敵艦攻撃は二の次だったが、そのうちに二の次の方が主任務になった。形が小さいから敵に見つかりにくいし、スピードが出るから駆引きが自由にでき、大威力の魚雷を積むようになって、およそ海軍の中で、このくらい華々しい艦はなくなった。

乗員は二百人たらず。駆逐艦長は少佐か中佐。若いから頑張る。しかしまた、若くなくてはつとまらぬ激務でもあった。なぜなら、艦として海を走りまわるかぎり、戦艦とほとんど変わらぬ仕事はあるのに、士官は数人である。

艦長、水雷長、航海長、砲術長、機関長だけが科長で、中尉少尉があと二、三人いるだけ。戦時ともなると、艦長、航海長はいつも艦橋におり、当直に立つのは水雷長と砲術長しかいない。だから、ほとんど全員が艦橋につめきりで、ゆっくり食事をするなどということは、まったくできない。

ガダルカナルの輸送で、幹部は血尿を出すようになったといわれるが、こんなことから見ると、無理もない。お行儀の悪い士官が草履ばきで艦橋に上がったりするのも、兵隊が暇なときノソノソしているのも、やむを得ない。そのかわり、いざとなると猿《ましら》のごとく活躍する。まったく目を見張るばかりであった。

当番という一人三役

一人三役というのが、駆逐艦乗りの心得だった。そのくらいやらないと、間に合わないのである。おもしろいのが「当番」という名の当直員だ。おおむね古手の上等水兵の仕事だが、若いのもいる。

戦艦や巡洋艦などになると、衛兵伍長という下士官、伝令という上等水兵、取次《とりつぎ》という二等水兵が二、三人いて、それに舷梯の上には銃をもった衛兵がいたり、大勢が艦の出入りの警戒、儀礼、号令の伝達、タイムキーパーなどの役目にあたるが、駆逐艦ではその全部の仕事を、ナント当番一人がやるのである。

いや、ときには伝令が加勢していることもあるが、それにしても、一人や二人で六人前くらいをやるのだから、大したものだ。「当番。やっとけ」と言っておくと、時間になればサッサとやっておいてくれる。すごく便利だ。

「当番、上陸するぞ」といえば、ちゃんと内火艇を呼び舷門のところで送ってくれる。「当直将校、雨がふってきました」と当番がいうから、「おう」とナマ返事していると、天窓をしめ、干し物をとりこみ、天幕を張り、雨衣とゴム長を持ってきてくれる。これには、さすがの海軍士官も痛み入るほどだった。

全軍突撃せよ

駆逐艦乗りの戦いは、気力の戦いである。三十何ノットでビュンビュンとばす。時化《しけ》られる。海がすぐそこにある。ドウッと打ちかけてきて、一緒に海底に連れて行こうとする。全軍突撃せよ――勇ましい命令一下、どんなに敵が射ってこようが、背中を丸くして魚雷が射てるところまで、しゃにむに突っ込む。

艦首の砲塔にせよ、中部の機銃員にせよ、艦橋の中にいる幹部にせよ、防禦されているのは形ばかりで、二〇センチの砲弾からすると、ペラペラの紙同然だ。そういうことから見ると、艦の中に入っている機関兵だって少しもかわらない。

「ドカンと弾丸を射ったんだよ。ところが、パッと火は飛ぶけれども、爆発せんのだ。オヤッと思って見ると、舷側から向こう側の海が見えるんだ。突き抜けたんだよ。片方の舷から反対の舷に。驚いたね。紙みたいなんだな、駆逐艦は」と巡洋艦乗りが呆れていた。

そんな中に立って、敵弾雨飛のあいだを突進するのだから、一つ間違うと木端微塵《こっぱみじん》だ。だが彼らは死んでも魚雷を射つ気なのだ。魚雷を射てば必ず敵を仕止められる自信がある。彼らの勇気は、この自信と任務にたいする責任感から出たのだ。だれも無鉄砲に突進し、犬死したいと思うはずがない。

時化こそ天国

時化《しけ》られたときの駆逐艦は、愉快である。人間というものは、一応みな「濡れぬ前こそ露をもいとえ」精神をもっているらしく、波をかぶって頭から足の先までズブ濡れになると、

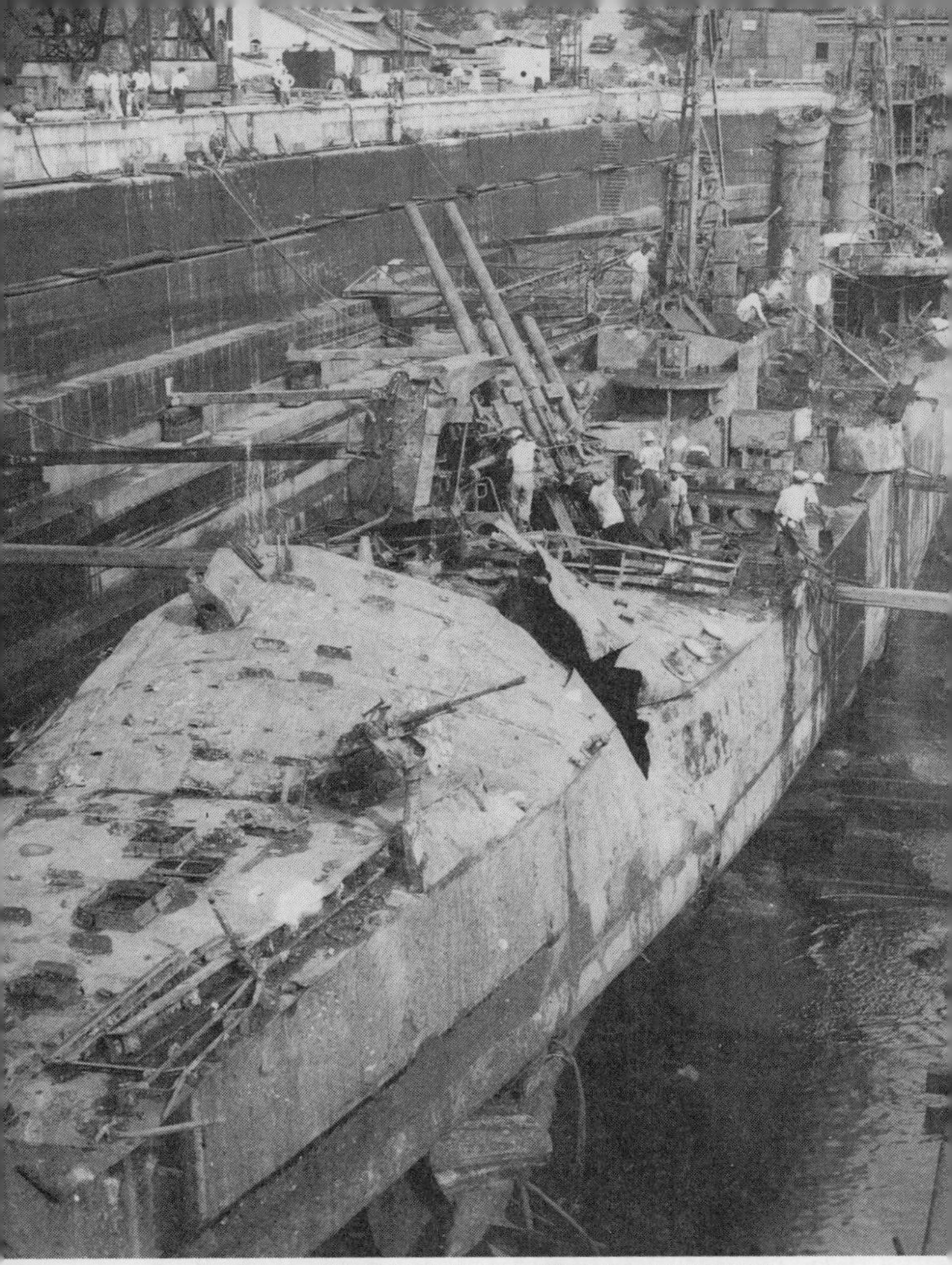

昭和29年、海底から引き揚げられ呉に入渠した改丁型の梨

かえって爽快を感ずるのだから不思議である。

艦首が屏風《びょうぶ》みたいに持ち上がって、そいつがズドンと落ちる。大きな蝶が羽を一杯にひろげたように白波が艦の左右に飛ぶ。その波は、ただ左右にひろがるだけではなくて、半分くらいが艦橋めがけて突撃してくる。一瞬、窓ガラスは水だらけ。完全な水族館になってしまう。というより、水の中に潜ったかたちだ。

そういう中で、後部の兵員室から中部の賄《まかな》い部屋まで、飯櫃《めしびつ》を両手にさげた兵隊が、栗鼠《りす》みたいに走る。はじめはヒヤヒヤして、そのたびごとに気を付けろーとかなんとか怒鳴っていたが、下士官から心配ありませんよ分隊長、それにだいいち聞こえやしません、と忠告されて、成程《なるほど》と思った。すべてヒヤヒヤすることは止めたくなった。

そんな時化のとき当直に立っていたら、水族館になった。爽快になっていると、ヒョイと目の前に真っ黒なデカいものが激突してきた。鮪《まぐろ》だ。目を廻した鮪をサッと主計兵がとってきて刺身にした。ノビ鮪の刺身ですといった。そして、もう五、六匹ぶつかって下さいと付け加えたという。

艦尾は哀し

船というと、すぐ船酔いを考えて、げんなりされる方があるかもしれない。駆逐艦は、ものの見事にガブる艦だ。だから駆逐艦に乗ると、いちばん船酔いしそうだが、案外そうでないから妙である。揺れ方の周期と揺れ具合のせいらしい。酔っぱらっていられないのだ。

ズシン、フラフラフラと来る。戦艦や巡洋艦だと、ズーン、フワーッフワーッだ。なにかもやもやしたものが、フワーッと逆流してくるが、駆逐艦ではフラフラの次の瞬間には、もうズシンが来る。いうならば、一波ごとに揺れているのだ。大艦は波では揺れず、波全体をもち上げ揺りおろしているウネリでないと揺れない。そのウネリも、小さいやつは知らん顔だ。

忙しい短い揺れ方は、そんなに気持は悪くない。高級車で素晴らしくクッションのいいやつに乗ると、フワーッフワーッとするものだから、戦艦並みに気持が悪くなる。ただし艦内に入っていると、駆逐艦はだいたい風通しが悪いから、ムッとすえたような臭いでやられる。ことに艦尾は鬼門だ。糠味噌、便所、ペンキ、その他もろもろの臭気が、後ろへ後ろへと流れ、行きどころがないので密度をぐんぐん増してくる。こいつには、さすがの百戦錬磨の駆逐艦乗りも辟易《へきえき》する。

戦時中、艦首をもぎとられ、後進で後ろ向きのまま帰ってきた駆逐艦が三、四隻あった。いちばん喜んだのが、艦尾の方に居住区のあった分隊員だというが、どうもこれはクサい話のようだ。

松型「柳」艦長 三たび痛恨の海に没したれど

乗艦三隻の最期をみとった駆逐艦長が綴る海の勇者たちへの鎮魂歌

元「柳」艦長・海軍少佐　大熊安之助

スラバヤ沖海戦が終わってまだ日も浅く、興奮も完全にさめやらず落ちつかない昭和十七年三月七日、私はそれまでの軽巡那珂《なか》から五戦隊の旗艦である妙高の水雷長を命ぜられ、スル海の洋上にいた妙高に着任した。

それからというものはモレスビー作戦、珊瑚海海戦、ミッドウェー作戦、アリューシャン方面への陽動作戦などに従事し、それ以後、赤道をはさんで南北に何度となくかよってガダルカナル作戦に参加、飛行場を砲撃した。そして南太平洋海戦で戦果をあげてまもなくの昭和十七年十月下旬、第三十二駆逐隊の駆逐艦芙蓉《ふよう》（若竹型の二等駆逐艦。大正十二年三月竣工）の艦長を命ぜられて、トラック島から苦労して着任したが、これでやっと待望の駆逐艦長になった。

大熊安之助少佐

だがこのとき、船団護衛という艦長としての初任務もさずかっていたが、護衛すべき北行の船団はすでに出港していたので、急いであとを追った。そして着任早々であったが、季節風で大荒れにあれた南シナ海の中央を、台湾西方に浮かぶ澎湖《ほうこ》島の馬公まで護衛して、みごとに浮標に係留し、艦長としての第一の試練をやってのけた。

この秒速二十三メートルという烈風の中でのみごとな係留で、乗員は一度でこの新任の艦長を信頼してくれた。これによって統率の要領は操艦にあることを肝に銘じた。

それいらい約一年のあいだ、南方海域全域にわたり延べ約六百隻にもおよぶ船団を護衛したが、一度の事故もなかった。したがって、護衛艦芙蓉の名はすばらしく、船団の船長のあいだでは大きな安心感をあたえた。

昭和十八年十一月になって、私は海軍兵学校教官兼監事に補せられ、後任の艦長もきていたので台湾の高雄で中継し、私は芙蓉を退艦した。そして、マニラへ向かって出港する芙蓉を見送って、江田島に着任した。

しかし、それから数日たったころ、芙蓉がマニラ湾口で敵潜の魚雷攻撃をうけて轟沈したということを聞かされた。このとき、運というものを強く感じさせられたものであった。

ところで、教官は私にとって二回目の陸上勤務であったが、戦局の展開は油の乗りきった働きざかりの駆逐艦乗りを、長く陸上には留めておかなかった。

すなわち昭和十九年六月、東京に出張するよう命ぜられたため、さっそく海軍省人事局に顔をだした。そしてそのとたん開口一番、二水戦の駆逐艦五月雨《さみだれ》（昭和十二年竣工の白露型）の艦長に赴任するようにいわれた。

この時はサイパンが失陥したあとで、同島に逆上陸する作戦もたてられたときであったが、これは中止となった。大和以下の連合艦隊は燃料補給も訓練もできるシンガポール南方のリンガ泊地に集結したが、それからというものは、訓練にあけくれる毎日であった。

それからしばらくたったころ、われわれ二十七駆逐隊の時雨《しぐれ》と五月雨は特別命令をうけてマニラに派遣され、そこで軽巡鬼怒《きぬ》を護衛してパラオへの弾薬の緊急輸送にあたることになった。そのため、われわれ駆逐艦は鬼怒の直衛として出発し、左六十度で二千メートルに占位し、高速での之字運動をしながらパラオへと南下した。

ところが八月十八日午前一時八分、パラオ島北方のガジャアングル暗礁に艦速二十六ノットの高速で座礁してしまった。これは旗艦から決められた航路を航行していたが、天気がわるく天測もできなかったため、暗礁の東側を通過する予定であったのが、西側に入ったために起こった事故であった。そのため五月雨は、艦体の半分以上を乗りあげたかたちとなり、しかも右に十度も傾き、両舷の推進器と舵機は大破して、惨憺たる姿であった。

そこで毎日、パラオ基地から曳船の応援をえて離礁のため、重量物である兵器や弾薬、そのうえ糧食まで運びだしたり撤去したりして、徹底的に艦を軽くして必死の離礁作業をこころみたが、どれも徒労におわった。

こうして万策がつきたところへ艦隊より「艦を放棄せよ」との命令がきた。

そして、いよいよ明日は私一人を残して全員を本島に送還するという前日の夕方、すなわちあたりも暗くなったころ、敵潜水艦の雷撃をうけて五月雨は、左舷の外鈑一枚だけを残して、みごとに切断されたのである。

しかし、艦を放棄せよとの命令が以前に出されていたので、乗員を収容するため、とくに派遣された駆逐艦竹《たけ》がこの雷撃を知らずに数時間後に到着したので、助かったのであった。

だが、艦長としては艦と運命を共にする覚悟で、退艦をこばんでいた。

そのとき、「戦いはまだつづくが、駆逐艦の艦長はたりない。艦の放棄命令も出ていることだし、死ぬのはいつでも死ねるから、こちらの艦に移れ」と、級友でもある竹の艦長の忠告をうけいれて、移乗に同意した。そして『座礁の大事をおこし今また敵潜の雷撃を受け命ここにいたる。はるかに皇居を遥拝し光輝ある軍艦旗を降し総員に退去を命ず。二十四日二三五〇』との一文を、司令部に打電して移乗した。

このときばかりは何ともいえない気持であった。そしてこの数日の後、パラオは敵機動部隊の攻撃をうけた。ここに運命の岐路があったのである。

炎の海にのまれた初春

セブ島で戦死者の遺体を荼毘《だび》に付してマニラへ帰投し、後始末がはじまったばかりなのに、私は昭和十九年九月十日付で一水戦の駆逐艦初春《はつはる》（昭和八年九月末竣工の初春型一番艦）の艦長を命ぜられ、至急赴任せよとの電命をうけた。

初春は第五艦隊の直率で内海西部に待機していたが、それからは馬公に進出し、ついで第二遊撃部隊としてスリガオへの突入がきまると同時に、高雄航空隊の航空機材を高雄よりマニラに急送した。そのあと、すでにレイテにむけて航行中の那智を旗艦とする本隊に合同するため、高速でシブヤン海を南下していた十月二十四日の午前、本隊は数波にわたって約二百機の艦上機の空襲をうけ、司令駆逐艦の若葉は沈没し、二番艦の初霜もまた損傷したため、戦闘に耐えられなくなった。

したがって、初春は本隊とスリガオ湾頭で合同することが不可能となり、このままではいたずらに友隊に混乱をまねくだけだとの司令官の意見にしたがい、あらかじめ決められていたとおりミンドロ島南西方のコロンに帰着した。数日の後、数少なくなった満身創痍の艦隊が損傷艦をいたわりつつ入港してきたのを見て、涙が出て仕方がなかった。

無傷の初春はまもなく単艦で二水戦に編入され、マニラを基地としてレイテ島オルモックへの陸軍輸送作戦に従事させられた。なにぶん、すでに敵の制空権下となった地域への輸送作戦である。そのなかを初春は、陸軍一個大隊をオルモックの反対側にあるカリガラの海岸まで輸送する特命をうけて待機していた。

ところが、護衛艦が不足しているので、固有の駆逐艦が帰ってきて所定の直衛位置につくまでという条件で、五隻の船団を二水戦（司令官早川幹夫少将）七隻で護衛し、オルモックへ向かった。十一月九日のことである。そして、オルモックに入泊する数時間前に友隊が合同したので、私は陸軍を輸送する特別命令もあることなので、急きょ反転して高速でマニラに向かった。

このときの輸送船団および十三隻の二水戦隊は予想どおり、黎明《れいめい》時に敵の基地航空部隊による反復大空襲をうけ、朝霜だけが一隻でマニラに向かうという電報を傍受した。

初春がルソン島キャビテに帰り、燃料を満載してマニラに転錨した十一月中旬のある朝、戦爆連合の数百機の敵機が来襲し、はげしい銃爆撃にみまわれた。初春も大いに応戦したが、至近弾によって中部甲板に火災がおこり、またべつの至近弾で外鈑に亀裂《きれつ》ができ、そこから流出した大量の重油に火がうつった。

火の勢いはみるみるうちに猛烈となり、乗員は死力をつくして消火につとめたが、施すべもない。最後には発射管の魚雷による誘爆をふせぐため海中に投棄し、予備魚雷も投棄しようとしたが、火勢がつよくそれもできない。ついに格納筐に海水を注入して、砂糖や釣床でこれをつつみ被せ、水をかけた。

こうして沈没はふせいだが、火勢はいっこうにおとろえず、そのうち艦橋は焼け、主檣も焼けくずれ、依然として右舷の前半分は火の海であった。そのうえ、魚雷も誘爆する危険があったので、意を決して軍艦旗を降下し、総員に撤去を命じたあと、ひとりで後甲板に残って爆発を待った。

このころ、舳先はすでに着底したとみえ、中部より前方の上甲板は水面下に没していた。しかし依然として、艦の右舷前方の海面は火の海であった。その後、潮の流れがかわり、また風向きもかわったので、火勢は多少おとろえたかに見えたが、それでも誘爆もおきず、ジワジワと後方に移動してきた。

夕方、暗くなってから艦隊司令部よりの再三の退艦命令で、やっと「またやろう」と気をとりなおして、迎えのボートに乗り、司令部にいった。また私は生きてしまった。火災は翌々日の朝、やっと消し止めたが、初春は十一月十三日、また米艦載機の攻撃をうけ、ついに沈没した。

大湊部隊の柳での対空戦

例によって後始末もまだ終わらないのに、すでに十一月十五日付で、駆逐艦の柳（松型＝丁型十四番艦）艤装員長の辞令が出ていた。そして、やっと大阪の藤永田造船所の柳事務所に着任したのは十二月中旬であった。このとき、艦型はどうであろうと、乗れる艦があたえられたことは非常にうれしかった。

昭和二十年一月十八日、ついに竣工引渡しをうけ、私は艤装員長から駆逐艦柳《やなぎ》の艦長となり、第十一水雷戦隊に編入された。さっそく内海西部で急速訓練に従事することになり、即日、大阪でのちょっとした公試ののち、呉に回航した。

訓練も日数をかさねた四月一日、第二艦隊に編入され、菊水特攻部隊の一艦として沖縄に大和と行動を共にすることになった。しかし五日になって、大和が出港する直前、急に艦型も異なり、訓練度もということだろうと思うが、部隊からのぞかれた。有賀幸作大和《やまと》艦長から「我慢しろ」となぐさめの一言をいただいて、ふたたび練習部隊にはいった。

その後、大湊部隊に編入になったので回航の途中、徳山沖で敵機動部隊のグラマンＦ６Ｆ数機と遭遇、対空戦の結果、一機を落としたが一名の戦死者をだした。これが柳の最初の戦

昭和20年7月14日と8月9日の空襲により大湊付近海岸に擱座した柳(左)

闘であった。

大湊に着いてからは燃料消費の関係からもっぱら港内で待機し、六月から七月の霧の季節まであまり出動しなかったが、この頃になると日本近海にも敵の潜水艦が出没しはじめた。そこで積丹《しゃこたん》岬付近を哨戒中だった六月十三日ごろ、「右舷九十度、千五百メートル、水煙、イルカらしい」という見張員の報告をうけた。

だが私の長年のカンで、あやしいと思って「面舵《おもかじ》一杯急げ」と下命して、艦首を急速に水煙を発見したほうに向け、艦の幅を小さくして魚雷回避の構えをとるとともに、攻撃姿勢をとった。

しかし、舳先がほとんどまわり終わるか終わらないうちに、下の探信儀室から、「艦首に魚雷音、だんだん大きくなる」との報告をうけ、ついで艦橋の見張員から「艦首に雷跡二本」という報告があった。しかしそのとき、すでに二本の雷跡は青白く相前後して柳の左右舷側一〜二メートルのところを無気味な推進器音を残して通過した。

そこで、ただちに攻撃のため速力をおとし、探信儀の能力を高めて二五〇メートルまで追いつめ、それから一挙に増速して、一連の爆雷を投下した。しばらくたったころ、付近に相当の量の流出をみとめたので、効果確実と報告したが、戦後になって知った米側の発表にはなかった。

それから一ヵ月たった七月十四日の早朝、北海道南端の福島町沖で哨戒をしていたところ、釜石を砲撃していらい杳《よう》として消息をたっていた敵の機動部隊が、大湊、北海道地区を空襲してきた。そのとき僚艦の橘《たちばな》（改丁型一番艦）は、函館沖でまもなく「われ敵大編隊と交戦中」という電報を最後に消息を絶ったため案じられていたが、しばらくして退避してきた。

だが、北海道地区を襲った敵機は、われわれを一度は見逃したが、二度とは見逃さなかった。われわれも戦闘準備を完了して、いつでも抜錨して出港できる状態で、あらたな戦爆連合の百数十機を迎えうった。このとき、午前六時二十分であった。

敵の第一弾は柳が動きだしたとたん、艦尾から五十メートルくらいの航跡の上に落ちたが、それ以後は敵ながらあっぱれな異方向による同時攻撃であった。

それでも柳は必死に応戦しつつ、右に左にかわりながら銃爆撃をかわしたのであった。あとで陸岸から戦闘の模様を見ていたものに聞いたところでは、柳は林立する水柱にその姿が見えなくなり、沈没したのではないかと心配したという。

なにしろ物凄い対空戦闘で、この母の命日に、私もついに年貢《ねんぐ》をおさめるかと観念したものであったが、撃墜は十一機をかぞえた。しかし戦死者は通信士以下二十名、負傷者は八十名をこえたのであった。

そのうえ最後の爆弾は柳の艦尾に命中したため、両舷の推進器と舵機もろとも、みごとに大根でも切ったように切断されて、津軽海峡の真っ只中で漂流の憂き目に立たされてしまった。これでさらに爆撃がおこなわれたら、轟沈はまぬがれえなかったと思うが、六時四十七分、わずか二十分たらずの戦闘で敵機は去っていった。

それからは隠れていた漁船を指揮して、福島海岸に柳を曳航してもらい、海岸の松に艦尾を係止し、時をへてから大湊に曳航して係留した。

しかし、ここで係留中にもふたたび空襲をうけた。この時も、いよいよ今日が最後かと思ったものであった。なにしろ急降下して柳をねらった爆弾は、ひとつの真ん丸い豆粒ほどのものであったが、しだいに大きくなっても、いっこうに丸いことには変わりがなかった。これは確実に命中する爆弾の姿であるが、われわれは動くことができなかった。

そのままの位置で、柳はけんめいに対空砲火を浴せるしかなかった。しかし砲弾は相手に届かず、そのため運を天にまかせたが、爆弾は艦橋の右舷数メートルのところに落下し、外鈑を大きく湾曲させて機銃員数名を傷つけた。

それからまもなく、私は大湊警備府参謀兼第十二航空艦隊参謀に命ぜられ、毎日、柳が奮闘する姿を窓の外に見ながら、ついに終戦を迎えたのであった。

丁型駆逐艦「椿」艦長の瀬戸内対空戦闘記

五十三駆逐隊の椿、桜、欅と共に米機動部隊を迎えうった激闘の記録

当時「椿」艦長・海軍少佐　田中一郎

田中一郎少佐

昭和二十年三月末、連合軍はいよいよ沖縄に上陸作戦を開始した。それ以後、彼我の陸上部隊はもとより、航空部隊においても、凄絶きわまりない死闘が展開された。とくにわが海軍は、戦艦大和を中心とする海上特攻隊を沖縄に突入させ、敵に一大痛撃をあたえて戦勢を有利ならしめようとしたが、遺憾《いかん》ながら、失敗に帰した。

以後、沖縄の攻防戦はますます熾烈《しれつ》をきわめた。しかし、物量をたのみとする敵の攻撃に刀折れ矢つきて、陸海軍将兵は壮烈なる戦死、もしくは自決をとげ、ついに六月下旬、沖縄は陥落した。

一方、マリアナを基地とするB29は、間断なく本土の都市および重要施設の爆撃をくりかえした。また、本土周辺の海域に機雷を敷設したため、それによるわが方の被害も、激増し

つつあった。かくて、わが海軍もいよいよ本土防衛（決戦）態勢に入ったのである。

駆逐艦椿《つばき》（松型＝丁型十五番艦）は僚艦の桜《さくら》（松型十三番艦）とともに、二月上旬から支那方面艦隊に派遣され、中支方面の護衛作戦に従事していた。

そのころ、イタリアが降伏した折り上海のガーデンブリッジ前に自沈したイタリアの大型商船コンテベルデ号は、その後、ひそかに日本軍の手で引き揚げられ、整備のうえ内地に回航することになった。その護衛を、わが椿が命ぜられたのである。当時は米大型機によって、夜間、揚子江に機雷が敷設され、航行はきわめて困難になりつつあった。

四月十日、上海を出発して揚子江を南下中、椿の前方を航行中であった水雷艇が触雷して、沈没した。つづいて椿の後方についてきたコンテベルテ号が、機械故障で航行不能となり投錨した。椿は、ただちに狭い掃海水路内で反転して、コンテベルテ号に近接しようとした。

そのとき、艦尾の下で磁気機雷が爆発した。そのため、後部機械室および左舷推進器が損傷して使用不能となり、やむなく投錨した。かくてコンテベルテ号回航作戦は中止され、椿はただちに江南ドックに曳航されて、約一ヵ月間、修理整備に従事した。

しかし、後部機械および左舷推進軸は、ついに復旧できずに終わった。そこで、左舷推進器の羽根をとりはずして固定し、以後は一本足でのご奉公となった。この操艦には、大へん苦労を要したものである。

修理が完了し、五月下旬、内地にむけて輸送船四隻を護衛して、上海を出航した。敵機および敵潜水艦を警戒して、揚子江河口を出てからは、いったん南下した。そして、真夜中に反転して北上し、山東半島東方から朝鮮西岸にはいり、島づたいに南下して、鎮海湾に入った。湾内にコンテベルテ号の姿が見え、なつかしかった。なにしろ速力のおそい商船四隻を、一隻の椿で護衛するのだから生やさしいことではない。

鎮海において一息つくまもなく、早々に出港した。対馬海峡を横断して、ひとまず山口県の油谷湾にはいった。当時、敵の機雷による被害が続出している関門海峡の機雷情報を確認したあと、五月二十五日、ぶじに門司に帰投した。

ちょうど、艦隊の一部が舞鶴に回航すべく、関門海峡を通過中であった。椿の所属する五十三駆逐隊は門司に入港中で、五ヵ月ぶりに合流したわけである。しかし、投錨まもなく突如「五十三駆逐隊は呉鎮守府部隊に編入、呉に回航せよ」との命令をうけ、ただちに呉に回航された。

呉に入港した直後、司令より椿の後部機械および左舷推進軸の修理は、現情勢のもとでは不可能であること。したがって今後は、予備艦に編入されるかもしれない、との意外な話をきかされた。

私としては、後部機械および左舷推進軸の修理が無理であることは了解できるが、片足でも二十ノットは可能であり、本土決戦には充分お役に立ち得ると信じ、予備艦編入だけはなんとか取り止めていただきたい旨を力説した。

さいわい司令は了解され、すぐに呉鎮参謀長に意見具申しようということになった。そこで司令に同行して、呉鎮参謀長に懇願したところ、了解していただき、その場で海軍省に電話してもらった。そんなわけで、椿の予備艦編入は、どうにか取りやめられることになった。

六月に入って、いよいよ本土決戦にそなえることになった。呉において最後の整備をおこない、内海西部での訓練ののち、七月上旬より五十三駆逐隊四隻は海上防備部隊として、瀬戸内海の警備任務につくことになった。

周防灘に楢《なら》（松型十二番艦）、備讃瀬戸以東小豆島までを椿、阪神沖が桜、和歌山沖が欅《けやき》（松型十八番艦）と分担海域が定められた。そして七月七日、それぞれに呉を出港して配備についた。椿は、内海本航路と宇野～高松間航路の交叉点を中心とする敵機の撃退ならびに敵大型機による機雷敷設情報の確認などが、おもな任務であった。

七月二十四日の激闘

昭和二十年六月上旬、沖縄方面におけるわが陸上部隊の組織的戦闘は終わりをつげた。敵は沖縄に航空基地を設営し、ここより陸上機をもって、九州方面にたいする攻撃を開始した。これに呼応して、マリアナ基地のB29および機動部隊による攻撃がつづき、日本本土は全面的に敵の空襲下にさらされることになった。

とくに七月にはいると、敵機動部隊による空襲が激化した。十日に関東方面、十四、十五日に北海道と奥羽方面、十七、十八日には関東、奥羽、北陸方面、二十三日と二十四に西日本方面、二十八日には再度、西日本方面と空襲がつづいた。

そのうちの七月二十三日には、わが航空基地ならびに艦船を攻撃し、呉在泊艦船は甚大な

椿と共に瀬戸内警備任務についた欅。写真は昭和20年10月、呉に在泊中

損害をうけた。明くる二十四日にもふたたび、内海各地の艦船を目標に来襲した。

椿は二十四日は、夕刻までに対空戦闘をまじえること七回におよび、すべてを撃退した。そして、そろそろ夕日も西に没するころとなり、もはや敵艦上機の空襲はないものと判断された。そこで、玉野東方の豊《て》島《しま》の水道に進入して投錨し、乗員を休養させようとした。

その矢先、またまた敵機が来襲し、ただちに総員が戦闘配置についた。艦長の私と砲術長が、指揮所で指揮をとる。グラマンは三機で、四国上空よりわが方に向かいつつあった。

「対空戦闘、目標、艦首の敵機」

全高角砲と機銃が、目標に指向して追尾する。相当に高い高度なので、発砲はひかえていた。敵機は椿の上空を通過してしだいに遠ざかり、岡山方面にいくかに見えた。

そのとき、見張員より「新たな敵三機、艦

首、わが方に向かいつつあり」私はすばやく「目標右にかえ、艦首、敵機」と号令する。高角砲と機銃は、一斉に艦首の目標に指向する。

戦闘中、なかんずく発砲中は号令やラッパ音はきこえないので、私はハタキのような、赤白の棒に真っ赤な房のついた指揮棒をもって号令をくだし、同時に目標に指向する。現場の各指揮官は、艦長の指揮棒に注意しながら、その方向に銃砲を指向する。艦首方向の目標に銃砲を一斉に指向したとたん、見張員の甲高い声がひびいた。

「敵機突っ込みます、艦尾」

いままで砲が指向していた敵機をにらんでいた私は、「どれか」と言いつつ四周を見まわしたが、わからない。

先に椿の上空をとおりすぎた三機が、突如として突っ込んできたのである。しかし、あいにく指揮所の後ろにはマストや揚旗線などがあって、それに隠れて最初のうちは目に入らなかったのである。

「どこだ、どこだ！」と言いつつ、艦尾方向の海面を見ると、如露《じょうろ》で水をまいたような水柱があがっている。ハッとしてその上空に目を向けると、ちょうど真っ逆様に突っ込んでくる敵機を発見した。そこで急遽、指揮棒を艦尾方向の敵機にむけて、大きく円をえがくようにまわし「射ち方はじめ」を令した。

中部および後部の機銃が数発発射したとたん、一機はわが頭上すれすれに艦首方向に飛び去った。そのとき、私は棍棒で右足を殴られたようなショックをうけたが、気にする余裕もない。つづいて第二機目が突っ込んでくる。

それを睨《にら》みながら指揮所の前方にいき、艦橋前の三連装機銃員の頭を指揮棒でたたき、「仰角いっぱい、真上を射て」と指示した。そして機銃が発射したとたん、わが頭上をとおりすぎた二機目は、火を噴きながら、艦首前方百メートルぐらいの海面に突っ込んだ。三機目も同様に火を噴いて、海中に突っ込んだ。

まずはホッとして、まわりを見まわすと、私のそばで指揮していた砲術長が足を射たれ、ぐじゃぐじゃになって倒れている。その他、伝令員は伝声管に、測距員は測距儀に、それぞれ凭《もた》れたまま戦死している。指揮所に立っていた者は、私のほかはわずかであるが、それらの者がみな一瞬のうちに戦死したり、重傷を負ったりしたわけである。

中部および後部の機銃も、ほとんどが被弾して射てなくなってしまった。しかし、突っ込んできた三機中、二機までを目の前で撃墜したとあって、乗員の士気はいやがうえにも高まった。

つづいて椿に突っ込もうとした三機目は、二機の撃墜を目撃して恐れをなしたのか、反転避退しようとする。そこを、また高角砲でねらい射った。その機は、煙を吐いて高度を下げながら遠ざかったので、たぶん、撃墜したものと思われる。

視界内に敵機がいなくなったので、「射ち方やめ」「その場に休め」と号令し、まず死傷者の手当を命じた。ようやく夕日が西に没し、数分前の激闘はまったく夢のようだった。内海はもとの静けさにかえった。

命びろいの貫通銃創の怪

私は立ったまま、ホッと一息ついた。と、突然、まぶたが重く眠気をもよおす感じで、頭を左右にふってみた。そこへ下から上がってきた応急員が、私の後ろ姿をみて、

「艦長の臀《しり》は真っ赤です。どこかやられたんじゃないですか」という。後ろを振り向いてみた。右の長靴の底が血でじゃぼじゃぼしているのを初めて感じた。自分では負傷しているとは、少しも思わなかったのである。応急員が、

「どこか負傷しておられますから、ズボンを脱いでください」というので、ズボンを下ろしてみたところ、下半身が血で真っ赤になっている。右大腿の付け根を負傷したらしいが、動脈をわずかにはずれたところに、大きな口を開けている。すぐに布で止血してもらったが、そのときになって初めて痛みを感じたようなわけである。

敵の一機目が頭上を通過したさい、棍棒で殴られたようなショックをうけたが、そのときにやられたものと思われる。しかし、戦闘中は何ものも忘れ、指揮所を駆けまわっていたのである。そして、ただただ敵を射ち落とさねばの一念で、負傷や痛みは気づかなかったのである。

艦橋に下り、折畳式の椅子に腰かけ、右足は上げたままである。あとは航海長に操艦をまかせ、近くの豊島の入江に横付けした。

前日、小豆島では空襲により多数の死傷者を出していた。そのため、軍医長と看護兵曹を

瀬戸内警備についた樒。写真は関門海峡で触雷後、門司港に係留中のもの

同島に派遣していたので、応急員の手によって、死傷者の応急手当をした。しかし、約六十名の死傷者は、艦内では手当が充分にできず、島の漁船で玉野病院（呉海軍病院分院）に運んで治療させた。

夜半近くになって、軍医長が帰艦した。私の傷を見て、艦内治療は無理と判断し、おなじく玉野病院に送られることになった。私の傷は右大腿付け根に大きな弾丸の入口があり、外側のすこし下に小さな出口がある。一般の常識では、入口は小さく、出口が大きいものである。医者と一緒にいろいろ想像した結果、つぎのように推測された。

すなわち、弾丸がマストか揚旗線にふれたために少しまがり、そのまま大腿の付け根に当たって大きな孔を開け、骨に当たっても砕《くだ》かずに、骨の上をすべって、反対側から抜け出た、と。

いずれにしても、動脈をやられるか、また骨を砕かれたりしたら、場所的に止血は不可能で、第一巻の終わりであったろう。医者は奇跡と言っていた。

運がよかったのであろう。私は支那事変いらい、いくどか紙一重の差で死線を越えてきたが、いままた、この奇跡に救われるとは――。

それにつけても、砲術長以下、二十数名の尊き生命を失ったことは、悔《く》まれてならなかった。以後、残念ながら病床に臥《ふ》したまま、艦からの報告をうけつつ指揮をとらざるをえなかった。

武運強き駆逐艦

翌日から椿は、豊島の入江に横付けになった。そうして、水雷長を指揮官として、生存者が島民の協力をえながら、単装機銃を山にそなえつけた。こうして、急速に防空態勢の整備にとりかかった。

しかし、七月二十八日、ふたたび敵機動部隊の空襲をうけた。わが方は奮戦して撃退したが、数名の死傷者を出してしまった。

いよいよ敵の空襲もはげしさを増し、八月六日の広島についで、長崎にも原爆が投下され、ついでソ連の対日宣戦布告となった。そして八月十五日、ついに終戦の詔書が渙発《かんぱつ》された。私は何も知らずにいたが、正午ごろ、街頭のラジオがかすかに聞こえた。なんの放送かよく聞きとれなかったが、なにかしら身にしみる気持がして、自然にベッドのなかで不動の姿勢をとっていた。と、にわかに病院内がさわがしくなった。泣きながら行き来する看護婦から、終戦の玉音であったことを知らされる。さすがに愕然とし、目頭が熱くなった。あとは、止めどなく涙が頬を伝って流れおちた。

夕刻、椿から士官の代表がかけつけ、涙ながらに終戦の報告があった。「椿を、このままおめおめ敵の手に渡すのをいさぎよしとせず、爆雷により爆沈しましょう」という。私としては、このときこそ一時の感情による軽挙妄動をつつしみ、長官からの指示を待って行動すべきことを諭《さと》した。

その後、呉鎮守府長官から指示があり、椿は呉に回航することになった。その任務をぶじに果たしたところで、駆逐艦椿のすべての任務が完了したのである。

昔から武士は、パッと咲いてパッと散る桜の花をいさぎよしとして好み、朽《くち》るまで枝にがんばり、最後にポトリと落ちる椿の花を好まなかった。私は椿艤装員長を命ぜられたとき、内心、桜のほうが……と、一抹の不安にかられたものである。

しかし、ものは考えようである。椿の花は、最後の最後まで命のあるかぎり頑張りぬく花である、と考えれば、それはそれで意義があるのではないか。いさぎよく散るばかりが、能ではない。

事実、駆逐艦椿は、揚子江で後部機械室がやられて一本足となり、最後は玉野沖で罐室を半分やられている。しかし、最後まで機械、罐、推進器ともにひとつだけ残り、片肺、片足ながらも、りっぱにご奉公することができた。

これは、その名のとおり、椿はまことに武運強き駆逐艦とはいえまいか。

ところで、昭和五十六年三月二十九日、思い出深い豊島に、駆逐艦椿の戦友約六十名が、じつに三十六年ぶりに再会し、豊島横付けの地において、慰霊祭をおこなった。ここにおいて、二十九名の亡き英霊にたいして、いささかなりともご供養できたことは、戦友一同、まことに感慨無量であった。なお、昭和五十八年をメドに、呉海軍基地に駆逐艦椿《つばき》慰霊碑を建設すべく計画している。

マスプロ防空駆逐艦〝松型〟の誕生と背景

駆逐艦発達史の中に位置づけた丁型＝松型十八隻、橘型十四隻の新機軸

当時 艦政本部部員・海軍技術中佐　遠山光一

家に家系と先祖があるように、海軍艦艇の艦型にも、その系図といわれがある。貴族と庶民の雰囲気には大きな違いがあるように、艦種についてもそうした相違を感じる。

艦種を大別して戦艦、航空母艦、巡洋艦、駆逐艦、潜水艦その他とし、戦艦には貴族的な格式と威厳を感じさせられる。それだけに肩の凝ったどうにもならない裃《かみしも》的なものがある。大きな秩序を立てる中心には、その厳《いかめ》しさもまた必要であろう。

これとまったく対照的なのが駆逐艦である。町人的でざっくばらんで親しみやすく、法被《はっぴ》に突っかけ草履《ぞうり》といった親近感を肌に感じる。そうした違いは、それぞれの発達の歴史と、それらを構成する個性の累積によって生じた雰囲気によるものであろう。そうして、そうなった理窟《りくつ》も自ずからあるはずである。

遠山光一技術中佐

町人の主《ぬし》駆逐艦は、小艦艇のガキ大将である。その生い立ちは水雷艇に発する。したがって駆逐艦をもって構成する駆逐隊も、戦隊を編成すれば第〇水雷戦隊となる。その発達の名称をここに留めたものも、その主要兵装の魚雷にあった。戦艦群にむすびつく砲術学校に対し、駆逐艦美を拠点とする水雷学校、この両グループの気風の差は、艦種別の気分の差にもつながる。

駆逐艦は、公式には一等駆逐艦、二等駆逐艦と、大きさによって分けられているが、こうした区分よりも計画番号でたどってみた方が、発展の経路を見るにもわかりやすい。松型の駆逐艦を第五四八一号艦型などといわれた時代もあったが、それは、機密保持の関係からのことであって、当事者でないとわからない。艦政本部の計画者には、系統だった一貫した計画符号が昔からあった。

艦種に応じてＡＢＣ、艦型に対して数字番号、必要に応じてそのサフィウスａｂが、その構成である。Ａは戦艦、したがって大和型はＡ一四〇。空母はＧで瑞鶴がＧ一一、大鳳はＧ一三であった。縁起《えんぎ》をかつげば、大鳳の不運はすでにこの計画番号のときに発していたのかもしれない。水上機母艦はＪで、空母とは別符号であつかわれ、千歳《ちとせ》がＪ九で、瑞穂《みずほ》がＪ一〇である。

巡洋艦はＣをもってあらわされたので、クルーザーに通ずるとして常識的なものといえるが、その筆法をもってすれば、駆逐艦はＤとすべきであろうが、これがなんとＦである。Ｆの前のＥは、海防艦・砲艦にあたえられた符号であるので、その点から推察すると、軍艦をもって遇され、菊の御紋章をつけた海防艦・砲艦が上格にあったのかもしれない。もっともそうした見方をしてくれば、空母・水母は説明がつきかねるから、発達の歴史的順序を考えるべきだろう。

ともあれHが敷設艦艇、Iが掃海艇ということで扱われた。

吹雪型でむかえた黄金時代

さて、Fの駆逐艦をたどってみよう。日露戦争前、英国のヤーローとソーニクロフト社から輸入された水雷艇は別として、一等、二等とよばれた最初の一等駆逐艦海風《うみかぜ》型は、F九の計画番号であり、二等駆逐艦の桜《さくら》型がF一〇であった。

第一次世界大戦に対処して、戦時急造型の二等駆逐艦樺《かば》型は、F二三を計画番号とするので、この間で計画または設計だけで消えた艦型もあったのかもしれない。F二四は一等駆逐艦の天津《あまつ》風《かぜ》型の四隻、ついでF三〇の江風《かわかぜ》型二隻となる。

F二三の二等駆逐艦はF二七で桃《もも》型四隻、F二七aで楢《なら》型六隻となり、排水量五〇〇トン台から七〇〇トン台へとうつる。この楢型を馬力アップし、魚雷を四五センチから五三センチにあげたF三七の計画で、樅《もみ》型二十一隻となり、速力三十六ノットの二等駆逐艦が決定的となり、若竹《わかたけ》型F三七cの八隻が二等駆逐艦として、最後までその名をとどめた。

駆逐艦主流派の一等駆逐艦は、F四一の峯風《みねかぜ》型をもって近代駆逐艦の先駆となった。この型は、くわしくはF四一の峯風、F四一aの沖風《おきかぜ》、F四一bの汐風《しおかぜ》などの十五隻で三十九ノット艦である。つづいてF四一cと、F四一dの神風《かみかぜ》型と追風《おいて》以降の計九隻が、艦幅をひろげ速力を三十七・五ノットとして建造された。

F四一型の最後として、F四一efgの睦月《むつき》型は、睦月、水無月《みなづき》、望月《もちづき》など計十二隻に、はじめて六一センチ魚雷が搭載され、これで大正時代の幕をとじたが、これらF四一型は終戦まで活躍したので、その名を記憶される方も多かろうと思う。

昭和時代への息吹きに先だって、画期的な計画をたずさえ、列強海軍国にその真価を問うべくデビューしたのが、F四三吹雪《ふぶき》型のいわゆる特型駆逐艦である。わが水雷戦隊の華として、昭和のはじめ、近代的感覚を全艦隊乗員にあたえたのである。

この型で駆逐艦は一つの脱皮をしたし、航洋性において、また艦隊決戦用として、いちだんと飛躍を遂げたが、それらは排水量の増大を一つの基盤とした。このF四三型は最後の暁《あかつき》型の罐《かま》一罐をへらし、三罐とした四隻をふくめて計二十四隻に達し、駆逐艦の花形時代をつくったのである。あたかも巡洋艦で加古・古鷹があらわれ、妙高・高雄へとつづく一万トン級の実現と軌を一にし、造船の花形時代でもあった。

公試排水量一九八〇トン、五万馬力三十八ノット、一二・七センチ連装砲三基、六一センチ三連装発射管三基の要目は、当時の駆逐艦として秀逸なものであっただけでなく、その後の駆逐艦の基準をなしたものでもあった。

三振に倒れた千鳥型

転覆事故前の友鶴。高い艦橋に前部単装、後部連装の12.7cm砲

一方にはロンドン条約の結果による量的制限、他方には軍備充実のための重兵装の要求、こうした環境のうちに、F四五の初春《はつはる》型駆逐艦とF四六の千鳥《ちどり》型水雷艇とが計画された。

初春型は特型より三〇〇トンをへらし、公試排水量一六八〇トンとし、馬力も八千馬力をへらして四万二千馬力としたが、兵装は一二・七センチ砲一門をへらしたのみの特型なみのものであった。しかも艦橋の前部に二砲塔をかさね、後部の発射管も上下にシューパーポーズし、両煙突間の発射管に対しては、予備魚雷の次発装填装置のため、煙突の位置も艦体中心線からはずされている。つまり兵装と用兵の要求をいれるために、すべてをのんだ配置がとられた。

一方、制限外艦艇による軍備増強の目的をもって、すなわち基準排水量六〇〇トン未満で、駆逐艦の役割をになうべく、水雷艇千鳥《ちどり》型が計画されたが、計画番号F四六の符号がしめすように、駆逐艦のピンチヒッターであることはいうまでもない。

千鳥型は公試排水量六一五トン、一万一千馬力三十ノット、一二・七センチ連装砲一基・単装一基、五三センチ魚雷四と、排水量のわりに重装備の設計であった。千鳥型は建造の途上において、早くも復原力の不足が問題となり、公試中における艦体傾斜の過大な対策として、バルジを装備するなどの処置がとられた。

その第三番艦の友鶴《ともづる》は、就役の翌月、佐世保沖で訓練中に転覆《てんぷく》事件をおこした。昭和九年三月のことである。この事件は、艦は安全なものとの艦隊乗員の信条をゆるがしたほど大きなショックをあたえたので、臨時艦艇性能調査会が編成され、原因の追及と対策の実施が広範囲にわたっておこなわれた。

かくて初春型では、シューパーポーズした発射管をとりはずし、前部のシュパーポーズした単装砲は後甲板におろし、艦底の二重張りバラストの搭載など大改造がおこなわれた結果、排水量は二〇六〇トンにふえ、速力は三六ノットから三四・五ノットにへった。

建造中の有明・夕暮は、F四五b・F四五cとして、この混乱のうちにそれぞれ大手入れがおこなわれ、F四五dの白露《しらつゆ》型では、主要寸法も変更され、初春型での欠陥はのぞかれ、以後の駆逐艦の標準となった。

悲劇の艦・千鳥型はF四六で打ちきられ、その更生型として、F四七の鴻《おおとり》型水雷艇八隻が建造された。

面目一新の朝潮型

友鶴事件から一年半ののち、第四艦隊事件なるものが発生した。これは艦体強度の問題で、たまたま大演習中に、北太平洋のもうれつな台風の中に突っこんだ第四艦隊の特型駆逐艦初《はつ》雪《ゆき》と夕霧《ゆうぎり》とが、大波浪のため艦橋の前部を切断された事件である。

このときは空母の龍驤・鳳翔も、艦橋や飛行甲板に損傷をうけたのであるが、波浪のために艦体がちぎりとられた事故は、日本海軍ではこれが初めてである。

本事件に対し、ただちに査問会、つづいて臨時艦艇性能改善調査委員会が設けられ、調査解析《かいせき》と、全艦艇に対し所要の補強対策がとられるとともに、とくに熔接構造の艦艇にたいしては、その適用範囲の制限、歪《ゆが》み防止、強度標準の設定などがおこなわれた。それら一連の結果としては、艦重量の増加となった。

この渦中にあって、すでに朝潮型はF四八として計画建造がおこなわれていたが、復原性対策はただちに全面的にとりいれられて、さらに艦体補強をくわえて完成された。F四八は排水量二三七五トンで進められた。

これは一見、吹雪型より大きく感じられるが、吹雪型が性能改善後、二四四〇トンまでになったこととくらべれば、さして大型化したものでもなく、とくに艦体寸法を比較すれば、近似的なものであり、諸教訓をとりいれたものと考えてよい。

日本海軍最高速の島風

あいつぐ試練をへて、悟りをひらいた典型的駆逐艦として計画されたのが、F四九の陽炎《かげろう》型十九隻で、朝潮よりいちだんと大型化された。F五〇の夕雲《ゆうぐも》型十九隻も陽炎型と大差ないが、この両型は今次大戦の花形駆逐艦として活躍し、これを甲型駆逐艦とよんでいた。またこの型が、本来の駆逐艦として最後のものでもあった。

この甲型に対し、航空機の威力増大にそなえて、乙型と称した防空直衛駆逐艦がF五一として計画された。新設計の一〇センチ六五口径の連装高角砲四基を主兵装とし、発射管は四連装一基のみ（予備魚雷なし）、長航続力保持のため、公試排水量は三四七〇トンとなった。機関は陽炎型と同一であるので、速力は二ノット減の三十三ノットである。この秋月《あきづき》型となると、駆逐艦の系列にあるとはいえ、軽巡化された駆逐艦というべきである。

こうした趨勢《すうせい》のうちにあって、本来の駆逐艦として、さらに高性能化した意欲的な設計がおこなわれ、試験艦としてF五二島風《しまかぜ》が計画され、舞鶴で建造された。それは夕雲型の次にきたるべき、正統派の駆逐艦として意図され、七万五千馬力四十ノット、雷装六一センチ五連装三基の重雷装を特長とし、艦型、構造にも斬新なものがあった。

島風は公試において四十・三七ノット（七万五八九〇馬力にて）を、予行運転では四十・六五ノット（七万六七一〇馬力にて）を出し、わが艦艇での最高速力であった。しかし島風が就役したのは、すでに昭和十八年五月のことなので、F五二の建造は島風一隻のみとなり、試験艦の域を出ずに終わった。当時この艦型を丙型とよんでいた。

紙上計画におわったがF五三として、秋月型に島風型の機関を配備した三五〇〇トン型が研究された。だが、こうした高性能艦の実現する可能性は、しだいに薄くなるような事態が刻々として起こりつつあったのである。

消耗品の松型を量産化

による駆逐艦の消耗を補うべく、工期の短縮と艦型の簡略化をはかった

昭和19年６月、宮津湾で公試運転中の桃（丁型＝松型４番艦）。丁型はガ島攻防戦

以上、駆逐艦のたどった道をふり返ってみたが、物にはすべて生まれるべき理由があって生まれ、理由づける環境がある。これを過ぎ去ったあとから批判すれば、なんとでも言えるが、それはどこまでも一つの批評である。いかなる場合でも、当事者はそのときにおかれた状況のもとで、最善をつくしているのである。

艦隊決戦を頭に描いて演習と訓練を通じ、かくあるべしとした正統的駆逐艦の特型・白露・朝潮・陽炎・夕雲・島風も実戦にのぞむと、意図した場面にあうよりも、むしろ下《くだ》らないことに追いまくられ、しかも思わぬ不覚をとる。相手あっての勝負だから、勝手にわが途をゆくわけにはゆかない。

昭和十七年の後期、南太平洋の空気は重苦しくなるばかり、とくに制空権が思うようにならなくなると、正統的駆逐艦には、あまりにも貴重な犠牲をしいている状況が多くなってきた。いかにすぐれた性能を個艦が持とうが、結果は綜合戦力での勝負となる様相と、個艦の性能を越えての数の力が決定的要素となる状況は、戦況の進むにつれてますます明らかとなってきた。

これまで艦艇の設計にあたり、個々の優秀性の追求に全力をあげたものであるが、実戦は一対一の勝負とはかぎらない。一隻の秋月、一隻の島風を整備するにも、あまりにも高価で建造にも長期間を要したのでは、当面する戦局には応じえなくなってきた。

短期間に数をそろえ、しかも必ず受けるべき被害を思えば、できるだけ小型へとの思想も当然でてくる。駆逐艦が大型へ大型へと進化したが、実戦の局面にあたって、小型化への必要性もますます強くなってきた。一方、国内での資材はしだいに制約の度を高め、工作能力の限度を考えるとき、作戦上の要望である数の整備と対照すれば、おのずから艦政上の決論も、方向転換をせざるをえなくなった。こうした環境のもとに、松《まつ》型駆逐艦に対する構想は、昭和十七年末から生じたのである。

松型駆逐艦はF五五として、駆逐艦丁型と呼称し、つぎの諸点を主軸として案がねられた。①艦型を小型とする。②急速多量建造に適する艦型構造装備とする。③対空兵装を重視する。④戦訓をとりいれ被害局限につとめる。⑤速力は必ずしも重視しない。

その結果、主要目は次のようにきまった。

基準排水量一二六〇トン、公試排水量一五三〇トン、水線長九八・〇メートル、幅九・三五メートル、深さ五・七〇メートル、吃水三・三〇メートル。機関タービン二基、罐二基、出力一万九千馬力、速力二十七・八ノット。兵装一二・七センチ連装高角砲一、同単装高角砲一、二五ミリ三連装機銃四、同単装機銃八、六一センチ四連装発射管一、爆雷三十六。航続力一八ノット三五〇〇浬、燃料三七〇トン。

丁型＝松型と橘型の新機軸

松型の寸法決定のときはらわれた考慮は、速力が駆逐艦としては小さいので長さを大きくしないこと、幅および吃水は大きさめに選ぶこと。これが実戦上、運動性能にも有利と考え、艦自体としてはむしろ瘦型《やせがた》の船型であるが、工作上の簡易化をはかるため、三次元曲面を減

が61cm 4 連装発射管。後檣に梯子状の電探アンテナが見える

橘型駆逐艦・初桜。中央の細い第２煙突前後に25ミリ機銃座。左端の箱状のもの

ずるよう考えられたので、カットアップ付近、船首部フレヤーなど、これまでの駆逐艦にくらべ簡単化された。

▽機関とその配置

一万九千馬力のタービンが選ばれたのは、多量建造のたてまえから生産能力を考え、鴻《おおとり》型水雷艇につかったこの型が量産しやすいと判断されたからである。

機関配置は戦訓をとりいれ、第一罐室前部機械室（左舷機）、第二罐室後部機械室（右舷機）の四区画制をとった。この配置法は、日本海軍で初めてとられた方式である。両舷機が同時に使用不能となるチャンスを極力減じ、いずれか一方が生き残る機会をまし、行動の自由を最後までたもたせようと意図したものであり、これを利点とした。

欠点を考えれば機関の左右対称性を欠くこと。したがって構造にも、その影響をうけることである。しかし実戦の教訓は、利点が欠乏を補ってなお余りあることを示している。この配置法は、フランスの駆逐艦では早くから採用されていた。発電機も前部後部の両機械室にわかれて置かれ、巡航タービンは前部機械室に、その排気は後部機械室の高中圧タービンに入れられている。

▽兵装

兵装上の特長といえば、対空に徹したことである。機銃の数はあとから建造されたものほど増えており、単装砲が増されている。魚雷の装否は議論の一焦点であったが、これは駆逐艦の艦名にこだわったところがないでもない。最初は五三センチ六連装を搭載のこととなっていたが、生産の都合上じっさいは四連装の装備となった。予備魚雷は初めから考えていなかった。

▽構造

これまで駆逐艦はその特性上、軽構造ならびに軽重量を主眼としていた。したがって艦底部、上甲板、シャーストレーキには、特殊鋼SDを使用していたのであるが、材料の需給と量産の見地から、普通鋼にかえるべく研究された結果、艦底部は普通鋼に、上甲板部はHT鋼とした。

橘《たちばな》以降の艦では、さらに簡易化がすすみ、このHT部も普通鋼で置きかえられた。使用鋼材の簡易化は、それなりの投資がなければならない。船殻重量の公試排水量に対する割合をパーセンテージでみると、陽炎二九・二、秋月三一・七に対し、松三二・九である。

ビルジキールもこれまでの箱型から平板型へ、二重底構造は単底構造へ、カットアップはスケッグ式へと簡易化の道がとられた。

▽建造

駆逐艦は在来とも舞鶴工廠で第一番艦を建造し、のち佐世保工廠、民間造船所がこれにつづくのが普通であった。松型の第一番艦松《まつ》も舞鶴で、昭和十八年八月起工、十九年四月竣工した。

この型の建造には、これまで空母と巡洋艦を建造していた横須賀工廠が量産体制にはいり、第二番艦の竹《たけ》は横須賀の一番艦として昭和十九年六月には就役し、毎月一隻ずつ完成するピッチで軌道に乗ったが、時すでにサイパンは敵の手に落ちていた。

激しい空襲下に、この松型とその改良型である橘型四十二隻の建造がすすめられたが、けっきょく舞鶴十隻、横須賀十四隻、藤永田七隻、川崎一隻の計三十二隻が終戦までに完成し、それぞれ当面の緊急作戦に活動したのである。

小さな勇者「桑」オルモックに死すとも

瑞鳳直衛の比島沖海戦をへて七次多号作戦に果敢な砲戦を演じた勇者の最後

当時「桑」一番高角砲射手・海軍上等兵曹　山本　貢

昭和十九年七月、高等科砲術練習生を命じられた私は、二年間住みなれた空母隼鷹《じゅんよう》に別れをつげて横須賀砲術学校の門をくぐったが、サイパンの陥落によって中止となり、呉海兵団補充分隊付として穴掘り作業で毎日をすごしていた。そんな私に駆逐艦桑《くわ》（丁型＝松型五番艦）の乗組が命じられたのは、九月なかばの残暑きびしい日であった。私は身のまわりの整理もそこそこに、波止場へむかった。そこには、駆逐艦にはめずらしい運貨艇が私を待っていた。駆逐艦の舷門を上がると、艦橋から声をかける者がいた。忘れもしない重巡青葉《あおば》時代に苦楽を共にした西谷だった。いまは信号員長として重要な配置にある。

さっそく士官室に呼ばれた。艦長山下正倫中佐の堂々たる体軀に、力強いものを感じた。そして桑の一二・七センチ高角砲の一番砲射手が入院したため、私はその交代要員を命じられた。しかし、考えてみれば砲術学校卒業いらい、高角砲（松型の備砲は一二・七センチ高角砲単装、連装各一基）は五年もやっていないので、機銃（松型は二五ミリ三連装四基、単装八基）をお願いしたが、駄目だとのことである。

昔とったなんとかを頼りに承知したが、これが二ヵ月後に生死をわけることになろうとは、神ならぬ身の知るよしもなかった。

やがて内海西部で、昼夜をわかたぬ猛訓練がおこなわれた。山口県の祝島沖に仮泊するたびに、故郷の山々が目の前に見える。もう何年も帰っていない。肉親のことが、ちらりと頭をよぎった。今度出撃すれば、もう帰ることはないだろう。

フィリピン方面の戦局は急を告げ、捷一号作戦が発令された。駆逐艦桑は小沢機動部隊の一艦として八島沖を出撃、十月二十日の午後、佐田岬沖で部隊と合同した。そして、軽巡五十鈴を旗艦とする第三十一戦隊の第五十二駆逐隊の一艦として、主隊の前方警戒をしながら豊後水道を南下した。これが祖国の山々の見おさめかとも思った。

夕方より空母瑞鳳の直衛となった。

この夜から、早くも敵潜水艦の追蹤がはじまった。二十二日には瑞鳳から重油の補給をうけたが、波が高く、作業は困難をきわめた。

十月二十四日、味方索敵機が敵機動部隊を発見、この報に各空母はいっせいに攻撃機を発進させたが、戦果は不明である。出撃機のすべては攻撃後、クラーク基地にむかうことになっており、空母には十数機の戦闘機が残るだけで、裸同然の囮《おとり》艦隊となった。

二十五日の午前八時すぎ、はるか彼方に空をおおうばかりの敵機の大編隊を発見した。各

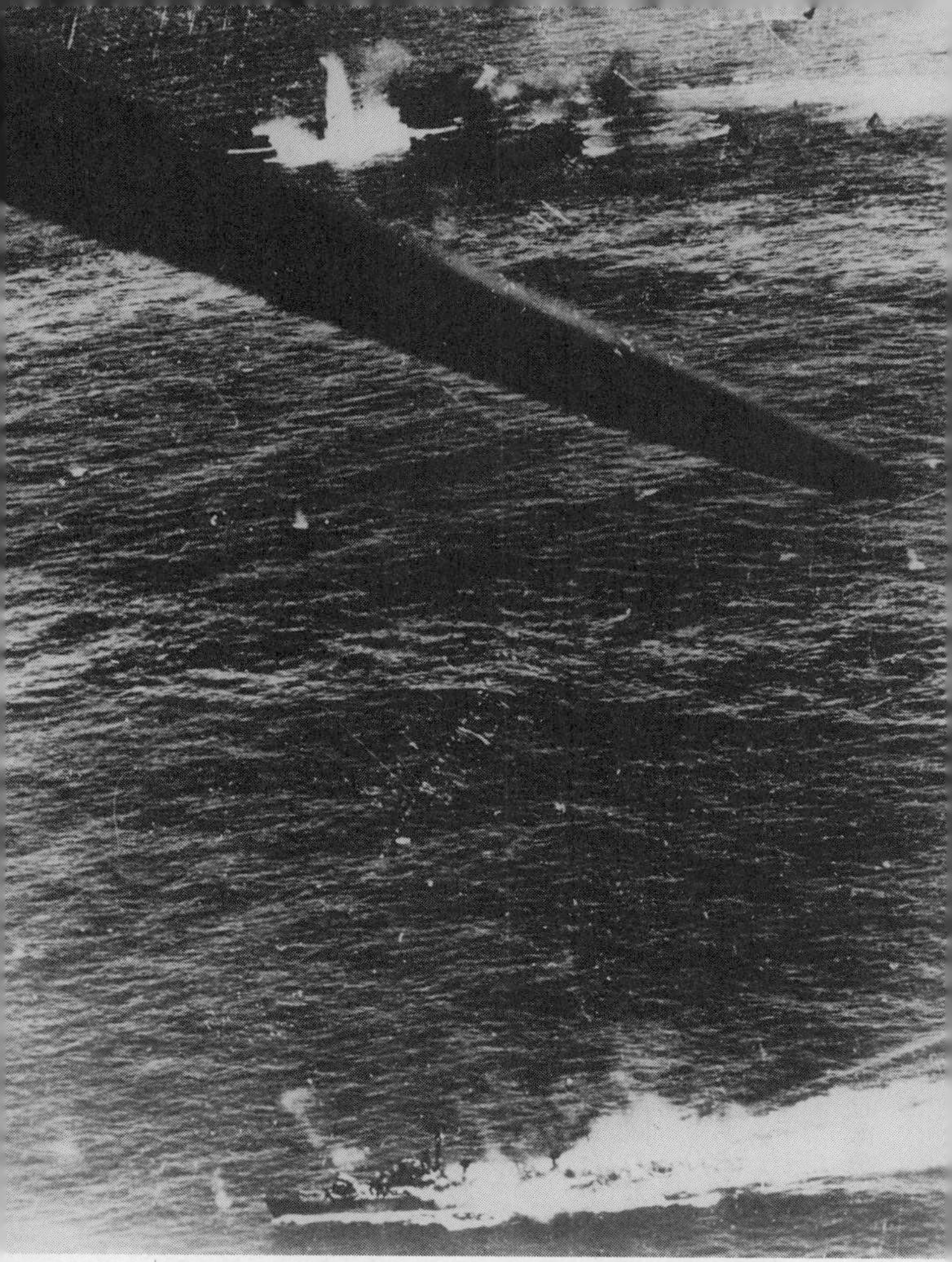

雷爆撃をうける瑞鳳(上)を護衛してエンガノ岬沖に戦う桑(下)

艦は、いっせいに対空射撃を開始する。桑の高角砲と機銃もはげしく応戦、敵機にたいする初めての射撃である。

突然、桑の前方にあった防空駆逐艦秋月の中央部から、猛烈な白煙が噴きあげた。そして煙が消えたとき、海上に秋月の姿はなかった。秋月はわが方の最初の犠牲となって轟沈したのである。

空襲は二次、三次と休む暇もなく終日つづいた。やがて、小沢治三郎長官は航行不能となった空母瑞鶴から将旗を巡洋艦大淀にうつしたが、沈没寸前の瑞鶴の飛行甲板に、生き残りの乗員が集合しているのが望見できた。

海行かばの吹奏のうちに、軍艦旗が降ろされた。開戦いらい不沈をほこった大空母瑞鶴の最期である。またこれは、日本機動部隊の歴史に永久に幕が降ろされたときでもあった。

軍艦旗が降ろされた瑞鶴の飛行甲板からは、乗員がつぎつぎに海へ飛びこんでいく。それからしばらくして、瑞鶴は水平をたもったまま、静かに海中に巨体を没していった。

この歴戦艦の後を追うように、まもなく瑞鳳も沈んだ。気がつけば、機動部隊の全空母が海中に姿を消していた。

桑は瑞鳳乗員の救助を命ぜられ、筏《いかだ》の上にある者、海中に浮かぶ者、約千名あまりのなかに艦を停止して、艦長以下八百余名を救助した。このため艦上は桑の乗員の三倍ちかい人数がひしめき、身動きもできない状態である。

海上には、まだ筏の上や木材につかまって泳いでいる者がいたが、ふたたび敵機の来襲をむかえ、心を鬼にして、この新たな敵に立ち向かわざるを得なかった。あのとき海上に残された人々は、その後どうなったのであろうか。戦争とは残酷なものである。

数次にわたる敵の空襲にも桑は被害がなく、敵機二機を撃墜するみごとな初陣であった。戦場を離脱した後、奄美大島をへて呉に帰投したのは十月三十日であった。

決死のオルモック湾突入作戦

呉で兵器の整備と弾薬の補給をおこなったが、先の比島沖海戦中に故障した射撃装置（四式射撃装置二型）と一番砲の電気系統は、修理不能のまま出撃することとなった。

十一月にはいり、桑は戦艦伊勢と日向を護衛してマニラにむかう予定であったが、十三日に起きたマニラ大空襲のため、とりあえず南シナ海の新南群島に待機することになった。

そして十一月十九日の早朝、マニラを出港した軽巡五十鈴を護衛してコレヒドール沖を航行中、敵潜水艦の攻撃をうけ、魚雷が五十鈴の後部に命中して損害をあたえたが、航行にはさしつかえないため、そのままシンガポールに入港した。

その後、便乗者や物資を積んだ桑が、ふたたび北上してサイゴンに入港したのは十一月二十五日であった。サイゴン待機中に第七次多号作戦が発動され、すみやかにマニラに進出せよとの命をうけ、ただちに転進した。

今回の作戦には司令駆逐艦の桑（司令兼艦長山下正倫海軍中佐）を旗艦に、駆逐艦竹（丁型二番艦）、輸送艦九号、一四〇号、一五九号の五隻が参加する。暗号表などの重要書類は、すべてマニラに陸揚げされた。

出撃の前夜、各居住区ごとに最後の宴《うたげ》がひらかれた。みな口には出さないが、今度こそ最後の出撃となることは覚悟していた。

酒豪をもって知られる艦長は、各室をまわって一人ひとりと酒をくみかわし、「お前の命は俺にあずけてくれ、犬死には許さん。一人となっても敵陣に踏みこむべし」と例のドラ声で厳命された。だが、お得意の裸踊りは、ついに見ることができなかった。

昭和十九年十一月三十日の午後十一時、あわき三日月に照らされた岸壁から、旗艦の桑を先頭に五隻はすべるようにマニラのキャビテ軍港をあとにした。

マニラもこれが最後となるかもしれないと思ったが、心のなかに迷いはなにもなかった。めざすはオルモック湾突入あるのみだ。

マニラ湾口を出たとき、突如として総員配置につけの号令がくだった。「敵潜水艦発見」という見張員の声がひびいた。

しかしこれは、陸軍の輸送用潜水艦であったので、まずはひと安心である。だが、陸軍が輸送のために独自の潜水艦を使用しているとは、われわれ海軍としては情けないかぎりである。

以後、なにごともなく五隻は、一路オルモックをめざして南下する。

明くる十二月一日の朝には、早くも敵機B24のお出迎えである。ただちに高角砲で一撃をくわえたが、敵機はわが砲の射程外をゆうゆうと旋回して、立ち去る気配もない。ついに、

昭和19年５月、公試運転に出動する竹。七次多号作戦に竹は出撃生還

わが艦隊は敵に発見されたのである。

われわれは厳重な警戒配備をつづけて南下した。だが、意外にも敵襲はなく、夜十時ごろ無事にオルモックに入港して食糧などの荷揚げ作業をおえ、味方艦船援護のため湾内警戒の任についた。

折りからオルモック湾内は波静かにして、残月があわく海面を照らしている。砲員のだれかが「まるで墓場のようだ」とポツリと言った。しかし、だれの言葉もなかった。この数十分後に、この鏡のような海が、ほんとうに自分たちの墓場になるとは、だれが予測したであろうか。

その静けさは、突如として破られた。「敵駆逐艦三隻、ボンソン付近」という見張員の大声についで「砲魚雷戦用意」が下令された。ときに十二月一日の夜十一時五十分ごろであった。ただちに砲を旋回して、前方三十度、照準器のなかに、白波を蹴たてて湾内にむけて突入してくる三隻の敵駆逐艦の姿をとらえた。

一瞬、緊張感が身体を駆けぬけた。海軍に身を投じて八年をかぞえ、幾多の戦闘に参加した私だが、今日はいつもとちがう気がしてならなかった。

砲術長の「独立打ち方」の令がでたが、わが一番砲は電気系統の故障のため、砲側照準である。呉出撃までに修理がまにあわず、不本意なこと極まりない。敵との距離八千メートルでは、ともすれば目標を見うしないがちとなる。

猛烈な彼我の砲戦がはじまった。

わが方の初弾も修正弾も命中せず、まことに残念である。なお、敵方には魚雷艇四隻がくわわり、一対七となって、絶対にわが方の不利となった。

敵弾は桑の前後左右に落下して、すさまじい水柱をたてはじめた。弾着は正確に近づいてきた。まもなく、艦橋左舷に一発が命中した。つづいて二番砲にも命中弾があり、火災が発生して使用不能との報があった。

敵弾は、わが艦に集中しており、電探射撃の威力を、いやというほど見せつけられ、砲側照準の悲しさも思い知らされた。

しかし、砲員一同は砲員長の伊藤上曹のもと、よく頑張ってくれた。だが突如として強烈なショックを体に感じた瞬間、私は不覚にも意識をうしなった。

どのくらいたったであろうか、気がついたときには、帽子は飛び、服はボロボロに裂けて、見るも無残な姿であった。しかし、不思議にも数ヵ所の擦り傷だけだった。艦はすでに三十度も左舷に傾き、前甲板上には砲員長をはじめとする砲員たちの筆舌につくしがたい無残な姿が横たわり、悲惨きわまりなかった。

小さな勇者「桑」よ永遠なれ

砲員ことごとくが倒れ、なすすべもなく艦橋を見れば、すでに人影はない。しかし、艦橋前の二五ミリ三連装機銃が、健気《けなげ》にも敵と応戦している。敵艦との距離は約二千メートルであった。

相手の敵艦も燃えていた。火災を起こしながらも、彼我の曳痕弾が赤く尾をひき、交錯する。壮絶な機銃の射ち合いであった。

突然、敵艦は火柱を夜空に噴きあげると、一瞬にして沈んでしまった。それは、最後の力を一発の魚雷にかけた、わが水雷科員の神業によるものと、私はいまなお信じて疑わない。まもなく敵は退避して、オルモック湾はまた静かな海にもどった。振りかえれば、艦上には人影もなく、全員が戦死したのであろうか。そういえば、総員退去の命令も聞いていない。もはや、艦と運命を共にするしかないと私は思った。

火災は後部から中部へ、さらに前部へとせまってくる。そのとき、出撃の前夜の艦長のあの言葉が頭をよぎった。

「一人になっても敵陣に踏み込むべし」

犬死にしてたまるかと、私は大きく傾いた右舷によじのぼって、思いきって海中へ身を投じた。五十メートルほど艦からはなれたとき、艦は艦尾の方から垂直に直立するように、艦首を上にして静かに沈んでいった。

重油で真っ黒になった顔を、涙が止めどなく濡らした。ときに十二月二日、午前零時三十分ごろではなかったかと思う。

しばらく泳いでいると、二メートルくらいの角材が流れてきた。水泳にあまり自信のない自分でも、これでオルモックへ行けると元気がでてきた。

泳いでいると、死んだと思っていた岸本とめぐりあった。全滅したはずの一番砲の射手が生きていたとは、嬉しいかぎりである。とにかくオルモックへ行こうと一生懸命に泳ぐのだが、気持とは裏腹にいっこうに進まない。向こうのほうに、さらに三、四人が泳いでいた。しかし、だれだかはわからない。

どのくらい泳いだろうか。夜明け前に、駆逐艦竹《たけ》を先頭に四隻が近づいてきた。みなは大声で助けをもとめた。しかし竹の艦上からは、大発が助けにくるから頑張れと声がかけられただけで、無情にも通りすぎていった。

われわれは、もはやこれまでと絶望感が頭をかすめた。

そのとき、思わぬことが起きた。最後尾を走っていた輸送艦一五九号が、とつぜん停止してカッターを降ろし、われわれ近くの者八名を救助してくれた。天は、われわれをまだ見捨てなかったのだ。聞けば、一五九号艦長の独断であったという。しかも、カッターの艇指揮は奇しくも空母隼鷹時代の航海士で、「お前たちは艦長に感謝しなくてはいけないよ」といわれた。時刻は午前四時前であったように思う。

生き残ったのは、われわれ八名だけと長いあいだ思っていた。しかし、吉岡氏ほか数名が陸上に泳ぎつき、オルモックの地獄から脱出したことを知ったのは、三十八年後の昭和五十七年であった。

マニラにもどってきた八名は、重傷の二名を入院させ、残り六名は多号作戦生き残りの他艦の人々とともにマニラ市内の修道院に待機し、出撃する特攻機を見送る毎日となった。残務整理を岸本兵曹以下四名にまかせ、私は陸戦隊の一員となることを志願した。しかし、オルモックの海で重油を飲んだためか、下痢がつづき、十二月二十五日に海軍病院で診断の結果、アメーバ赤痢とのことで、ただちに入院となった。

熱は四十度ちかく上がり、血便は日に数十回というひどさで、六十四キロあった体重も、わずか半月間に半分ほどに痩せ、死を待つばかりであった。

しかし、明くる昭和二十年一月五日、病院船の第二氷川丸がマニラに入港し、私はこれに乗せられて辛うじて故郷の土を踏むことができた。

そして、私が体験した第七次多号作戦の戦闘状況があやまって伝えられていることを知り、山下艦長以下、戦友たちの死を無駄にしないためにも、ここに当時の思い出をつづった次第である。

香り浅き「梅」バシー海峡に消えたり

熾烈なる対空戦闘の果て誕生六ヵ月余りで海底に没した愛艦への鎮魂歌

当時「梅」乗組・海軍上等兵曹　市川國雄

梅——名はその体をあらわすとか。梅花は百花に先がけてひと足早く咲き、一年中でいちばん寒い季節に花をつけ風雪に耐えて咲く〝梅の根性〟のように、松型駆逐艦の梅《うめ》も僚艦よりもひと足早く散華してしまった。急がずとも春がすく来るのに、それを待たずに。

ふつう乗組員は、一年から一年半、いや十年も同じ艦で技術をみがくので名人芸に達するのである。それが七ヵ月という短い期間では、やっと兵器になれてきて、これから妙技にはいるときに、海底に沈む。まことに英霊もさぞ悔いていることだろう。充分に訓練して、「サアいつでも来い」という精神があふれてくるくらいに時間をかけて、戦場にのぞむならば満足であったと思う。当時の戦況は、それを許さないのであった。じつに悔しいものがある。

市川國雄兵曹

駆逐艦梅は身体こそ小軀であるが、あるときは艦隊の先陣に立ち、敵機といちはやく火ぶたをきって対空砲火をまじえ、あるときは無力の輸送船団をわが子のように守って、前後左右をやさしくつつみ、昼夜の別なく、しかも寸分のすきも許さない苦闘の矢面《やおもて》に立ち、南の千尋の海をせましと走り、満身創痍の敵弾をうけ、怒濤をかぶりつつ、いつ、いかなる時でも、その任務を完うし、よく闘い、よく働いてくれた。だが、武運つたなく千載のうらみをのんで、短い生命は南海の海底深く消え去った。

梅は、第四十三駆逐隊に昭和十九年七月十五日に編入され、それと同時に司令艦となる。司令として海軍大佐菅間《かんま》良吉（海兵五〇期）が着任、艦長は海軍少佐大西《おおにし》快治（海兵六一期）であった。

梅は、松型という戦事急造の駆逐艦の三番艦である。そのため特型駆逐艦にくらべれば戦力は若干おとるが、魚雷にかぎっては当時最新鋭の九三式魚雷で、発射管は四連装一基をもち、九〇式や、古くは六年式の魚雷装備の駆逐艦よりは優秀であり、対空駆逐艦であった。また丁型ともいって、罐、機械、罐、機械と前部、後部と独立しており、被害を最小限度にくいとめるように設計してあり、乗組員は約三百名であった。

昭和十九年六月、大阪の藤永田造船所で艤装を終えて、姉妹艦である桃《もも》（丁型四番艦）とともに内海で沿岸警備をかねて訓練にはいり、二ヵ月後に新南群島ミリー方面に進出行動し、十月十二、三、四日の台湾沖航空戦が初陣であった。

また、台湾への輸送作戦をおこなう空母を護衛して基隆まで往復した。

僚艦沈没の悲報しきり

昭和十九年十一月九日、五島列島の北方において五十鈴、霜月、桑、槇、杉、桃、梅が合同、H部隊とよばれる南方輸送部隊が集結し、南方へ進出する航空戦艦伊勢と日向を護衛することになった。指揮官は第三十一戦隊司令官の鶴岡信道海軍少将、司令部は吉田正義海軍大佐、参謀は中村昇海軍中佐、山本壮吉海軍中佐たちで、彼らの指揮のもとに速力二十ノットで南下し、馬公に針路をとる。

このとき、きのう五島北方にて反航した護国丸は、本日午前三時四十分、壱岐付近において敵潜により撃沈された、との報をうける。季節風が強く、視界が不良なため漁翁島の発見に苦しみつつ、午後三時、台湾西方、澎湖島の馬公に入港した。しかし、重油を補給しているときも季節風は二十メートルも吹き、そのため油槽船が少なく、徹夜の難作業となる。休むまもなく午後四時、馬公を出港する。湾口にて敵潜一隻の急襲をうけたが、わが方には被害はなかった。

情報によれば、連日、マニラは猛烈な空襲をうけているので、「H部隊はとりあえず、新南群島に回航して待機。同地にて積荷を輸送船に移載せよ」との発令があった。そこでこの付近は敵潜があらわれる頻度が高いので、適当に避航しつつ南下する。そして十一月十四日の午後二時に新南群島（パラワン島西方の南沙諸島）の北険礁の錨地に入泊した。

十五日はマニラで地雷、噴進砲、弾薬、陸戦兵器などを受け取るため、六、九、十号輸送艦が出港したが、これを護衛するため出港する。積荷を輸送船に移積して、便乗者二八〇名は戦艦日向に移乗した。そして午後五時に出港してボルネオ北岸ブルネイに回航の予定であったところ、マニラにおいてはB29、P38など計六十機の空襲をうけ、一夜、現地の泊地で警戒待機した。

十一月十七日、新南群島錨地より第二艦隊の戦艦大和、長門、金剛は、内地へ回航するので、馬公まで護衛任務についた。比島沖海戦の支援部隊である第五艦隊、第三戦隊の榛名、大淀はリンガに回航となる。

まもなく、五十鈴、槇、桑、杉、桃はマニラに向かい、われわれ霜月、桐、梅の三隻は新南群島の長島錨地にむかい、午後二時に入泊する。霞、潮、竹が同地にあって、各艦に燃料を補給する。足柄、羽黒、榛名、大淀、朝霜、初霜が入泊する。損傷のあるのは羽黒と潮で、そのほかの各艦はみな健全である。

十一月十九日の朝六時三十分、長島錨地を出港し、リンガ泊地に向かう。マニラの空襲は猛烈をきわむとの情報をうけたが、われわれは敵潜もなく平穏な航海がつづいた。基準速力十六ノットでアナンバス北東海面を西航する。この頃わが銀河特攻隊は、ウルシーを急襲したとの電報をきいた。二十一日、午後六時にマレー半島のカンタン沖を通過したときに掃海艇二隻が作業中であった。

明くる二十二日の朝、榛名がアドミラルバンクに触礁したが、当時、各部隊は縦陣列となって羽黒が誘導しつつ、午後四時にリンガ泊地へ入泊した。ただちに指揮官の前に参集し、現状を申告した。このころ船体、兵器ともに無傷なのは足柄だけであった。それでも伊勢、日向はシンガポールへ回航し、残余の搭載物件を陸揚げした。

十一月二十五日、比島沖海戦いらいの僚艦であった霜月は、昨夜、シンガポールの東水道で敵潜の雷撃により沈没したという。また金剛は、台湾北方において敵潜の雷撃により轟沈したとの悲報をきいた。南シナ海は潜水艦により海上権も米海軍がにぎった模様である。

リスクが大きい輸送作戦

昭和十九年十二月二日、梅は南西方面艦隊（マニラ）の指揮下に入ったが、その三日後、多号第八次オルモック輸送作戦が発令され、第四十三駆逐隊の梅、桃、杉、十一号輸送艦、十八号駆潜艇、三十八号駆潜艇。赤城山丸、白馬丸、第五真盛丸、日祥丸などがこれに参加した。陸兵は、自動小銃をもった最精鋭部隊の第六十八独立旅団（四千名）で、彼らの輸送に従事した。

十二月五日、マニラを出港してまもなくコンソリデーテッドB24の爆撃をうけた。このときは三十機からの編隊で、一度に投下される爆弾の爆風でまわりの島の椰子《やし》の木も吹き飛び、まるでハリケーンがきたようである。

一万メートルの上空では高角砲の効果もなく、ただ爆弾を避けて通るようなありさまである。昼も夜もなく反復の爆撃をうけながら、十二月七日、レイテ島にたどり着く。しかし予定のオルモックへはとうてい行けそうもない。

梅とともに八次多号作戦を戦った杉。急造量産の
丁型の直線的となった艦型の雰囲気がよくわかる

というのは、そのとき米軍の輸送船八十隻、駆逐艦十二隻、掃海艇十隻、駆潜艇七隻が来襲したため、船団はオルモックの北方六十浬にあるサンイシドロ湾に座礁して揚陸させることになった。

輸送船を海岸めがけて座礁させ、船が横だおしになると陸兵が飛びだす。それを敵機は死に物ぐるいで低空飛行して機銃掃射、投爆である。紺碧の空は弾煙でくもり、一瞬にして修羅場と化す。わが砲銃員も援護射撃をするが、多勢に無勢では、どうかぶじに上陸してくれるよう神仏に祈らずにはおられない。

あの勇敢な陸兵もほとんど一人の生存者もなく、悔いをのこして上陸地点で眠っていることであろう。四十一年たってもあの戦場の地獄は忘れることはできない。悲壮なひとこまである。

輸送船は上陸用舟艇でないので、海岸に座礁させれば陸兵は海に飛ばされ、あるいは陸に叩きつけられるさまは、この世の出来事とはおもえない。橋のない川を渡るようである。僚艦の杉は被爆し、小破ではあったが火を噴いて海上を走っている。敵機は杉に集中攻撃をかける。

これを援護することもできず、敵の手薄をさいわいに反転して、わが梅はマニラに向かう。煙幕を張りながら北上するのであった。さすがの敵機も深追いはしてこなかったので、梅は助かった。

この多号作戦は、わが軍の犠牲のほうが多く、数万の陸兵と一万トン程度の補給品しか陸揚げできなかった。第一次と第二次、それに第八次の三回くらいが成功したが、それ以外の輸送作戦は全滅である。目的地に到着せずに海上で撃沈されてしまったのである。八〇パーセントは海底の藻屑となった。このようにオルモックへの多号作戦は、海上特攻であった。艦長から出撃を前に作戦目的と目的地の説明があったが、それによると「湾の入口は米軍が上陸しているので、もし艦が沈んだら湾の奥をめがけて泳いで行くようにすること。そうすると友軍が救助してくれる。そして陸に上がったら、陸戦隊となって戦闘するのだ」ということであった。

まさに身が引きしまる思いで聞き、それから各自は短刀や軍刀を用意した。いよいよわれわれの生命もあと一週間であると覚悟したことが、二、三日前のような気がする。

難をのがれ香港で修理

十二月七日午前十時ごろ、敵機二十機と交戦したが、このとき杉が損傷する。杉はよく消火して、真夜中にマニラに帰投したときく。よくぞあれだけの被害を出しながら帰れたものである。

レイテ島への輸送作戦で失った艦船も、大変な数である。第三次、第四次、五次、六次、七次、九次は陸上寸前でやられてしまった。

梅もオルモック湾に突入したが、運よく成功したことを誇りとしている。満身、蜂の巣のように敵弾をうけながらも、よくその危機を脱出してくれた。

十二月九日をもって、あの悲惨なレイテ島オルモック輸送作戦は、第九次で中止となった。一回の作戦で七隻から十隻の艦がやってきたが、それいらい二度とマニラにその姿をあらわさなかった。

マニラ湾でつぎの作戦命令を待機中の十二月十四日、敵機動部隊の艦上機から三時間にわたる波状攻撃をうけて、マニラに停泊中の艦船はつぎつぎと傷ついた。本艦も前部外板を至近弾によりやぶられ、揚錨機が破損したため、内地に帰還することになり、夕暮れにマニラを桃とともに出港した。

そして北上してまもなく予定の変更命令があって、梅は香港へむけ針路を西にとることになった。そして夜八時ごろ、桃と駆潜艇が敵潜水艦の魚雷により撃沈された情報をうけた。ところが梅は、西に針路を変えたため難をのがれた。マニラを出港するとすぐに偵察のコンソリデーテッドB24を発見した。おそらくこれらの機が連絡をとっていたのであろう。途中なにごともなく、海南島で食糧を搭載して香港に入港する。ただちにドックに入り、昼夜で修理をおこなったので、年が明けた昭和二十年一月十五日には完了して、香港をでた。この日、敵艦載機五十機と交戦し、グラマン戦闘機P51の二機編隊を一度に撃墜したことは忘れられない。晩にはビールで乾杯したが、うまかった。

香港で約一ヵ月ほどで修理を終わり、ついでルソン島アパリ東方バトリナオ輸送作戦のため、基隆に回航、ついで高雄にむかう。ここでも三たび敵の艦載機の来襲をうけ、ほぼ一日中、交戦をくりかえしているありさまだった。

運命をかえた一発の直撃弾

一月三十日、フィリピン北端にあるアパリ港に集結中の陸海軍の搭乗員たちの救出を目的としたバトリナオ輸送作戦を実施するため、梅、楓《かえで》（松型十七番艦）、汐風《しおかぜ》（大正十年竣工の峯風型）は出撃した。

ところが午前十一時ごろ、敵情によって輸送作戦を一日延期せよとの電報が入って、それ以降の輸送隊の行動予定を一日繰り下げることになり、高雄港に入港した。そして第三配備で仮泊し、明けて三十一日の午前十時、アパリに向けて勇躍、高雄を出港した。

梅、楓、汐風は白波をけって軍艦旗を後部マスト高々とあげて出撃する。当日は南方ではめずらしく曇りで、雲は低くたれさがり、海上は風速十メートル以上で波は高く視界は最低で、あまりよい航海ではなかった。

午前中は友軍機が護衛していたので何事もなく航行していたが、午後になりいつのまにか友軍機も引きあげていた。ふたたび飛行機が見えたとき、友軍機が交代して護衛に来てくれたのだと、敵機を友軍機と思っていたのである。だれ一人として、疑うものはいなかった。敵機とわかっていれば、おそらく沈没はまぬがれたのではなかろうかとおもう。

最初ノースアメリカンB25は本隊と並行して飛んでいたのである。B25は方向舵が二枚で、友軍機はすべて一枚である。こちらに向いていればすぐわかるから、並行して飛ぶのは初めから計画的であったのではないかと思われる。並行をつづけて本艦に徐々に近づき、射程距離内にはいると急に方向をかえて、本艦に一番機が突っ込んできた。

つづいて十機くらいが襲ってきたのでただちに対空戦闘に入り、「打ち方始め」が下令されたのと同時に、艦長は面舵《おもかじ》一杯にとった。高角砲、機銃の各砲は、一斉に火を敵機に向かってふいたのである。

ところが艦の方向は急には変わらないので、ときすでに遅くB25が頭上をこえたときには下腹から爆弾が投下され、同時に機銃掃射をうけた。さらに後甲板に直撃弾が命中した。そのうえ高角砲より後方の甲板は、爆雷を誘発して二分の一に切断して吹き飛んでしまった。

午後三時半ごろだと思うが、主機械は停止し、艦体はすでに傾いてきた。つづいて二発目の爆弾が投下された。しかしこんどは艦橋のすぐ横にあたる右舷への至近弾で、直撃弾はまぬがれたものの、上からの海水が滝のように流れてきた。

海水の降るのが止むのをまって上を見ると、トップの測距員全員が戦死、砲術長は重傷である。前部機銃員も大半が戦死してしまった。爆弾の破片でやられてしまったのだ。さいわいにも艦橋内は軽傷者はでたが、戦死者はなかった。

海上では僚艦の楓も爆弾が命中し、煙をだしながら防火に苦戦のようである。汐風だけは無傷のようだ。

まもなく敵戦闘機二十数機がつぎつぎと急降下、つづいて爆撃機も十数機が襲ってきた。敵の攻撃は一番艦である司令駆逐艦の梅に攻撃が集中したので、爆弾と機銃掃射は熾烈をきわめ、歴戦の勇士は各自の戦闘配置にあって善戦奮闘し、鬼神をも泣かす戦闘ぶりであった。

後部高角砲より後甲板は切断し、二軸の推進器はすっとび、艦足はピタリと停止したため、航行不能となり、まったくの処置なしとなる。一方、敵機は、またとないチャンスとばかり爆撃機は大型爆弾を投下したが、その一発が艦橋と前部砲塔との右横舷に至近弾となり、艦の機能はまったくゼロとなり、標的艦となってしまった。

戦闘がはじまって二十分くらいで、敵は全弾を投下しつくして、なお執拗に機銃掃射をくりかえす攻撃のため、多くの甲板員はその配置をりっぱに死守して壮烈なる戦死をとげた。

夕日をあびて海底に消えた梅

戦闘が熾烈であっただけに、残念ながらわが方の戦死者も八十数名の多きにのぼり、この勇敢な海の勇士とともに駆逐艦梅は、南海せましと満身鬼と化し、敵弾をうけながらも縦横無尽にあばれまわり、よく闘い、よく走り、その本分をつくしてくれたが、戦運われに利あらず、わずか六ヵ月半の短い生命をバシーの海底に夕日をあびて消え去ったのである。ときに昭和二十年一月三十一日の午後六時十分、東経一二〇度五〇分、北緯二〇度三〇分の地点である。

艦内ではまだなんの命令もでないが、そのときに松尾先任将校が月館兵曹をよび、「とりあえず負傷者を汐風にうつせ」との命令である。

そこで森田兵曹ほか数名でカッターをおろし、砲術長をはじめ上半身火傷で重傷である石川機械長および重傷者を優先して汐風に移動させた。海軍少佐山崎砲術長は出血大量のためまもなく息を引きとった。月館兵曹以下の救助隊の活躍はじつに賞賛すべき働きであった。

それからまもなく、総員退去の命令がでる。斉藤先任伍長が上甲板で指揮している姿が頼もしくもあった。

カッターで将兵を移動するが、波が高くしかも薄暮となってきたので、なかなか思うように進まず、するともう一隻のカッターが見えた。汐風がだしてくれたもので、これで順調に作業がすすんだ。いちばん最後に第四十三駆逐隊司令の吉田正義大佐(昭和二十年一月九日着任)と大西艦長が退艦した。つづいて信号長のほか若干の下士官兵が乗った。

まだ艦内には生存者がいたが、重傷のためすでに覚悟しているのか、退艦をこばむ。なかでも斉藤兵曹機銃長(宮城県出身)は重傷でありながら、とても元気でいた。なんとかして連れて帰ろうとしたが、頑としてきかなかった。いまも艦と共にバシーの海底に生きつづけていることであろう。

一人でも多く助けようと思って、私は艦内を走りまわった。「敵がきたから急げ」と、信号兵からの連絡があった。これが海上でなければ助かるものも相当あったろうと、後ろ髪をひかれるおもいだが、仕方ない。

また、左舷後部の風呂場のそばの単装機銃員射手であろう、りっぱな戦死ぶりであった。後部甲板に爆弾が命中したさいに破片でやられたのであろう、うつぶせた状態で両足と右手が残り、左腰上腹部から左腕、肩、首、頭部はすっとんでしまったのである。いまになっても名前が思い出せないのである。心から冥福を祈る。

さいわいに敵機は来ないのでわずかな時間であるが、まだ沈まずにいる愛艦の梅を僚艦の砲撃により海底におくった。「国の鎮め」のラッパ吹奏がひびきわたり、生存者全員が見まもるなか、祖国日本の勝利を信じ、また念じながら最後の力をふりしぼって万歳を連呼しつつ、艦と共に散華された梅の海の勇士のとうとい姿が、きのうのことのように思いだされて万感のかぎりである。

祖国の名誉を守り、誇り高き国民性と、伝統あるあの軍艦旗のもとに、大和民族の魂をゆさぶった海のつわものこそ真の姿であり、まことの武士の散りぎわであったとおもう。住みなれた愛艦梅と、ただただ無言の決別である。

無念の涙である。泣くに泣けない感情であった。駆逐艦梅は、祖国のため幾多の戦死者を抱いたまま、バシー海峡の海底に横たわり、きょうも太平洋の波を枕に眠っているのである。

対空砲台「椿」が演じた真夏の惨劇

部下の死を目のあたりにしつつ呉空襲を戦った一下士官の戦闘日誌

当時「椿」前部水測員・海軍上等兵曹　栄　島弘

駆逐艦「椿《つばき》」艤装員附を命ず――との辞令が出たのは、昭和十九年も残り少なくなった十一月四日のことで、私はただちに呉海兵団から陸行、舞鶴におもむいた。

そして、この松型十五番艦の艤装員として勤務中のある日、水測兵器の取付工事を監視しているとき、とつぜん田中一郎艦長が水測兵器室の前にほかの士官とともに来られたので、その艦長の顔を見たとたんハッとした私は、おもわず「艦長」といって敬礼した。すると気さくな艦長は、「おお」といって答礼をされた。

栄島弘上等兵曹

私は「お久しぶりです、四小隊長の伝令をしていた栄です」と言いたかったが、これは声にならなかった。艦長が呉鎮守府第四特別陸戦隊第三中隊の機銃小隊長をしておられた昭和十三、十四年ころは、私はとなりの四小隊長の小隊長伝令をしていた。

伝令は駐留すれば従兵となる。漢口に駐留していた時代は、フランス租界の上流の隣りに川下向きにあった三中隊本部から、各小隊が交互に飛行場、民生路の軍需部に派遣されて警備についていた。このため中隊本部では、何百回となく顔を見ていたなつかしい方だった。この艦長のもとなら安心して生死を共にご奉公ができると、かたく覚悟して後ろ姿を見送った私だった。

十一月三十日、椿乗組を命ぜられ、公試運転も好結果に終わり、十二月末の呉回航では、ただでさえ冬は北風が強い日本海はたいへんな時化《しけ》であった。そのうえに夜航海では、戦時下ゆえに国際海上衝突予防法で決められている航海灯もつけられなかった。

さらに島根・日御崎《ひのみさき》沖あたりからは、ピッチング（縦揺れ）とローリング（横揺れ）のはげしい難航がつづき、甲板下にある狭い探信儀室でもレシーバーを両耳につけて、なにか固定物を握り支えていなければ倒れそうになるような時化だった。水測員の救いは、探信儀室とはおなじ甲板で防水扉はあるものの、大時化になっても這《は》ってでも配置につけるメリットがあった。

しかし、関門海峡に入ると嘘のように静かになった。山口県大島郡の安下ノ庄沖で停泊し、急速訓練を日夜かさねてやった。私たち二分隊の水雷科員は、前部水測員と後部水雷科員とに分かれ、水雷長のもと後部に掌水雷長、前部に水測士がいたが、彼が私たちの直属上司であった。

明けて昭和二十年二月十六日、船団を護衛して上海にむけて門司を出港した。船団護衛は、まことに地味な勤務で、日中はともかく夜は前述のように彼我ともに航海灯を点灯できなかった。

現在でいえば、国体のマラソン選手が交通地獄のなかで保育園児をつれて遠足にいくようなもので、車もライトなしだし、われわれも懐中電灯もない遠足をご想像いただけたら理解できることと思う。だが、実情は一船団の護衛を完遂することが、国防に影響するのでさらに困難な任務であった。

当時は石炭燃焼罐のピストン船が多く、ほとんどの場合、七ノットから八ノットくらいの船舶ばかりで、編成にも苦労したようである。しかし果てしない海原を、護衛艦はその駿足を利用して船団の前に、横に、後にと、警戒しながら前進する。その苦労たるや前記の保育園児の遠足の比でない。

もし敵潜に捕捉されると、船団も護衛艦艇さえ危険な目にあうのである。私は昭和十九年二月十一日、水雷艇で佐世保を出航して五島列島と九州のあいだで厳冬の夜、にがい経験をした思い出がある。当時十二、三ノットの船団は、高速船団のほうだった。

それでも二月二十日、椿はぶじ上海に入港して、つぎはべつの船団を護衛して大陸沿岸を南下し、これも無事に入港して任務を果たすことができた。汕頭《スワトウ》は香港の約一七〇浬《かいり》北北東にある港街で、広東人と通話させたところ、同じ中国人同士の会話でも半分くらいしか通じなかった思い出が残っている。

三月十五日に椿は、第十一水雷戦隊第五十三駆逐隊に編入された。

いっぽう米軍は、一月九日にルソン島に上陸、また三月九日には東京を空襲し、このため死者十二万人以上がでた。さらに四月一日には沖縄に上陸、六月二十三日には軍司令官牛島《うしじま》満中将以下、陸海軍とも玉砕した。

触雷してからくも呉に帰投

椿は四月に米軍が沖縄に上陸を敢行してきたので、内地に到着したのちは戦艦大和を護衛して、沖縄へ突入することになっていた。そこで最後の護衛は、さきに降伏したイタリアの大型客船コンテベルテ号を日本へ曳航する船団を護衛して、四月十日に上海を出航した。

出航後はただちに「戦闘配置につけ」との命令がでて、いつでも戦闘態勢にうつれるように配置についた。揚子江へでると左舷遠くに、支那事変当初、上海陸戦隊をなやました隠密空軍基地があった崇明島が見える。

中流へ出て面舵《おもかじ》をとりしばらくたったとき、米軍が投下した磁気機雷に触雷して、艦尾は爆発のはげしい水煙とともに大きく持ちあげられた。この衝撃のため後部で爆雷投下訓練をしていた後部水雷科員の神谷幸造二等兵曹は吹きとばされ、揚子江に落下して行方不明になった。

一瞬、持ちあげられた艦尾の溶接はゆるみ、リベットははずれ、艦尾から沈むかに見えたが、そこへ折りよく付近を警戒していたタグボート二隻が椿の艦尾に接舷した。そしてただちに、発電機がやられ排水が困難になった椿にかわり、排水しながら艦尾を抱き、沈没をくいとめてくれた。そのまま江南ドックに曳航され、ドック待ちして、応急修理をすることになった。

いっぽう、この騒ぎで水測員の居住区の応急灯は点《とも》ったものの、探信儀室は真っ暗になった。この瞬間、一人の若い水測員が探信儀室から脱出しようと一目散に走り、ラッタルを二、三段かけのぼった。このとき私は「待てッ」と叫ぶと、彼は立ちどまって私を振りむいた。「上甲板からは蓋がはめられ、中からは絶対に開けられない。たとえ開けることができても、みなを殺して私一人だけ生きるようなことは絶対にない。死ぬときはみな一緒だ、心をしずめて落ちつけ」というと、十六歳の少年水測兵だった彼は「はい、わかりました」と、すなおにこたえて探信儀室へもどってきた。

一段落した私は、伝声管についていた水測員に「探信儀室へ上甲板の情況知らせ」と命令すると、彼はそれを復唱して艦橋へ照会して、前述の情況がわかったという次第であった。

四月十三日までの椿乗組員は、応急修理とはいえ、これという作業もなく平穏な日がつづいた。ある入渠中の夕方、ドック側の居住区で乗組員の演芸会がおこなわれた。

このとき私は、戦時下にもかかわらず、どこで手にいれたのか、少し広東語を話せたので中国人から借りたのかどうかはいまとなってはさだかでないが、海軍へ入籍以来ならったギター伴奏で、機雷科倉庫長の宮尾章二等兵曹に竹岡信幸作曲、東海林太郎が歌った『旅寝の夢』を歌ってもらった思い出がのこっている。

椿は、応急修理によって使用が可能になった一基の発電機と、一軸の推進器で、四月二十七日、出渠した。そして、さらにいろいろ整備して半身不随のような状態ではあったが、ふたたび船団を護衛して上海を出航した。

こうして敵潜水艦の比較的少ないとみられる大陸沿岸を北上して、山東半島の南部から遼東半島の南部をへて、朝鮮半島の西岸を南下した。そして五月十七日、山口県萩の西方にある油谷湾にぶじ入港し、ここで船団を解散したのであった。

このあと椿は、各部の点検整備をして、五月二十七日、呉にむけて回航したが、この途中、門司に入港して投錨しているコンテベルテ号を見て、なんともいえぬ感慨にうたれながら呉に入港し、工廠の岸壁に係留して修理待ちをした。

最愛の妹よ無事でいてくれ

椿は修理待ちをしてドック入りであるため、しばらく呉に停泊すると判断して、私は当時の食糧事情などで口べらしも考慮して、私の俸給でまかなえると思って、三月と六月の二回の空襲で焼土と化した神戸から、妹文子を呉によびよせた。

当時は攻撃などはまったく考えられず、制海権ももはや敵に握られており、輸送船の使用も困難で南方への物資補給は停止状態に近く、やむをえない地点への補給は潜水艦でしていたが、搭載量がしれていた。そのためかこの頃になると潜水艦の被害はますばかりで、修理といえば潜水艦ばかりで水上艦艇までは手がまわらず、修理待ちは長びくいっぽうであった。

六月二十三日、上陸して集会所の前に文子を待たせ、私は念のため宿泊券を取得して、これまで何回も泊まったことのある旅館「栄良久」へいって宿泊を頼むと、「きょうは満員です」と断わられた。仕方がないので私のせまい下宿に妹を送り、ふたたび私は集会所に帰って就寝した。

その夜、米軍の大編隊による大空襲があった。呉全市は、またたくまに火につつまれたようだ。私は、警報とともに集会所の中庭にある俗称〝長官山〟の防空壕に退避したが、妹のことが気になったがどうにもならない。壕の中から長官山の樹がパチパチ燃える音がよく聞こえるが、さいわい壕の入口付近には樹木もなく、集会所は鉄筋で安心だった。しかし空襲は、ながらくつづいた。

東の空がすこし明るみかけたころ、空襲警報の解除を知らせるサイレンが鳴りひびき、私は真っ先に集会所の前にでてみた。ここからは本通り十丁目あたりまで見える。見ると本通りを走る市電のセンタポールを支えていた両側の鉄柱は、焼けて折れまがり、軌道上は歩行不能となっているのを見て愕然とした。

まださめない高熱と、たれさがる架線や焼失した家屋の熱気で通行不可能な本通りをさけて、呉駅のほうへ行き、堺川畔を北上した時そうとう熱気はあった。

だが、船場町で川は二股になり、それまでは下宿のあった溝路町は、底い山頂近くの窪みのようなところにあったので、一縷の望みをもっていた。しかし、期待は裏切られた。下宿のほうも一面の焼け野原になっていた。熱気も無感覚になり、思わず膝がくずれそうになった。

呉に係留中の椿。20年７月の空襲で爆弾命中、中破状態で終戦を迎えた

私は夢遊病者のようになり、妹がとまっていた下宿のほうへ一歩一歩と近づいていった。ただ妹の姿をもとめて、足元のあちらこちらで未だくすぶっている家、無残に横たわる焼死体、なかには生後まもない幼児をすこしでも火炎や熱気から守ろうとしたのであろう、四つん這いになり、幼児を両腕のなかにして母子とども焼死しているものも多かった。まさにこの世の地獄だった。そんな熱風と闘いながら一歩一歩と下宿のほうに近づいた。

海軍では、なにごとを始めるにも五分前という言葉がある。これは定刻には予定の行動ができるよう五分前から準備をし、時間厳守するようにしたものである。このため時間に遅れることを、時間を切るといってもっとも嫌った。

しかし、私の帰艦時刻は、すでに過ぎている。約十年も守ってきた時間厳守も、私の頭のなかにはなかった。二回の神戸の空襲でも命ながらえた最愛の妹を、呉に呼んだばかりに失ったとおもうと、気力も喪失した。そして茫然と熱気にあおられながら焼失した下宿跡に立っていたとき、かなり前方の高い防空壕から「兄さん」といって、妹が顔を真っ黒にして走りながら抱きついてきた。

見知らぬ土地で頼る人とてなく、話し相手は年老いた下宿のお婆さんのみで、心細い寂しい思いをしたことだろうと思うと、「よかった、よかった。大丈夫だったんだな」と肩を抱きしめた。八歳で父を、十一歳で母を失った妹は、幾度となく死と直面しながらも私と生きて再会できたこの感激は、浅学で才能のない私には実情を表現することはできない。

この直後、私の頭にただちにきたのが遅い帰艦のことで、妹の手を引いて艦に向かった。艦のはからいで、共におそい朝食をとった。しかし、どこをどう通って帰艦したのか、いまではまったく記憶がない。

このとき私たちのほかにも郷里から面会にきていた奥様や、呉に待機中に忙しく結婚式をあげた方も何人かいた。そのなかには『旅寝の夢』を歌った若い宮尾兵曹もふくまれていた。彼の奥方は妹より二歳年上の十八歳とおもった。

ホットしたのも束の間で、私の場合は、みなと事情がちがう。兄妹、親子、夫婦といえども、一時の避難はできても艦に泊めるわけにはいかないのだ。ただちに身の振り方を決めねばならない。

しかし、二回も焼失した焼け野原の神戸に帰すこともできない。

そのため頭をかかえて考え悩んでいると、そこへ宮尾兵曹がやってきて、「班長、心配だったら家《うち》のヤツと一緒に行かしたらどうですか、家のほうは食べものも空襲の心配もないですからね」といってくれた。

溺れるものはのたとえで、お願いした。宮尾兵曹の奥様にもお願いした。そこは同性であるため、すぐに仲よくなり、安心して岡山へ行かせることにした。

かけがえのない宮尾兵曹の死

このころ艦内では、修理の順番もこず、このため椿は予備艦になるのではとの噂とか、不安がひろがっていた。しかし艦長は、五十三駆逐隊司令ならびに呉鎮守府参謀長などに願い出て、予備艦への編入はとりやめるように努力された。

そのかいあって椿は、呉鎮守府付となって姉妹艦とともに、周防灘には楢《なら》、和歌山沖には欅《けやき》、神戸沖には桜《さくら》、そして椿は備讃瀬戸と警備地区を分担し進入した。われわれは敵機の撃退と、敵大型機による機雷敷設情報が主任務であった。

神戸沖を警戒航行中の桜は、御影沖にて触雷沈没している。この件はいまなお阪神間では知っている人も多いとおもう。

椿は、直島諸島の警備から宇野、高松間の東寄りの豊島に接岸擬装した。そして主砲と発射管は艦に残し、機銃は島の小高い山に擬装して据えつけ、正規の機銃員以外は予備員となり待機していた。

七月二十三日には瀬戸内海の航空基地と在泊艦船にたいする大空襲があり、呉の在泊艦船は大打撃をうけた。ひきつづいて二十四日にも大空襲があって、椿も夕方までの数回にわたり対空戦闘をまじえた。

遅い夕日が西に傾きかけたころ、また敵機が来襲した。そのため総員が戦闘配置についていたとき、椿にも少数のグラマンの攻撃があって、最初の一機は奇襲に成功したが、残りは撃墜された。この戦闘で艦長は重傷、砲術長は戦死、このほかにも戦死傷者が多数でたようである。

「射ち方やめ、その場に休め」の号令が艦橋から伝声管をとおって伝わってきた直後、班員が顔色をかえて、「班長、倉庫長が戦死されました」と報告してきた。

「なにッ、どこだ」と私が聞きかえすと、「後甲板倉庫前です」と応えが返ってきたので、私は駆けのぼって後甲板へ走った。すると宮尾兵曹は、後部の右舷機雷科倉庫の前で頭を艦首に向け、横たわっていた。見たところでは傷もないようだ。

「宮尾兵曹」と声をかけ、右手を首下に入れて首を抱き起こそうとしたとき、左肩に指が大きく呑みこまれるように入ったので、手を引くと右手は血糊でべっとりだった。くわしく見ると左肩から右脇への貫通銃創で即死だった。左手をのばして倒れていたので、すぐには負傷箇所は見えにくかった。

お国のためにご奉公との大義名分のもと真面目《まじめ》につとめ、結婚してまだ一週間目にして、しかも二十一歳の若さで、なにものにも替えがたい青春を散らしてしまった。

〽旅路果てなき幾山河を　越えていつの日わたしゃ　故郷踏めるやら……かつて上海で歌ったこの歌詞のように、なつかしい故郷を二度と踏むこともなく、青春を散らした宮尾兵曹。兄妹が世話になった彼の側で、しばし断腸のおもいで涙が出てくるのを抑えることはできなかった。

　現在でもギターをとってつまびくたびに、まず『旅寝の夢』を口ずさむと、ありし日の元気だった宮尾兵曹の面影が彷彿として浮かんでくる。

重傷の部下を前にして打つ手なし

　七月二十八日、ふたたび空襲があった。しかし、この日は徹底的な攻撃をおこない、呉の在泊艦船は再起不能となった。このときの空襲で、男木島沖に停泊して偽装をしていたとおもわれた水上機母艦は、水深が浅かったのか錆色の船体は着底擱座（船底がつかえてこれ以上は沈まない状態）して、米軍はそうとう無駄爆弾を使っていた。

　もちろん椿も攻撃をうけ、探信儀室で配置待ちをしていた三重県出身の別所正雄上等水兵が、探信儀室で左下腹部をおさえて「やられた」というので、ズボンをおろさせて見ると、外板をつらぬいてきた盲管銃創で出血はなく、親指の頭くらいの肉片がとびだしていた。

「戦闘配置につけ」との号令で、探信儀と水中聴音機に取り付けたレシーバーをかぶっていたが、これは対空戦闘には不必要とおもわれるが、戦闘配置だから仕方がない。

　別所上水は入口側で受傷した。しかし、いまは戦闘中で、出口の蓋はしまっている。治療は困難だ。「対空戦闘が終わるまで辛抱しろよ」と私をはじめ班員がかわるがわる励ましていたが、別所上水は顔を苦痛にまげて、「班長、痛い、苦しい」と私の胸にすがりつき訴えたが、いくらかわいい部下でも取るべき方法はない。

「戦闘止め」と艦橋から号令が出るまでは、内部からは開けられない。これは万一被害をうけたとき一区画だけで被害をくい止めるため、すべての艦艇はこうなっている。

彼にとっては、長い長い時間だっただろう。やがて「戦闘止め」の号令が発せられた。そして防水蓋が開けられたので私は「いそいで医務室へ運べ」といったが、別所上水の場合、下腹部に受傷していたので、狭いラッタルを背負っていくことができない。また背負えばさらに腹部を圧迫して苦しめる結果になる。

そこで四人で手足をもって狭いラッタルをのぼって運んだ。これより先に私は軍医長のところへ走った。しかし、艦内での摘出はむつかしいとのことで、ただちに玉野特設海軍病院（三菱玉野病院）に内火艇で転送された。内火艇の乗下船や病院までの時間、それに診療、摘出と悪条件がそろっている。私はぶじを祈りつづけて、舷門付近からはなれられなかった。

暗くなって内火艇の航海灯が見えた。舷門をのぼってきた軍医長に敬礼して、真っ先に「軍医長、どうなったのですか」ときいた。すると軍医長は、血のついたガーゼに載せた一三ミリ機銃弾を私に見せて、「駄目だった、これが摘出した弾丸だ」と差し出した。私はとっさに、「これを私にください」と言ってもらいうけた。

戦後、妻の親戚が三重県にいて、別所上水の遺族をさがしたが、戦災都市なのでながらく不明だったが、警察の力を借りてたずねあて、遺族を訪問して墓地の片隅に弾丸を埋めて供養を果たした。

戦死者は、陸上で戦友の手で荼毘《だび》にふされ、等級にかかわらず遺族のもよりの出身者が遺骨を護送することになっていた。しかし、宮尾章兵曹の遺骨だけは私が護送した。彼の父は前県会議員の名門出であることもわかった。

遺骨を護送しているあいだ椿は、呉鎮守司令長官の指示により、呉に回航、そののちは八月二十七日から九月三日まで第一回復員者輸送に従事した。そして九月八日に軍艦旗を降下、同二十六日には第二十号輸送艦に変身し、昭和二十三年七月二十八日、呉海軍工廠で解体された。

なお対空戦で残りの一罐も損傷して、通信事情が悪化するなどいろいろの悪条件がかさなり、内地にいながら敗戦を確実に知ったのは三日後の八月十八日だった。

だれよりも親近感をもって接した温厚な艦長との出会い、兄妹が世話になった宮尾兵曹の戦死、私の襟をつかんで苦しみを訴え、慕ってくれた別所上等水兵の戦死など、いまもって忘れることのできないことばかりである。

丁型駆逐艦　船団護衛ダイアリィ

松型十八隻と橘型十四隻の太平洋戦争

戦史研究家　伊達　久

丁型《ていがた》駆逐艦は通称松型《まつがた》駆逐艦ともいわれ、三十二隻（松型十八隻と建造をより簡易化した改丁型の橘型十四隻）が建造された。艦名が木の名をつけたものが多かったので、「雑木林艦隊」ともいわれた。第一号艦の松《まつ》は昭和十九年四月二十八日に竣工し、第十一水雷戦隊に編入されて慣熟訓練にはげみ、後続艦の竣工を待った。六月にはいって、竹《たけ》、梅《うめ》、桃《もも》（二番～四番艦）と竣工し、松竹梅のめでたい名前からつけられた。

七月十五日、松、竹、梅、桃で第四十三駆逐隊が編成された。二十日に第四十三駆逐隊は、新たに編成された潜水艦撃滅専門の第三十一戦隊に編入され、第一線部隊となり、松は横鎮部隊に編入されて父島輸送の護衛に従事したが、わずか半月後の八月四日、父島輸送の帰途、父島付近で米艦上機の攻撃をうけ、竣工後三ヵ月余で沈没した。二番艦の竹は七月十二日より大東島緊急輸送にあたり、八月七日より夕雲型駆逐艦の清霜とともにパラオ輸送に従事した。八月三十日より十月二十九日までマニラ～ブルネイ、マニラ～高雄間などでもっぱら船団護衛に従事した。

十月十七日、米軍のスルアン島上陸により、比島沖海戦に参加のため、二十日、小沢機動部隊はルソン島沖にむけて内地を出撃した。この護衛艦として桑《くわ》、桐《きり》、杉《すぎ》、槇《まき》（順次に五番～八番艦）が第三十一戦隊に臨時に編入されて参加した。十月二十四日、桐が燃料不足になったので高雄へむけて分離させた。明くる二十五日、小沢艦隊は作戦どおり敵機動部隊を北方誘致に成功したため、艦載機の攻撃により各艦が被害うけ、防空駆逐艦の秋月が被弾により沈没したので、槇は救助を命ぜられた。

ついで槇は「救助終わらば千歳を救助せよ」と命ぜられたが、千代田が航行を停止したので、千代田の護衛を命ぜられ、千代田の周辺を旋回しながら警戒にあたった。やがて日向と五十鈴が接近して千代田を曳航しようとしたが、敵機の来襲により槇は直撃弾をうけて舵に故障を起こし、艦内に火災を発生、人力操舵の状況では千代田の人員救助もおぼつかなく、一時避退した。

桑は瑞鳳が被雷により航行不能となったので警戒にあたっていたが、瑞鳳が沈没したため、艦長以下の八四七名を救助したのち、二十五日夕刻、中城湾にむかい、明くる十月二十六日、同地に到着した。ついで槇も無事入港したが、空母全滅という悲惨な結果で、機動部隊の比島沖海戦はおわった。

さて、米軍が上陸して激闘がつづくレイテ島にたいする陸軍増援部隊輸送作戦として多号作戦（オルモック輸送作戦）が計画され、マニラ方面で船団護衛に従事していた竹が、第三

ット、航続力18ノット3500浬、12.7cm高角砲連装単装各1基、25ミリ機銃16門

次輸送作戦に参加することになった。十一月九日、マニラを出撃した参加兵力は島風、浜波、初春、竹、掃海艇三十号、駆潜艇四十六号で、陸軍部隊が乗船する輸送船五隻を護衛してオルモックに向かった。途中、第四次輸送隊が被害をうけて引き返してきたので、竹、初春はこれを護衛してマニラに引き返した。一方、第三次輸送隊は十一日、オルモックで全滅した。

竹は次いで第五次多号作戦の第二梯団として輸送艦六、九、十号とともに十一月二十四日、マニラを出港したが、途中で艦上機の攻撃をうけて輸送艦六号と十号が沈没、輸送艦九号も被害大のため作戦を断念してマニラに帰投した。

第七次多号作戦では、第三梯団で竹と桑の護衛のもとに、輸送艦九号、一四〇号、一五九号をもって実施され、十二月一日、マニラを出港。二日夜、オルモックに無事突入した。明くる三日の午前零時半ころ、輸送艦が揚搭作業中、米

丁型＝松型駆逐艦・槇。公試排水量1539トン、全長100m、軸数2、速力27.8ノ

駆逐艦三隻および魚雷艇数隻が攻撃してきたので、竹と桑はこれと交戦して撃退したが、桑は沈没、竹は損傷をうけたものの、米駆逐艦クーパーを撃沈、サムナーに損害をあたえ、桑をのぞく各艦は四日、マニラに帰着した。

第八次多号作戦には第四十三駆逐隊の梅、桃、杉が輸送船団四隻を護衛して参加した。十二月五日にマニラを出港、七日の揚陸に成功したが、B24の空襲で輸送船四隻は大破し、護衛艦だけが帰途についた。しかし、梅と杉は空襲で小破し桃は触礁したものの、三隻とも無事にマニラに帰投した。

第九次多号作戦では睦月型の夕月、卯月と桐、駆潜艇十七号と三十七号、輸送船三隻、輸送艦一四〇号と一五九号が参加して、十二月九日にマニラを出港、十一日、オルモックに突入し、夕月、桐は湾口の警戒にあたっていた。そこへ米駆逐艦があらわれて電探射撃をおこなったので一時避退した。

この作戦でマニラに帰着したのは桐と輸送艦一四〇号の二隻だけであった。このようにして、多号作戦は九次にわたって行なわれ、多くの艦船が喪失したが、丁型駆逐艦は桑一隻が沈没しただけであった。

十二月十五日、米軍がミンドロ島サンホセ付近に上陸を開始した。連合艦隊はこの上陸部隊に対し奇襲突入作戦を南西方面艦隊に命じた。この作戦を礼号作戦と称し、足柄、大淀と夕雲型の清霜、朝霜、それに丁型の榧《かや》、杉、樫《かし》（丁型十番艦）が参加した。二十四日に仏印カムラン湾を出撃して、一路サンホセに向かった。二十六日に米軍機に発見され、断続的に敵機が来襲するようになり、大淀、清霜、足柄が損傷した。

榧（丁型十一番艦）はP38一機に突入されて、後檣は根元から切断された。杉は至近弾をうけ、砲戦、魚雷戦の指揮装置が使用不能となった。またサンホセ沖に突入した各艦は砲撃を開始して商船四隻を撃沈、物資集積所を砲撃して火災をおこさせ帰途についた。帰途も飛行機と潜水艦の攻撃をうけたが、十二月三十日、サイゴン南方サンジャックに帰投した。この作戦では敵艦と遭遇せず、清霜が爆撃により沈没した。

昭和二十年一月四日、第五十二駆逐隊の檜《ひのき》（丁型十六番艦）と樅《もみ》（丁型九番艦）は、サンジャックから生田川丸を護衛してマニラに入港。翌五日、米艦隊がマニラ西方を北上中との情報により避退中であった樅と檜《ひのき》は、艦載機の攻撃をうけて沈没した。

この米艦隊の北上により、航空部隊指揮官は、搭乗員の組織的な台湾輸送を開始し、一月

呉停泊中の改丁型・樺。前檣ラッパ状の電探位置の丁型との違いがわかる

改丁型＝橘型の萩。電探アンテナや前檣ラッパ状電探位置が丁型と異なる

海底から浮揚した梨。対空戦闘を物語るかのように高角砲が空を睨んでいる

十四日までに一二五名が空輸された。が、転出人員は約一千名と推定されたので、駆逐艦および高速輸送艦によるアパリからの輸送が計画された。輸送はまず第四十三駆逐隊の梅と楓《かえで》（丁型十七番艦）、汐風により、一月三十一日、高雄出港でおこなわれた。しかし、出港約二時間後、B24、B25の来襲をうけ、梅は沈没、楓は大破、峯風型駆逐艦の汐風は損傷をうけて作戦は中止された。

昭和二十年二月になって、第三十一戦隊の第四十三駆逐隊（榧、竹、桐、槇）と第五十二駆逐隊（杉、樫、楓）の各艦は、内地に帰って三月半ばまで修理がおこなわれた。

丁型駆逐艦のうち、建造工程をより簡易化した改丁型＝橘《たちばな》型として、昭和二十年一月以降に竣工した隻数は十二隻で、竣工と同時に第十一水雷戦隊に編入され、内海で訓練に従事した。三月十九日の米機動部隊の内海来襲でも、柿《かき》（橘型）一隻が大阪付近でわずかな損傷をうけただけであった。

このころより、B29の機雷投下で内海も触雷の危険があり、椿《つばき》（丁型十五番艦）は二月十六日より上海まで船団護衛をおこない、以後、上海付近で船団護衛に従事していたが、四月十日、呉淞灯台付近で触雷した。桜《さくら》（丁型十三番艦）は五月二十五日、部崎灯台付近で触雷、七月十一日には和泉灘で再度触雷して火薬庫の誘爆により沈没、一三〇名が戦死した。六月五日、椎《しい》（橘型）は豊後水道にて触雷損傷した。

このように内海が危険となったので、五月二十七日、第十一水雷戦隊は舞鶴に回航された。榎《えのき》（橘型）は六月二十六日、福井県小浜灯台付近で触雷着底した。楢《なら》（丁型十二番艦）は六月三十日、下関付近で触雷、艦尾が屈曲した。橘と柳《やなぎ》（丁型十四番艦）は六月九日、大湊部隊に編入され、同方面で護衛に従事していたが、七月十四日、橘は函館港にて艦上機の攻撃をうけ沈没、柳は津軽海峡で艦上機の攻撃をうけ、艦尾に直撃弾をうけて航行不能となり、大湊港外に曳航された。

七月二十四日の艦上機の内海方面攻撃では、樺《かば》と萩《はぎ》（両艦とも橘型）、椿が損傷し、二十八日には梨《なし》（橘型）が呉付近で沈没した。

かくて終戦を迎えた丁型駆逐艦は、三十二隻建造され、九隻が沈没し五隻が航行不能であった。航行可能な艦は復員輸送艦となり、昭和二十二年七月、賠償艦として米国に五隻、英国に五隻、中国に四隻、ソ連に四隻、計十八機がそれぞれ引き渡された。

※本書は雑誌「丸」に掲載された記事を再録したものです。執筆者の方で一部ご連絡がとれない方があります。お気づきの方は御面倒で恐縮ですが御一報くだされば幸いです。

単行本　平成二十七年三月　潮書房光人社刊

ＮＦ文庫

秋月型駆逐艦〈付／夕雲型 島風・丁型〉

二〇二〇年九月二十日　第一刷発行

著　者　山本平弥他

発行者　皆川豪志

発行所　株式会社　潮書房光人新社

〒100-8077　東京都千代田区大手町一-七-二

電話／〇三-六二八一-九八九一㈹

印刷・製本　凸版印刷株式会社

定価はカバーに表示してあります

乱丁・落丁のものはお取りかえ致します。本文は中性紙を使用

ISBN978-4-7698-3182-2　C0195

http://www.kojinsha.co.jp

NF文庫

刊行のことば

第二次世界大戦の戦火が熄《や》んで五〇年——その間、小社は夥しい数の戦争の記録を渉猟し、発掘し、常に公正なる立場を貫いて書誌とし、大方の絶讃を博して今日に及ぶが、その源は、散華された世代への熱き思い入れであり、同時に、その記録を誌して平和の礎とし、後世に伝えんとするにある。

小社の出版物は、戦記、伝記、文学、エッセイ、写真集、その他、すでに一、〇〇〇点を越え、加えて戦後五〇年になんなんとするを契機として、「光人社NF（ノンフィクション）文庫」を創刊して、読者諸賢の熱烈要望におこたえする次第である。人生のバイブルとして、心弱きときの活性の糧《かて》として、散華の世代からの感動の肉声に、あなたもぜひ、耳を傾けて下さい。